AGATHA CHRISTIE

Témoin indésirable

TRADUIT DE L'ANGLAIS PAR JEAN-MARC MENDEL

LIBRAIRIE DES CHAMPS-ÉLYSÉES

Titre original :
ORDEAL BY INNOCENCE

ISBN : 978-2-253-05427-5 – 1re publication LGF

A Billy Collins,
En témoignage d'affection
et de gratitude.

« Fussé-je juste,
ma propre bouche me condamnerait. »

« Je redoute tous mes tourments. Je le sais :
Tu ne m'acquitteras pas. »

Le Livre de Job

1

Le crépuscule tombait quand il arriva à l'appontement du passeur.

Il aurait pu s'y trouver bien plus tôt. A la vérité, il avait tergiversé autant que cela lui avait été possible.

D'abord son déjeuner avec ses amis, à Redquay. L'échange de propos aussi décousus que sans importance. Les potins à propos de relations communes... Tout cela avait signifié seulement qu'il ne cherchait qu'à gagner du temps. Les mêmes amis l'avaient invité à rester avec eux pour le thé. Il avait accepté. Mais un moment était venu où il avait su qu'il ne pouvait plus davantage reporter la tâche qu'il devait remplir.

Le taxi qu'il avait retenu l'attendait. Il avait dit au revoir. Son véhicule avait parcouru quelque douze kilomètres sur la route côtière surchargée de circulation avant de s'enfoncer, à travers bois, dans le chemin qui menait jusqu'au petit quai de pierre, au bord de la rivière.

Là, son chauffeur actionna vigoureusement une cloche pour que l'embarcation vienne de l'autre rive et s'enquit :

— Vous ne voulez pas que je vous attende, monsieur ?

— Non, dit Arthur Calgary. J'ai pris mes dispositions pour qu'une voiture vienne me chercher de l'autre côté, dans une heure... pour me conduire à Drymouth.

Le chauffeur reçut le prix de la course et son pourboire. Il annonça, après un coup d'œil dans la pénombre :

— Le passeur arrive, monsieur.

Puis, sur un aimable au revoir, il fit demi-tour pour se diriger vers la crête de la colline. Arthur Calgary se retrouva seul, à patienter sur le quai. Seul avec ses pensées, plein d'appréhension devant ce qui l'attendait. Quel panorama désolé ! songeait-il. On aurait pu se croire au bord d'un *loch* d'Ecosse, loin de tout. Pourtant, à quelques kilomètres à peine, il y avait Redquay, avec ses hôtels, ses magasins, ses bars et ses foules. Il médita — pas pour la première fois — sur les extraordinaires contrastes que présentent les paysages anglais.

Il entendit les avirons frapper doucement l'eau au moment où la barque accosta. Descendant le long de la cale, il embarqua pendant que le passeur retenait l'esquif avec une gaffe. C'était un vieil homme. Et Calgary eut comme l'impression que son bateau et lui ne faisaient qu'un, qu'ils constituaient un ensemble unique et indivisible.

Une petite brise froide soufflait de la mer.

— Fait frisquet, c'soir, commenta le passeur.

Calgary lui adressa la réponse adéquate. Il convint également qu'il faisait plus frais que la veille.

Il lisait, ou croyait lire, de la curiosité voilée dans le regard du passeur : un étranger à la région. Et un étranger venu après la fin de la saison touristique proprement dite. Plus encore, un étranger qui traversait à une heure bien tardive — trop tardive pour qu'il aille prendre le thé dans l'estaminet qui s'élevait sur la jetée. Il n'avait pas de bagages, donc il n'allait pas rester. (Calgary, lui, se demandait *pourquoi* il n'était venu que si tard. Etait-ce parce qu'inconsciemment, il avait repoussé ce moment le plus possible ? Et retardé, autant qu'il l'avait pu, ce qu'il avait à accomplir ?) Franchir le Rubicon... le fleuve... le fleuve... Sa pensée le ramenait à un autre fleuve. A la Tamise.

Etait-ce hier seulement qu'il l'avait contemplée

sans la voir, avant de se détourner pour affronter l'homme assis de l'autre côté de la table... Ces yeux pensifs, qui recelaient une part de mystère qu'il n'était pas vraiment parvenu à déchiffrer. De la réserve, une pensée obsédante mais qui, pas un instant, n'avait été exprimée.

« Ces gens-là, avait-il réfléchi, j'imagine qu'on leur enseigne à ne jamais montrer ce qu'ils pensent. »

Tout cela était extrêmement effrayant quand on y réfléchissait. Il devait faire ce qu'il fallait... et puis après... *oublier* !

Il fronça les sourcils au souvenir de la conversation de la veille. De la voix agréable, paisible, détachée, qui disait :

— Vous êtes bien déterminé à agir ainsi, Dr Calgary ?

— Que pourrais-je faire *d'autre* ? avait-il répliqué avec vivacité. Vous le voyez sûrement, non ? Je n'ai pas la possibilité de me dérober.

Mais il n'avait pas compris la retenue dans le regard des yeux gris, et la réponse l'avait laissé quelque peu perplexe :

— On doit envisager un sujet sous tous les angles... Considérer tous ses aspects.

— Mais, du point de vue de la justice, il n'existe certainement qu'un seul aspect.

Il avait riposté cela avec humeur, pensant, un instant, qu'il s'était agi là de la suggestion ignoble d'étouffer l'affaire.

— Dans un sens, oui, avait repris son interlocuteur. Mais il y a là davantage, vous savez. Davantage que... mettons... la justice.

— Je ne suis pas d'accord. Il faut tenir compte de la famille.

La réplique était venue, immédiate :

— Certes... oh ! oui... certes. Pour ma part, c'était précisément à eux que je pensais.

Ce qui avait paru absurde à Calgary. Parce que s'il y avait bien quelqu'un pour penser à *eux*...

Mais, sans plus attendre, l'autre avait enchaîné, d'une voix toujours aussi harmonieusement modulée :

— La décision vous appartient entièrement, Dr Calgary. Vous avez, cela va de soi, à agir comme vous croyez devoir le faire.

La barque s'échoua sur le rivage. Il avait franchi le Rubicon.

— Ça f'ra quat'pence, m'sieur, annonça le passeur avec son doux accent de l'Ouest. Ou bien c'est-y qu'vous voulez un r'tour ?

— Non, répondit Calgary, il n'y aura pas de retour.

Comme ces mots paraissaient lourds de signification !

Il paya.

— Connaissez-vous une demeure du nom de Sunny Point ? interrogea-t-il.

Instantanément, la curiosité cessa de se dissimuler. Une lueur d'intérêt passionné s'enflamma dans les yeux du passeur :

— Pour sûr. C'est par là, sur vot'droite... Vous pouvez juste la voir là-bas, derrière les arbres. Vous montez là-haut, vous suivez la route, et puis, à droite, vous prenez la nouvelle route qui traverse l'domaine. La dernière maison, qu'c'est... tout au bout.

— Merci.

— Vous avez bien dit Sunny Point, m'sieur ? Là où que Mrs Argyle...

— Oui, oui, coupa Calgary qui n'entendait pas entamer une discussion sur ce sujet. Sunny Point.

Lentement, un sourire étonnant tordit les lèvres du passeur. Il eut l'air soudain d'un vieux faune matois :

— C'est *elle* qu'elle avait appelé la maison comme ça... pendant la guerre. C'tait une maison toute neuve, naturellement, tout juste construite... elle avait pas encore d'nom. Mais l'terrain qu'elle est bâtie dessus... c'te langue boisée... Viper's Point qu'ça s'appelle ! Mais Viper's Point, ça n'*lui* convenait pas... Pas pour l'nom d'sa maison. Alors, Sunny Point qu'elle l'a appelée. Mais nous tous, c'est Viper's Point qu'on continue à dire.

Calgary remercia l'homme avec brusquerie, lui souhaita le bonsoir et entama la montée. Chacun lui semblait calfeutré chez soi, mais il avait le sentiment que des yeux invisibles l'observaient par les fenêtres des cottages. Que chacun le scrutait, en sachant où il allait. Que leurs habitants se disaient l'un à l'autre :

— Il va à Viper's Point...

Viper's Point. Quel lieu-dit horrible, avait-on dû penser...

Car plus acéré que le crochet du serpent...

Il arrêta tout à coup le cours de ses pensées. Il lui fallait se ressaisir, et décider exactement de ce qu'il allait dire.

*

Calgary parcourut la charmante nouvelle route, bordée, de chaque côté, de charmantes maisons qui s'ouvraient toutes sur leurs soixante-quinze mètres carrés de charmants jardinets. Chacune, ou chacun, des propriétaires démontrait ses talents de jardinier par des rocailles, des chrysanthèmes, des roses, de la sauge ou des géraniums.

Tout au bout de la route s'élevait une barrière, marquée d'une inscription en caractères gothiques, SUNNY POINT. Il l'ouvrit, s'engagea dans une courte allée et parvint à la maison : un bâtiment bien construit, moderne, sans aucun cachet, adorné de chiens-assis et d'un porche. Elle aurait pu se trouver n'importe où dans une banlieue chic ou dans un nouveau lotissement. Mais, de l'avis de Calgary, elle était indigne de son panorama. Car elle jouissait d'un panorama somptueux. En cet endroit, la rivière décrivait un méandre serré, presque une boucle complète, autour de la pointe. En face se dressaient des collines boisées. En amont, sur la gauche, on discernait au loin un autre méandre, avec des prairies et des vergers.

Un moment, Calgary contempla le ruban d'eau dans toute son étendue. On aurait dû édifier là un château, songeait-il. Un château ridicule et improbable de conte de fées ! De ceux que l'on érige en pain d'épice ou en sucre filé. Au lieu de cela, on avait déployé des trésors de bon goût, de retenue et de discrétion, dépensé force argent et démontré un manque absolu d'imagination.

Evidemment, on ne pouvait pas le reprocher aux Argyle. S'ils avaient acquis la maison, ils ne l'avaient pas bâtie eux-mêmes. Cependant, ils l'avaient choisie, ou, du moins, l'un des deux (Mrs Argyle ?)...

« Tu ne peux pas lanterner davantage », se morigéna-t-il. Il pressa le bouton de la sonnette.

Il attendit. Après un délai convenable, il sonna de nouveau.

Il n'avait pas entendu le moindre pas à l'intérieur. Mais, sans préavis, on ouvrit la porte.

Il recula, stupéfait. A son imagination déjà surmenée, il semblait que la Tragédie elle-même s'était levée pour lui barrer le chemin. Elle possédait un visage jeune. A l'évidence, la véritable essence de la tragédie résidait dans ce que sa jeunesse exprimait de poignant. Un masque tragique, pensa-t-il, devrait toujours revêtir des traits jeunes... impuissants, marqués par le destin, par le jugement dernier qui approche... depuis l'avenir...

Recouvrant la maîtrise de lui-même, il voulut rationaliser : « Le type irlandais. » Le bleu profond des yeux, souligné par des cernes foncés, la cascade de cheveux noirs, la beauté mélancolique du front et des pommettes saillantes...

La jeune fille ne bougeait pas, en alerte, hostile.

— Oui ? demanda-t-elle. Qu'est-ce que vous voulez ?

Il répondit, machinalement :

— Mr Argyle est-il là ?

— Oui. Mais il ne reçoit pas. Il ne reçoit pas les gens qu'il ne connaît pas. Et il ne vous connaît pas, non ?

— Non, il ne me connaît pas. Mais...

Elle commençait à refermer la porte :

— Vous feriez mieux de lui écrire.

— Je suis confus, mais je tiens particulièrement à le voir. Etes-vous... êtes-vous miss Argyle ?

— Je suis Hester Argyle, concéda-t-elle à contrecœur. Mais mon père ne voit personne — pas sans rendez-vous, en tout cas. Vous feriez mieux d'écrire.

— J'ai fait une longue route...

Elle demeurait inflexible :

— Ils disent tous ça. Mais je pensais que ces choses-là avaient enfin cessé. Vous êtes reporter, je suppose ? poursuivit-elle d'un ton accusateur.

— Non, non, rien de ce genre.

Elle le fixait, soupçonneuse, comme si elle ne le croyait pas :

— Eh bien, qu'est-ce que vous voulez, alors ?

Derrière elle, au fond du hall, il distinguait un autre visage. Un visage plat, banal. S'il avait eu à le décrire, il l'aurait comparé à une crêpe. C'était le visage d'une femme d'âge moyen, aux cheveux jaunâtres et frisottants plaqués au sommet de son crâne, qui paraissait planer, en attente, comme un dragon en sentinelle.

— Cela concerne votre frère, miss Argyle.

Hester Argyle retint brusquement sa respiration. Elle lâcha, incrédule :

— Michael ?

— Non. Votre frère Jack.

Elle éclata :

— Je le savais ! Je *savais* que vous étiez venu à cause de Jacko ! Pourquoi ne pouvez-vous pas nous ficher la paix ? C'est fini, et bien fini. Pourquoi s'acharner ?

— On ne peut jamais réellement dire que quelque chose est fini.

— Mais c'est fini ! Bel et bien fini ! Jacko est mort. Pourquoi ne voulez-vous pas le laisser en repos ? Si vous n'êtes pas journaliste, j'imagine que vous êtes médecin, psychologue, ou je ne sais trop quoi. Partez, s'il vous plaît. On ne peut pas déranger mon père. Il est occupé.

De nouveau, elle voulut refermer la porte. Calgary se hâta de faire ce par quoi il aurait dû débuter : il sortit une enveloppe de sa poche et la lui tendit :

— J'ai là une lettre... de Mr Marshall.

Elle fut prise au dépourvu. Hésitant à prendre la missive, elle souffla, incertaine :

— De Mr Marshall... de Londres ?

Subitement, la jeune fille avait été rejointe par la femme plus âgée qui s'était tenue dans les profondeurs du hall. Elle lança à Calgary un regard soupçonneux, ce qui lui rappela des couvents visités à l'étranger. Evidemment, elle avait un visage de religieuse ! Il lui manquait la raide coiffe blanche, encadrant étroitement les traits, l'habit noir et le voile. Et elle possédait la physionomie, non d'une contemplative, mais celle de la sœur tourière qui vous scrute au travers de l'étroit judas percé dans le battant massif avant de vous ouvrir pour vous conduire au parloir ou à la mère supérieure.

— Vous venez de la part de Mr Marshall ? s'enquit la femme.

A son ton, on aurait pu croire qu'il s'agissait d'une accusation.

Hester fixait l'enveloppe qu'elle tenait à la main. Puis, sans un mot, elle se détourna pour se précipiter dans l'escalier.

Calgary resta sur le seuil, soutenant le regard accusateur et soupçonneux de la tourière-dragon.

Il chercha quelque chose à dire, sans rien trouver. Par conséquent, il garda un silence prudent.

Finalement, la voix de Hester, froide et distante, leur parvint :

— Père demande qu'il monte.

Non sans une évidente mauvaise volonté, le cerbère s'écarta. Son air suspicieux ne l'avait pas quitté. Il s'avança, déposa son chapeau sur une chaise et monta à l'étage où Hester l'attendait.

Il fut frappé de découvrir à la maison une apparence vaguement hygiénique, qui évoquait presque une clinique de luxe.

Hester le conduisit le long d'un couloir qui s'achevait par trois marches. Elle ouvrit une porte et lui fit signe d'entrer. Elle le suivit, referma derrière elle.

La pièce était une bibliothèque. Calgary releva la tête avec un sentiment de plaisir. Ici, l'atmosphère différait du reste de la demeure. C'était une pièce où un homme *vivait*, où, tout à la fois, il travaillait et se sentait à l'aise. Des rangées de livres s'alignaient aux murs. Il y avait de grands fauteuils, assez décatis mais confortables. Un désordre familier régnait dans les papiers répandus sur le bureau, dans les volumes posés sur les tables. Calgary aperçut, un instant, une jeune femme plutôt séduisante qui sortait par une porte opposée, dans le fond. Mais son attention fut accaparée par l'homme qui se levait pour l'accueillir, la lettre ouverte à la main.

Au premier abord, Calgary eut l'impression que Leo Argyle était si frêle, si transparent, qu'il existait à peine. Un spectre !

— Dr Calgary ? s'enquit-il d'une voix agréable mais sans timbre. Asseyez-vous.

Calgary s'assit. Il accepta une cigarette. Son hôte prit place en face de lui. Tout cela fut accompli sans précipitation, comme dans un monde où le temps n'aurait guère eu de signification. Leo Argyle eut un mince sourire lorsqu'il reprit la parole en tapotant la lettre d'un index translucide :

— Mr Marshall m'écrit que vous avez à nous faire une communication importante, encore qu'il n'en précise pas la nature. Les hommes de loi prennent toujours le plus grand soin de ne pas s'engager, n'est-ce pas ? ajouta-t-il en souriant plus franchement.

Non sans une certaine surprise, Calgary estima que son vis-à-vis était un homme heureux. Non pas heureux avec exubérance et gaieté, comme dans un bonheur normal — mais heureux dans sa retraite sombre et à sa mesure. Le monde extérieur n'avait pas de prise sur Leo Argyle, et il se trouvait heureux qu'il en fût ainsi. Calgary ne comprenait pas pourquoi cela le surprenait — mais le fait était là.

— C'est très aimable à vous de me recevoir, dit-il mécaniquement en matière d'introduction. J'ai pensé qu'il valait mieux que je vienne en personne plutôt que de vous écrire.

Il marqua une seconde d'arrêt avant de reprendre, dans une soudaine agitation :

— C'est difficile... très difficile.
— Prenez votre temps.
Leo Argyle demeurait courtois et lointain.
Il se pencha en avant. A sa manière, il tentait à l'évidence d'aider son visiteur :
— Puisque vous m'avez apporté ce message de Marshall, je suppose que votre venue a un rapport avec mon malheureux fils Jacko... Jack, veux-je dire... Jacko, c'était le petit nom que nous lui donnions.
Tous les mots, toutes les phrases que Calgary avait préparés méticuleusement l'avaient abandonné. Il était là, confronté à l'effrayante réalité de ce qu'il lui fallait dire. Il bégaya de nouveau :
— C'est si terriblement difficile...
Un silence tomba. Puis Leo Argyle reprit, d'un ton circonspect :
— Si cela peut vous soulager... Nous savions tous parfaitement que... que Jacko n'avait pas une personnalité normale. Rien de ce que vous avez à nous dire ne risque de nous surprendre. Aussi horrible qu'ait pu être ce drame, je n'ai jamais cessé d'être convaincu de toute mon âme que Jacko n'était pas réellement responsable de ses actes.
— Bien sûr qu'il ne l'était pas.
Calgary sursauta à la voix de Hester. Il l'avait oubliée. Elle s'était assise juste derrière lui, à gauche, sur le bras d'un fauteuil. Lorsqu'il tourna la tête, elle s'inclina vivement dans sa direction.
— Jacko a toujours été épouvantable, dit-elle en confidence. Petit garçon, il était déjà pareil... quand il se mettait en colère, j'entends. Il attrapait tout ce qu'il pouvait ramasser... et il se jetait sur vous...
— Hester... Hester..., ma chérie...
La voix de Leo Argyle exprimait sa détresse.
La jeune fille, avec un sursaut, porta la main à ses lèvres. Elle rougit.
— Je suis désolée, lança-t-elle avec la gaucherie brusque de la jeunesse. Je ne voulais pas... J'ai oublié... Je... je n'aurais pas dû dire quelque chose

comme ça... Pas maintenant, alors qu'il... que tout est fini et... et que...

— C'est fini, et bien fini, trancha Argyle. Tout cela appartient au passé. J'essaie... nous essayons tous... de penser à Jacko comme à un malade. Comme à une erreur de la nature. Voilà, à mon avis, ce qui reflète le mieux la réalité. En êtes-vous d'accord ? demanda-t-il à Calgary.

— Non, répliqua Calgary.

Il y eut un moment de silence. La négation, sèche, avait laissé ses deux auditeurs abasourdis. Elle était tombée avec une force explosive. Pour tenter d'en atténuer les effets, Calgary ajouta, avec maladresse :

— Je... excusez-moi. Vous n'avez pas encore compris, voyez-vous.

— Oh !

Argyle parut réfléchir. Puis il se tourna vers sa fille :

— Hester, je crois qu'il serait peut-être préférable que tu nous laisses...

— Je n'ai pas l'intention de m'en aller ! Je dois entendre... savoir de quoi il s'agit...

— Cela pourrait se révéler pénible...

— Quelle importance ont les horreurs que Jacko pourrait avoir commises ? s'écria la jeune femme avec impatience. C'est *fini*.

— Croyez-moi, je vous prie, intervint vivement Calgary. Il ne s'agit pas de quelque chose que votre frère aurait *fait*... bien au contraire.

— Je ne vois pas...

La porte du fond de la pièce s'ouvrit. La jeune femme que Calgary avait seulement entr'aperçue revenait. Elle portait maintenant un manteau, et tenait un petit attaché-case.

— Je m'en vais, dit-elle à Argyle. S'il y a quoi que ce soit d'autre...

Leo Argyle hésita une fraction de seconde. (« Il hésitera toujours », se dit Calgary.) Puis il lui posa la main sur le bras et l'attira à lui :

— Asseyez-vous, Gwenda. Voici le... euh... le Dr Calgary. Je vous présente miss Vaughan qui est...

Nouvelle pause, comme s'il avait des incertitudes :

— Qui est ma secrétaire depuis quelques années déjà. Le Dr Calgary est venu nous dire... ou... ou nous demander... quelque chose au sujet de Jacko, et...

— Pour vous faire une révélation, coupa Calgary. Et, quoique vous ne le compreniez pas, vous me rendez à chaque instant la situation plus complexe.

Tous le regardèrent avec étonnement, mais Calgary vit dans les yeux de Gwenda une lueur qui ressemblait à de la compréhension. Comme s'ils avaient tous deux noué provisoirement alliance, et qu'elle lui ait confié : « Oui, je sais à quel point les Argyle peuvent se montrer difficiles à vivre. »

C'était à coup sûr une jeune femme séduisante, songea-t-il, quoique pas si jeune — trente-sept ou trente-huit ans, peut-être. Des traits bien modelés, des cheveux et des yeux noirs, une allure générale de vitalité et de bonne santé. Elle donnait le sentiment de posséder, à la fois, la compétence et l'intelligence.

— Je n'avais pas le moins du monde conscience que je vous rendais les choses difficiles, Dr Calgary, reprit Argyle avec une nuance de froideur. Telle n'était certainement pas mon intention. Si vous vouliez bien en venir à ce qui vous amène...

— Oui, je sais. Pardonnez-moi de vous avoir dit cela. Mais c'est l'insistance avec laquelle vous-même... et votre fille... soulignez sans cesse que maintenant *c'est fini et bien fini*. Mais ce n'est *pas* fini. Qui donc a dit : « Rien n'est jamais réglé, tant que... »

— « Tant que tout n'est pas *bien* réglé », acheva miss Vaughan. C'est du Kipling.

Elle hochait la tête d'un air encourageant. Calgary lui en fut reconnaissant.

— J'en viens à l'essentiel, déclara-t-il. Lorsque vous aurez entendu ce que j'ai à dire, vous comprendrez mes... mes réticences. Mieux, mon tourment. Pour commencer, je dois vous expliquer deux ou trois faits qui me concernent. Je suis géophysicien et j'ai fait récemment partie d'une expédition dans l'Antarctique. Je n'ai regagné l'Angleterre que depuis quelques semaines seulement.

— L'expédition Hayes Bentley ? interrogea Gwenda.

Il lui adressa un regard de gratitude :

— Oui, l'expédition Hayes Bentley. Je vous précise cela pour que vous connaissiez mes antécédents et, aussi, afin que vous sachiez que, durant deux années environ, j'ai vécu à l'écart des... des événements.

Elle continuait à le soutenir :

— Vous voulez dire : à l'écart d'événements tels que les procès criminels.

— Oui, miss Vaughan. C'est précisément cela.

Il se tourna vers Argyle :

— Pardonnez-moi si cela vous est douloureux, mais il me faut vérifier avec vous certaines heures et certaines dates. Il y a deux ans, le 9 novembre, vers 6 heures du soir, votre fils Jack Argyle — celui que vous surnommiez Jacko — est venu ici et s'est entretenu avec sa mère, Mrs Argyle.

— Mon épouse, oui.

— Il lui a dit qu'il éprouvait des difficultés, et il a exigé de l'argent. C'était déjà arrivé auparavant...

— A de nombreuses reprises, soupira Leo Argyle.

— Mrs Argyle a refusé. Il est devenu grossier, menaçant. Finalement, il a claqué la porte, en criant qu'il reviendrait et qu'elle « ferait *bougrement mieux* de *casquer* ». Il a dit : « Vous ne voulez pas que j'aille en prison, pas vrai ? », à quoi elle a répondu : « Je commence pourtant à croire que ce serait la meilleure solution pour toi. »

Leo Argyle manifesta sa gêne :

— Ma femme et moi, nous en avions parlé ensemble. Nous étions... nous étions très malheureux de notre garçon. A maintes reprises, nous étions venus à la rescousse, pour tenter de lui offrir un nouveau départ. Il nous avait semblé que, peut-être, le choc d'une condamnation à la détention... la maison de redressement... Mais poursuivez, je vous en prie.

— Plus tard, au cours de cette soirée, continua Calgary, votre femme a été assassinée. Tuée à coups de pique-feu. L'ustensile portait les empreintes digitales de votre fils, tandis qu'une importante somme d'argent avait disparu du tiroir où votre épouse l'avait déposée plus tôt dans la journée. La police a arrêté votre fils à Drymouth. On a retrouvé l'argent sur lui, en majorité en billets de cinq livres dont l'un, sur lequel on avait inscrit un nom et une adresse, a permis à la banque de l'identifier comme l'un de ceux qui avaient été versés à Mrs Argyle dans la matinée. Votre fils a été inculpé et jugé.

Calgary marqua un temps. Puis :

— La cour a rendu un verdict de meurtre avec préméditation.

C'était dit. Le mot fatal. *Meurtre...* Un mot sans écho, un mot étouffé qu'avaient absorbé les rayonnages, les livres, la moquette... On pouvait étouffer le mot — mais pas l'acte...

— D'après Mr Marshall, votre conseil pour sa défense, j'ai cru comprendre qu'au moment de son arrestation, votre fils a protesté de son innocence avec beaucoup d'entrain, pour ne pas dire d'une manière fanfaronne. Il a prétendu qu'il disposait d'un alibi parfait pour l'heure du crime, que les enquêteurs situaient entre 7 heures et 7 heures et demie du soir. A ce moment-là, affirmait-il, il arrivait en stop à Drymouth après avoir été pris en charge par une voiture peu avant 7 heures, à près de deux kilomètres d'ici, sur la grand-route de Redmyn à Drymouth. Il ne connaissait pas la marque du véhicule — il faisait noir à cette heure-là —, mais il s'agissait d'une limousine noire, ou bleu foncé, conduite par un homme entre deux âges. Tous les efforts ont été entrepris pour retrouver la trace de cette voiture et de son conducteur. Mais on n'a jamais pu obtenir confirmation des dires de votre fils, et la défense elle-même avait la conviction qu'il ne s'agissait que d'une fable hâtivement forgée de toutes pièces. Et mal forgée, de surcroît...

» Au cours du procès, la défense s'est surtout appuyée sur les dépositions des experts psychologues qui avaient cherché à démontrer que Jack Argyle avait toujours été mentalement instable. Lors du résumé des débats, le juge a eu des commentaires quelque peu caustiques pour ces expertises et a orienté le jury vers un verdict de peine capitale. Jack Argyle a été condamné à la prison à perpétuité. Il a succombé à une pneumonie six mois après le début de sa peine.

Calgary se tut. Trois paires d'yeux s'étaient rivés sur lui. Il lut de l'intérêt et une attention aiguë dans ceux de Gwenda Vaughan, mais le soupçon transparaissait encore dans ceux de Hester. Le regard de Leo Argyle n'exprimait rien.

— Me confirmerez-vous que j'ai retracé correctement le déroulement des faits ? interrogea Calgary.

— Tout à fait correctement, répondit Leo Argyle. Encore que je ne saisisse pas très bien pourquoi il vous a été nécessaire de revenir sur des circonstances douloureuses que nous essayons tous d'oublier.

— Pardonnez-moi. Il le fallait. J'ai cru comprendre que vous n'aviez pas été en désaccord avec le verdict.

— J'admets que les *faits* ont été tels que vous les avez rapportés... que, si vous n'allez pas au-delà, il s'agissait, cru et nu, d'un meurtre. Mais, si vous dépassez le concret, il y a beaucoup à dire pour atténuer cette qualification. Mon garçon souffrait d'instabilité mentale, mais, malheureusement pas au sens légal de l'expression. La jurisprudence McNaughten est étriquée et peu satisfaisante. Je vous assure, Dr Calgary, que Rachel elle-même... ma défunte épouse, j'entends... aurait été la première à pardonner à notre infortuné fils, et à excuser son acte abominable. Elle nourrissait des idées très avancées et très humaines, et elle avait une connaissance approfondie des facteurs psychiques. Elle, elle ne l'aurait pas condamné.

— Elle savait à quel point Jacko pouvait être affreux, ajouta Hester. Il l'était toujours... On aurait dit qu'il ne pouvait pas s'en empêcher.

— Donc, vous tous, vous n'avez aucun doute ? prononça Calgary avec lenteur. Aucun doute, veux-je dire, sur sa culpabilité ?

Hester afficha sa stupéfaction :

— Comment en douterions-nous ? Il était coupable, bien entendu.

— Pas vraiment *coupable*, releva Leo Argyle. Je n'aime pas ce mot-là.

— Ce mot est d'ailleurs faux, trancha Calgary.

Il respira à fond :

— Jack Argyle était... il était innocent.

2

L'annonce aurait dû faire sensation. Elle tomba à plat. Calgary s'était attendu à de l'ahurissement, à une joie incrédule mêlée d'incompréhension, à des questions passionnées... Il n'assista à rien de tout cela. Il semblait n'y avoir que lassitude et suspicion. Gwenda Vaughan fronçait les sourcils. Hester fixait sur lui des yeux dilatés. Bah ! il n'y avait après tout là rien que de bien naturel — une telle nouvelle ne pouvait être acceptée du premier coup.

— Vous voulez dire, Dr Calgary, que vous approuvez mon attitude ? interrogea Leo Argyle d'une voix hésitante. Que vous avez le sentiment qu'il n'était pas responsable de ses actions ?

— Je veux dire qu'il n'a rien *fait* ! Ne pouvez-vous pas comprendre ça, mon vieux ? Il ne l'a pas *fait*. Il n'aurait pas pu le faire. Sans le plus extraordinaire et le plus malheureux des concours de circonstances, il aurait *démontré* son innocence. *Moi*, j'aurais prouvé qu'il était innocent.

— Vous ?

— *C'était moi qui conduisais la voiture.*

Il avait lâché cela tout de go, si simplement que,

pendant un instant, ils ne le comprirent pas. Mais, avant qu'ils ne se soient ressaisis, ils furent interrompus. La porte s'ouvrit pour livrer passage à la femme au visage ingrat. Elle alla droit au but, directe :

— J'ai entendu, en passant dehors. Cet homme dit que Jacko n'a pas tué Mrs Argyle. Pourquoi dit-il ça ? Comment le sait-il ?

Ses traits, agressifs et durs, parurent s'affaisser.

— Je dois l'écouter, moi aussi, acheva-t-elle, misérable. Je ne peux pas rester dehors et ne pas savoir.

— Bien sûr que non, Kirsty. Vous faites partie de la famille, concéda Leo Argyle pour la présenter. Miss Lindstrom, le Dr Calgary. Le Dr Calgary est en train de nous raconter les choses les plus incroyables.

Calgary s'étonna de ce prénom écossais de Kirsty. Elle parlait un anglais excellent, marqué tout de même d'une pointe d'accent étranger.

— Vous ne devez pas venir ici pour dire des choses pareilles — et bouleverser les gens, lui reprocha-t-elle. Ils ont accepté leurs malheurs. Maintenant, vous les bouleversez par ce que vous dites. Ce qui est arrivé, c'était la volonté de Dieu.

Il fut écœuré de la complaisance spécieuse du propos. Peut-être, estima-t-il, appartenait-elle à ces êtres morbides qui appellent le malheur de tous leurs vœux. Eh bien, il allait la priver de celui-là.

— A 7 heures moins 5 ce soir-là, martela-t-il, d'une voix rapide, j'ai embarqué sur la route de Redmyn à Drymouth un jeune homme qui faisait de l'auto-stop. Je l'ai emmené à Drymouth. Nous avons bavardé. J'ai estimé avoir affaire à un jeune homme séduisant et aimable.

— Jacko déployait un grand charme, fit valoir Gwenda. Tout le monde le trouvait attirant. Il savait dissimuler son caractère. Et il était sournois, cela va de soi, ajouta-t-elle, pensive. Mais les gens ne s'en apercevaient pas tout de suite.

Miss Lindstrom lui lança :

— Vous ne devez plus parler de lui comme ça, alors qu'il est mort.

— Je vous en prie, continuez, reprit Leo Argyle avec un rien de sécheresse. Pourquoi ne pas vous être fait connaître sur le moment ?

— Oui, renchérit Hester, un peu haletante. Pourquoi vous être tenu à l'écart de tout ça ? Les journaux avaient lancé des appels, publié des annonces. Comment avez-vous pu vous montrer si égoïste, si malveillant...

— Allons, allons, Hester, intervint son père. Le Dr Calgary n'a pas achevé son récit.

Calgary s'adressa directement à la jeune fille :

— Je ne sais que trop ce que vous éprouvez. Je sais ce que j'éprouve moi-même... et ce que j'éprouverai toujours.

Il recouvra sa maîtrise de lui-même :

— Je continue. Il y avait beaucoup de circulation, ce soir-là. 7 heures et demie étaient largement dépassées quand j'ai déposé ce jeune homme, dont j'ignorais le nom, dans le centre de Drymouth. Ceci, à ce que je comprends, le met totalement hors de cause, car la police a établi formellement que le crime avait été commis entre 7 heures et 7 heures et demie.

— Oui, dit Hester. Mais vous...

— De la patience, s'il vous plaît. Pour que vous compreniez, il me faut quelque peu revenir en arrière. Je séjournais alors à Drymouth depuis quelques jours, dans l'appartement d'un ami. Cet ami, officier de marine, était en mer. Il m'avait aussi prêté sa voiture, qu'il garait dans son box privé. Ce jour-là, le 9 novembre, je devais regagner Londres. J'ai décidé de prendre le train du soir et de consacrer l'après-midi à rendre visite à une vieille nurse que ma famille aimait beaucoup et qui vivait dans un petit cottage à Polgarth, à quelque soixante kilomètres à l'ouest de Drymouth. J'ai mené à bien ce programme. Quoique très âgée et un peu encline à divaguer, elle m'a reconnu et elle a été très heureuse de me revoir, très excitée aussi parce qu'elle avait lu dans les journaux que je « partais pour le Pôle », comme elle disait. Je ne suis resté chez elle que peu de temps, afin de ne pas la fatiguer et, en partant, j'ai choisi de ne pas retourner directement à Drymouth par la route côtière. Mais, au lieu de cela, de monter vers le nord, vers Redmyn, pour aller voir le vieux chanoine Peasmarsh, dont la bibliothèque recèle quelques ouvrages très rares, notamment un ancien traité de navigation dont je souhaitais ardemment recopier un passage. Le vieux bonhomme refuse d'avoir le téléphone, qu'il tient pour un instrument diabolique, à l'instar de la radio, du cinéma, de l'orgue électrique et des avions à réaction, si bien qu'il me fallait courir ma chance pour le trouver chez lui. La chance m'a fait défaut. J'ai trouvé porte close. Il était évidemment sorti. J'ai passé un petit moment dans la cathédrale, et puis j'ai pris la grand-route pour revenir à Drymouth, parcourant ainsi le troisième côté d'un triangle. Je m'étais accordé un délai confortable pour récupérer ma valise à l'appartement, ramener la voiture dans son garage, et attraper mon train.

» En chemin, comme je vous l'ai dit, j'ai embarqué un auto-stoppeur inconnu et, après l'avoir conduit en ville, j'ai fait ce que j'avais prévu. Mais j'avais encore du temps en arrivant à la gare, et je suis allé dans la grand-rue pour m'acheter des cigarettes. A l'instant où je traversais, un camion a tourné le coin à vive allure, et il m'a renversé.

» A en croire les témoignages des passants, je me suis relevé sans blessure apparente, et j'ai fait preuve d'un comportement normal. J'ai affirmé que j'allais très bien, et je suis retourné en vitesse à la gare. Lorsque le train est arrivé à Paddington, j'étais inconscient. Une ambulance m'a emporté à l'hôpital, où l'on a diagnostiqué une commotion — on m'a dit que ces effets à retardement se produisaient parfois.

» Quand j'ai repris conscience, plusieurs jours après, je ne me rappelais plus rien de cet accident ni de mon retour à Londres. Je me souvenais seulement d'être parti voir ma vieille nurse à Polgarth. Ensuite, le vide. J'ai été rassuré d'apprendre qu'il s'agissait là d'un phénomène classique. Il ne semblait y avoir nulle raison de croire que ces quelques heures, que ce blanc dans ma vie, puissent être de quelque importance. Personne, ni moi ni qui que ce soit d'autre, ne se doutait le moins du monde que j'avais parcouru la route Redmyn-Drymouth ce soir-là.

» Il ne restait qu'un court délai avant que je ne doive quitter l'Angleterre. On m'a gardé à l'hôpital, au calme le plus absolu, sans journaux. A ma sortie, je suis allé droit à l'aéroport, pour prendre l'avion pour l'Australie afin de me joindre à l'expédition. On pouvait douter de ma capacité physique à y prendre part, mais, là, j'ai passé outre. J'étais bien trop accaparé par mes préparatifs, et par mes inquiétudes, pour lire des articles sur un assassinat et, en tout cas, l'intérêt s'était éteint avec l'arrestation. Lorsque le procès a eu lieu, et qu'il a fait l'objet de comptes rendus exhaustifs, j'étais déjà en route pour l'Antarctique.

Calgary marqua une pause. On l'écoutait avec une extrême attention.

— Ce fut il y a un mois environ, très peu après mon retour en Angleterre, que j'ai fait ma découverte. J'avais besoin de vieux journaux pour emballer des spécimens. Ma logeuse m'a apporté une pile de quotidiens qu'elle gardait près de la chaudière. Alors que j'en étalais un sur la table, j'ai vu la photographie d'un jeune homme dont le visage me semblait tout à fait familier. J'ai essayé de me souvenir de l'endroit où je l'avais rencontré et de qui il était. Je n'y parvenais pas et, cependant, étrangement, je me rappelais une conversation avec lui — à propos des anguilles. La saga que constitue la vie des anguilles l'intriguait et le fascinait. Mais quand cette conversation avait-elle donc eu lieu ? Et où ? J'ai lu l'article, et j'ai appris que le jeune homme se nommait Jack Argyle et qu'il était accusé de meurtre. J'ai appris aussi qu'il avait affirmé à la police qu'il avait été pris en stop par un homme qui conduisait une limousine noire.

» Alors, tout soudain, ce fragment perdu de mon

existence m'est revenu. J'avais, *moi*, chargé ledit jeune homme, je l'avais emmené à Drymouth, je m'étais séparé de lui, j'étais passé à l'appartement... et j'avais traversé la rue pour acheter mes cigarettes. Je revoyais en un éclair le camion en train de me heurter... Après, plus rien, jusqu'à l'hôpital. Je continuais à ne pas me souvenir d'être retourné à la gare, ni d'avoir embarqué dans le train de Londres. J'ai lu et relu cet article. Le procès s'était achevé un an auparavant. L'affaire était presque oubliée. "Un garçon qui a tué sa mère, m'a dit vaguement ma propriétaire. Je ne sais pas ce qu'il en est advenu... je crois qu'on l'a pendu." J'ai consulté les archives des journaux pour les dates correspondantes, et je suis ensuite allé chez Marshall & Marshall qui avaient assuré la défense. On m'a appris qu'il était trop tard pour que le malheureux retrouve la liberté. Qu'il était mort de pneumonie en prison. Mais que si l'on ne pouvait plus lui faire justice, on *pourrait* faire justice à sa mémoire. Avec Mr Marshall, je suis allé trouver la police. Le dossier a été transmis au parquet. Marshall ne doute guère que l'on en référera au ministre de l'Intérieur.

» Marshall vous adressera, bien entendu, un rapport détaillé. Il ne l'a retardé que parce que je tenais à être celui qui vous mettrait au courant de la vérité. J'avais la conviction qu'il s'agissait là d'une épreuve que j'avais le devoir d'affronter. Vous comprendrez, j'en suis convaincu, que je ressentirai toujours le poids de ma culpabilité. Si j'avais été plus prudent en traversant cette rue...

Sa voix se brisa :

— Je conçois que vos sentiments à mon égard ne seront jamais très chaleureux... et que, même si, juridiquement, il n'est rien qu'on puisse me reprocher... vous ne pourrez tous faire autrement que m'en vouloir.

Gwenda Vaughan répliqua aussitôt, d'une voix chaude et amicale :

— Nous ne vous faisons naturellement aucun

reproche. C'est seulement... seulement l'une de ces choses qui arrivent. C'est tragique... incroyable... mais c'est ainsi.

— Ils vous ont cru ? interrogea Hester.

Calgary la fixa, surpris.

— Oui, la police — ils vous ont cru ? répéta-t-elle. Pourquoi n'auriez-vous pas tout inventé ?

Malgré lui, il esquissa un petit sourire.

— Je suis un témoin tout ce qu'il y a d'honorable, répondit-il avec douceur. Je n'agis pas dans un but intéressé, et on a vérifié de très près mon récit. Avec des témoignages médicaux, et de nombreuses confirmations à Drymouth. Oh ! oui... Marshall s'est montré prudent, bien entendu, comme tout avocat qui se respecte. Il ne voulait pas susciter vos espoirs avant d'avoir la certitude absolue du succès.

Leo Argyle s'agita dans son fauteuil et prit la parole pour la première fois :

— Qu'entendez-vous exactement par *succès* ?

— Je vous demande pardon, répondit Calgary avec vivacité. Ce n'est pas là le mot que j'aurais dû employer. Votre fils a été accusé d'un crime qu'il n'avait pas commis, il a été jugé, et condamné — et il est mort en prison. Pour lui, la justice vient trop tard. Mais toute la justice qui pourra être rendue le sera presque certainement, et aux yeux de tous. Le ministre de l'Intérieur recommandera sans doute à la reine de lui accorder sa grâce.

Hester éclata de rire :

— Sa grâce... pour un crime qu'il n'avait pas commis ?

— Je sais. Cette terminologie paraît toujours surréaliste. Mais j'ai cru comprendre que, selon la coutume, une question sera posée par un parlementaire à la Chambre des communes, que la réponse officielle montrera sans équivoque que Jack Argyle n'avait pas commis le crime pour lequel il avait été condamné, et que la presse en fera largement état.

Il se tut. Personne ne dit rien. Ç'avait été, supposa-t-il, un grand choc pour tous. Mais un choc heureux.

Il se leva.

— Je crains bien, lâcha-t-il, un peu incertain, qu'il n'y ait rien que je puisse ajouter... Vous répéter à quel point je suis désolé, à quel point je suis malheureux de ce qui s'est passé, vous demander votre pardon — tout cela, vous ne le savez déjà que trop. Ce drame qui a mis fin à une vie a aussi assombri la mienne. Mais, au moins, plaida-t-il, cela a sûrement une *signification* — savoir qu'il n'a pas commis ce geste abominable... que son nom... votre nom... sera lavé aux yeux du monde...

Si Calgary avait espéré une réponse, il n'en obtint aucune.

Leo Argyle demeurait effondré dans son fauteuil. Le regard de Gwenda était rivé sur lui. Hester regardait droit devant elle, les yeux dilatés et tragiques. Miss Lindstrom secouait la tête et grommelait entre ses dents.

Impuissant, Calgary s'arrêta devant la porte et se retourna.

Ce fut Gwenda Vaughan qui sauva la situation. Elle vint à lui, lui posa la main sur le bras, et lui dit à voix basse :

— Il est préférable que vous partiez maintenant, Dr Calgary. Le choc a été trop fort. Il leur faut du temps pour le digérer.

Il hocha la tête et sortit. Miss Lindstrom le rejoignit sur le palier.

— Je vais vous reconduire, expliqua-t-elle.

Se retournant une dernière fois, avant que la porte ne se referme, il aperçut Gwenda Vaughan qui s'agenouillait à côté de Leo Argyle. Il s'en étonna quelque peu.

Face à lui, en haut des marches, miss Lindstrom le toisait, tel un grenadier de la garde.

— Vous ne pouvez pas le ramener à la vie, lui lança-t-elle durement. Alors pourquoi ramener cela à leurs esprits ? Jusqu'à présent, ils étaient résignés. Maintenant, ils vont souffrir. Il vaut mieux, toujours, ne vous mêler que de ce qui vous regarde.

Elle exprimait un vif dédain.

— Il fallait laver sa mémoire, se défendit Arthur Calgary.

— Les beaux sentiments ! Voilà qui est bel et bon. Mais vous ne pensez pas réellement à ce que tout cela signifie. Les hommes ! Ils ne voient jamais que le bout de leur nez !

Elle tapa du pied :

— Ces gens, je les aime. Je les aime tous. Je suis venue ici, pour aider Mrs Argyle, en 1940 — quand elle a créé un home d'enfants — destiné aux petits dont les maisons avaient été bombardées. Rien n'était trop beau pour ces gamins. On faisait n'importe quoi pour eux. C'était il y a presque dix-huit ans. Et moi, même maintenant qu'elle est morte, je reste toujours là — pour veiller sur eux — pour que la maison soit propre et confortable, pour m'assurer qu'ils mangent bien. Je les aime tous — oui, je les aime... même Jacko. Certes, il était malfaisant, il ne valait pas cher ! Oh ! oui, je l'aimais, lui aussi. Et pourtant... il ne valait pas cher !

Elle tourna brusquement les talons. Apparemment, elle avait oublié son offre de le reconduire. Calgary descendit lentement les marches. Alors qu'il se battait avec le portail, doté d'un verrou de sûreté qu'il ne savait pas défaire, il entendit des pas légers qui dévalaient les marches. Hester arrivait.

Elle défit le verrou et ouvrit le battant. Ils se fixèrent. Il saisissait moins que jamais pourquoi elle lui adressait un regard tragique et plein de reproche.

Elle murmura dans un souffle à peine audible :

— Pourquoi êtes-vous venu ? Oh ! pourquoi êtes-vous venu ?

Il la dévisagea, perplexe :

— Je ne vous comprends pas. Vous ne souhaitez pas que le nom de votre frère soit lavé ? Vous ne voulez pas qu'il lui soit fait justice ?

— Oh, la justice ! cracha-t-elle.

— Je ne comprends pas que...

— Ne me bassinez pas avec la justice ! Quelle importance cela peut-il avoir pour Jacko, maintenant ? Il est mort. Ce n'est pas Jacko qui compte. C'est *nous* !

— Que voulez-vous dire ?

— Ce n'est pas le coupable qui importe. Ce sont les innocents.

Elle lui agrippa le bras, lui enfonça les doigts dans sa chair :

— C'est *nous* qui importons. Vous ne voyez pas ce que vous nous avez fait, à nous tous ?

Il la fixa, ébahi.

Une silhouette d'homme émergea de l'obscurité :

— Dr Calgary ? Votre taxi est là. Pour vous conduire à Drymouth.

— Oh !... euh... merci.

Calgary se tourna une dernière fois vers Hester, mais elle s'était retirée dans la maison.

Le portail claqua.

3

Repoussant de son front ses cheveux noirs, Hester remonta lentement l'escalier. Kirsten Lindstrom l'attendait en haut des marches :

— Il est parti ?

— Oui, il est parti.

— Tu as eu un choc, Hester, lui dit la femme en lui posant gentiment le bras sur l'épaule. Viens avec moi. Je vais te donner un peu de cognac. Tout ça, c'était trop.

— Je ne crois pas que j'aie envie de cognac, Kirsty.

— Tu n'en veux peut-être pas, mais ça sera bon pour toi.

Sans résister, la jeune fille se laissa guider le long du couloir jusqu'au petit boudoir de Kirsten Lindstrom. Elle prit le cognac qui lui était offert et le but avec lenteur.

— Tout ça, ç'a été beaucoup trop brusque, reprit la femme d'un ton exaspéré. Il aurait dû y avoir un préavis. Pourquoi Mr Marshall ne nous a-t-il pas écrit d'abord ?

— Je suppose que le Dr Calgary ne l'y a pas autorisé. Il voulait venir pour nous l'annoncer lui-même.

— Venir nous l'annoncer lui-même, eh bien voyons ! Quel effet croyait-il que cette nouvelle allait nous faire ?

— J'imagine, répondit Hester d'une voix étrange, sans timbre, qu'il pensait que nous en serions contents.

— Contents ou pas contents, ça devait nous donner un choc. Il n'aurait pas dû faire ça.

— Mais c'était courageux, d'une certaine manière, fit valoir Hester en rougissant. Je veux dire par là que ça ne lui a sans doute pas été *facile*. Venir pour informer une famille qu'un de ses membres qui a été condamné pour meurtre et qui est mort en prison était, en réalité, innocent. Oui, c'était courageux de sa part... mais je préférerais tout de même qu'il ne soit pas venu.

— Ça, nous le préférerions tous, approuva miss Lindstrom avec vivacité.

Hester la fixa avec une attention née de ses propres inquiétudes :

— Donc, vous ressentez ça aussi, Kirsty ? Je pensais que j'étais peut-être la seule.

— Je ne suis pas idiote, riposta Kirsten Lindstrom sèchement. Je peux envisager certaines éventualités auxquelles votre Dr Calgary ne paraît pas avoir réfléchi.

Hester se leva :

— Je dois aller voir père.

— Oui. Il va maintenant avoir le temps de décider de ce qu'il y a de mieux à faire.

Gwenda Vaughan s'activait au téléphone lorsque Hester pénétra dans la bibliothèque. Son père lui fit signe de venir s'asseoir sur le bras de son fauteuil.

— Nous essayons de joindre Mary et Micky, expliqua-t-il. Il faut qu'ils soient prévenus tout de suite.

— Allô ? disait Gwenda. C'est Mrs Durrant ? Mary ? Gwenda Vaughan à l'appareil. Votre père veut vous parler.

Leo Argyle s'en vint prendre le combiné :

— Mary ? Comment vas-tu ? Et Philip ?... Bien. Il s'est passé quelque chose de tout à fait extraordinaire... Il m'a semblé que je devais t'en informer immédiatement. Un certain Dr Calgary vient tout juste de passer chez nous. Il apportait une lettre d'Andrew Marshall. C'est à propos de Jacko. Il apparaît que... c'est vraiment extravagant... il apparaît que l'histoire que Jacko avait racontée lors de son procès, selon laquelle il était allé en stop à Drymouth dans la voiture d'un inconnu, était absolument véridique. Ce Dr Calgary était l'homme qui l'avait embarqué...

Il s'interrompit pour écouter la réponse de sa fille à l'autre bout du fil :

— Oui, eh bien, Mary, je ne vais pas t'expliquer maintenant en détail pourquoi il ne s'était pas fait connaître à l'époque. Il avait eu un accident — une commotion. Son récit paraît parfaitement corroboré. Je t'appelais pour te dire qu'il me semble que nous devrions tous nous réunir ici aussi vite que possible. Nous pourrions peut-être demander à Marshall de venir pour discuter de la question avec nous. Il nous faut, à mon avis, être éclairés au mieux sur le plan juridique. Pourriez-vous, Philip et toi ?... Oui... Oui, je sais. Mais, ma chérie, je crois que c'est réellement *important*... Oui... Rappelle-moi plus tard, si tu veux. Je dois essayer de trouver Micky.

Il reposa le combiné.

Gwenda Vaughan s'approcha du téléphone :

— J'essaie tout de suite d'avoir Micky ?

— Si cela doit prendre un peu de temps, Gwenda, pourrais-je passer une communication d'abord, s'il vous plaît ? demanda Hester. Je voudrais appeler Donald.

— Bien sûr, approuva Leo. Tu sors avec lui ce soir, non ?

— Je *devais*, répliqua la jeune fille.

Son père lui lança un regard aigu :

— Tout cela t'a bouleversée à ce point, chérie ?

— Je ne sais pas. Je ne sais pas ce que je ressens.

Gwenda lui céda la place. Hester composa un numéro :

— Puis-je parler au Dr Craig, je vous prie ? Oui. Oui. Hester Argyle à l'appareil.

Après quelques secondes de silence, elle enchaîna :

— C'est vous, Donald ?... Je vous appelle pour vous dire que je ne crois pas que j'irai avec vous à cette conférence, ce soir... Non, je ne suis pas malade — ce n'est pas ça, c'est seulement que... eh bien, seulement que nous venons... que nous venons d'apprendre des nouvelles tout à fait étranges.

Le Dr Craig reprit la parole.

La tête tournée vers son père, Hester posa la main sur le micro pour lui demander :

— Ce n'est pas un secret, n'est-ce pas ?

— Non, répondit Leo Argyle en pesant ses mots. Non, ce n'est pas exactement un secret mais... peut-être souhaiterais-je que Donald garde cela pour lui, pour le moment du moins. Tu sais comment les rumeurs se propagent et prennent de l'ampleur.

— Oui, je sais.

Elle parla à nouveau dans le micro :

— Dans un sens, je suppose que c'est ce que l'on appelle de bonnes nouvelles, Donald mais... mais c'est assez bouleversant... Non, non, ne venez *pas* ici... *Non*, je vous en prie. Pas ce soir. Demain. C'est au sujet... au sujet de Jacko. Oui... oui... mon frère... c'est seulement parce que nous venons de découvrir qu'après tout, il n'a pas tué ma mère... Mais s'il vous plaît, Donald, ne dites rien, et n'en parlez à *personne*. Je vous raconterai tout demain... non, Donald, non... Je ne peux vraiment voir *personne* ce soir — pas même vous. Je vous en prie. Et ne dites rien.

Elle raccrocha et redonna le combiné à Gwenda qui composa un numéro à Drymouth.

— Pourquoi ne vas-tu pas à cette conférence avec Donald, Hester ? s'enquit doucement Leo Argyle.

— Je n'en ai pas envie, père. Je ne peux pas.

— Tu lui as dit... tu lui as donné l'impression que ce n'était pas une bonne nouvelle. Mais tu sais bien qu'il n'en est pas ainsi, Hester. Nous étions abasourdis. Mais nous en sommes tous très heureux... très heureux, vraiment... Que pourrions-nous penser d'autre ?

— C'est ce que nous allons dire, non ? jeta la jeune fille.

Leo prit un ton d'avertissement :

— Ma chère enfant...

— Mais ça n'est pas vrai, n'est-ce pas ? Ce n'est pas une bonne nouvelle. C'est seulement terriblement inquiétant.

— Micky est en ligne, annonça Gwenda.

De nouveau, Leo Argyle s'empara du combiné. Il s'adressa à son fils à peu près dans les mêmes termes qu'à sa fille aînée. Mais là, l'information fut reçue de manière bien différente qu'elle ne l'avait été par Mary Durrant : sans protestation, ni surprise, ni incrédulité. On l'accepta de but en blanc.

— Nom de Dieu ! jura Micky. Après tout ce temps ? Le témoin manquant ! Eh bien, eh bien, Jacko a manqué de chance, ce soir-là.

Leo reprit la parole. Micky l'écouta.

— Oui, dit-il, je suis d'accord avec vous. Nous devons nous réunir aussi vite que possible, avec Marshall pour nous conseiller.

Il éclata brusquement d'un rire bref. Du rire, Leo s'en souvenait, qu'avait le petit garçon qui jouait autrefois devant sa fenêtre.

— Les paris sont ouverts, ricana-t-il. *Qui de nous a fait le coup ?*

Leo Argyle reposa brutalement le récepteur.

— Que disait-il ? interrogea Gwenda.

Il la mit au courant.

— Il me semble, estima-t-elle, que c'est une plaisanterie assez stupide.

Il lui lança un vif coup d'œil.

— Peut-être souffla-t-il, n'était-ce pas tout à fait une plaisanterie.

*

Mary Durrant traversa le salon pour ramasser quelques pétales tombés d'un vase de chrysanthèmes. Elle les déposa avec soin dans la corbeille à papier. C'était une grande jeune femme de vingt-sept ans, d'allure sereine qui, malgré un visage dépourvu de rides et sans doute par suite d'une maturité paisible qui semblait faire partie de son maquillage, paraissait plus vieille que son âge. Belle, sans le moindre éclat, elle possédait des traits réguliers, une jolie peau, des yeux d'un bleu vif et des cheveux blonds coiffés en un gros chignon sur la nuque. Elle s'habillait d'une manière qui, en ce moment précis, était à la mode, quoique ce ne fût pas la raison pour laquelle elle choisissait ses vêtements. Elle s'en tenait toujours à son propre style. Elle offrait la même apparence que sa maison : nette et bien tenue. Elle ne supportait ni la poussière ni le désordre.

Assis dans un fauteuil roulant, l'homme qui l'avait observée en train de mettre de l'ordre dans ses fleurs eut un sourire un peu sarcastique :

— Toujours la même créature ordonnée. Une place pour chaque chose, et chaque chose à sa place.

Il rit, un tantinet narquois. Mais Mary Durrant ne se laissait pas démonter :

— J'aime que les choses soient en ordre. Tu sais, Phil, cela ne te plairait pas non plus si la pagaille régnait dans cette maison.

— Eh bien, *moi*, en tout cas, répliqua son mari non sans une pointe d'amertume, je n'ai eu aucune chance d'en mettre, de la pagaille.

Peu après leur mariage, il avait été victime d'une atteinte de poliomyélite. Pour Mary, qui l'adorait, il était devenu autant un enfant qu'un mari. Lui-même se sentait parfois agacé par cet amour possessif. Sa femme n'avait pas assez d'imagination pour comprendre que le plaisir qu'elle trouvait dans sa dépendance à son égard l'irritait quelquefois.

Il reprit vivement, comme s'il avait redouté de sa part une phrase de pitié ou de sympathie :

— Je dois admettre que la nouvelle annoncée par ton père défie l'entendement ! Après tout ce temps ! Mais comment peux-tu rester aussi calme ?

— Je suppose que je n'arrive pas à l'accepter... C'est tellement extraordinaire. Au début, je ne pouvais tout bonnement pas croire ce que père disait. Si ç'avait été Hester, j'aurais pensé qu'elle avait tout inventé. Tu sais bien comment est Hester.

Le visage de Philip Durrant perdit un peu de son amertume. Il remarqua avec douceur :

— Hester est un être impétueux et passionné, venue au monde pour chercher des ennuis et assurée d'en rencontrer.

Mary, d'un geste, écarta le commentaire. La personnalité des autres ne l'intéressait pas.

Elle reprit, dubitative :

— Il faut supposer que c'est *vrai*. Tu ne crois pas que cet homme aurait pu tout imaginer ?

— Le savant amnésique ? Il serait agréable de le penser, mais il semble qu'Andrew Marshall a pris la chose très au sérieux. Et chez Marshall, Marshall & Marshall, on ne se laisse pas facilement mener en bateau, je t'en fiche mon billet.

Elle fronça les sourcils :

— Mais, en fait, qu'est-ce que cela va *signifier*, Phil ?

— Cela signifie que Jacko va être complètement innocenté. Pour autant que les autorités soient convaincues, j'entends — mais je crois comprendre qu'il n'est pas question de quoi que ce soit d'autre.

— Eh bien, soupira-t-elle, je suppose que tout cela est *très bien*.

Philip Durrant éclata à nouveau du même rire sarcastique et assez amer :

— Polly, tu veux ma mort.

Seul son mari avait jamais surnommé Mary Durrant Polly. Ce surnom jurait absolument avec son port de statue. Elle scruta Philip, un peu surprise :

— Je ne vois pas ce qui t'amuse autant.

— Tu as dit ça avec tellement d'affabilité ! Comme

lady Trucmuche, à sa vente de charité, quand elle fait l'article pour l'artisanat de l'orphelinat du village.

— Mais *c'est* très bien ! répliqua-t-elle, stupéfaite. Tu ne vas pas prétendre qu'il était agréable d'avoir un assassin dans la famille.

— Pas vraiment *dans* la famille.

— Eh bien, c'est presque la même chose. Je veux dire que c'était très pénible et que cela nous mettait mal à l'aise. Tout le monde était en émoi et se montrait si curieux. J'ai détesté cela.

— Tu l'as très bien géré, fit valoir son mari. Tu paralysais les gens du regard glacé de tes yeux bleus. Tu les faisais taire, en leur donnant l'air tout honteux d'eux-mêmes. C'est merveilleux de voir comment tu parviens à ne jamais afficher tes émotions.

— Oui, j'ai détesté tout cela. C'était extrêmement pénible. Mais, en tout cas, il était mort, et c'était fini. Tandis que maintenant... maintenant, on va de nouveau remuer la boue. C'est assommant.

— Oui, reconnut Philip Durrant, songeur.

Il déplaça à peine ses épaules, avec une grimace de douleur fugitive.

Sa femme vint à lui tout de suite :

— Tu as une crampe ? Attends. Laisse-moi t'arranger ce coussin. Voilà. C'est mieux ?

— Tu aurais dû être infirmière dans un hôpital.

— Je n'ai pas la moindre envie de soigner une foule de gens. Toi seulement.

Elle avait dit cela en toute simplicité, mais, au-delà des mots, il y avait un univers de tendresse.

Le téléphone sonna. Mary décrocha :

— Allô !... oui... moi-même... oh ! c'est toi...

Elle se tourna vers Philip :

— C'est Micky. Oui... oui, nous sommes au courant. Père a téléphoné... Eh bien, naturellement... Oui... Oui... Philip dit que si les avocats sont aussi sûrs d'eux, rien ne cloche... Franchement, Micky, je ne vois pas pourquoi tu es si énervé... Je ne crois pas être particulièrement stupide... Micky, pour parler franc, je crois que tu... Allô !... Allô !...

Elle plissa le front, contrariée :

— Il a raccroché. Vraiment, Philip, je ne comprends pas Micky.

— Qu'a-t-il dit, exactement ?

— Eh bien, il était dans un état ! Il m'a dit que j'étais stupide, que je ne comprenais pas les... les répercussions. L'enfer que ça allait être ! Ce sont ses propres paroles. Mais pourquoi ? Je ne comprends pas.

— Il a la trouille, non ? hasarda Philip Durrant, pensif.

— Mais pourquoi ?

— Eh bien, il n'a pas tort, tu sais. Il y aura des répercussions.

Mary paraissait assez perplexe :

— Tu veux dire que ça va ranimer l'intérêt pour l'affaire ? Je suis heureuse, bien entendu, que Jacko soit mis hors de cause, mais ce sera très désagréable si on recommence à jaser.

— Il ne s'agit pas seulement des clabaudages des voisins. Mais de bien davantage.

Elle se borna à lui lancer un regard interrogateur.

— La police va s'y intéresser, elle aussi ! expliqua-t-il.

— La *police* ? grinça-t-elle. Mais qu'est-ce qu'elle aurait donc à voir là-dedans ?

— Ma chère petite, *réfléchis*.

Elle revint lentement s'asseoir à côté de lui.

— Vois-tu, enchaîna-t-il, il va s'agir, de nouveau, d'un crime non élucidé.

— Mais ils ne vont quand même pas se soucier de... enfin, pas après tout ce temps ?...

— C'est là joliment prendre ses désirs pour des réalités. Mais c'est, aussi, fondamentalement irrationnel, je le crains.

— Mais après avoir été aussi bêtes... après avoir commis une telle erreur vis-à-vis de Jacko... ils ne vont quand même pas souhaiter revenir là-dessus, non ?

— Ils pourront ne pas le souhaiter — mais ils y seront probablement contraints ! Le devoir, c'est le devoir.

— Oh ! Philip, je suis sûre que tu te trompes. On cancanera un petit peu, et puis tout s'arrêtera.

— Et, après, nos vies seront à jamais heureuses, ironisa-t-il.

— Pourquoi pas ?

Il secoua la tête :

— Ce n'est pas aussi simple que cela... Non, ton père a raison. Nous devons tous nous réunir et demander conseil. Faire venir Marshall, comme il le disait.

— Tu veux dire... aller à Sunny Point ?

— Oui.

— Oh ! mais nous ne pouvons pas.

— Et pourquoi ?

— Ce n'est pas envisageable. Tu es handicapé et...

— Je ne suis pas impotent, s'irrita Philip. Je suis en pleine forme et en pleine force. Il se trouve simplement que j'ai perdu l'usage de mes jambes. Avec le moyen de transport adéquat, je peux aller jusqu'à Tombouctou.

— Je suis persuadée que ce serait très mauvais pour toi d'aller à Sunny Point. Entendre agiter toutes ces horreurs et...

— Je ne suis pas paralysé du cerveau.

— Et puis je ne vois pas comment nous pouvons abandonner la maison. Il y a eu tant de cambriolages, ces derniers temps...

— Trouve quelqu'un qui couchera ici.

— Tu peux en parler... comme s'il n'y avait rien de plus facile au monde.

— La vieille Mrs Machin-Chose peut venir tous les jours. Cesse d'élever des objections de ménagère, Polly. En réalité, c'est toi qui ne veux pas y aller.

— Non, je ne veux pas.

— Nous n'y resterons pas longtemps, la rassura-t-il. Mais je pense que nous devons nous rendre là-bas. Il s'agit d'un cas où la famille se doit de présenter un front uni. Nous avons à découvrir très exactement où nous en sommes sur ce point.

*

Dans son hôtel de Drymouth, Calgary dîna tôt, puis monta dans sa chambre. Il se sentait profondément affecté par tout ce qu'il venait de vivre à Sunny Point. Il s'était attendu à ce que sa mission soit douloureuse, et il lui avait fallu toute sa résolution pour l'accomplir. Mais tout s'était révélé douloureux et inquiétant sur un mode totalement imprévu. Il se jeta sur son lit et alluma une cigarette pour revoir, encore et toujours, l'ensemble de la scène.

L'image la plus claire qui lui venait à l'esprit, c'était Hester, au moment de son départ. Le mépris avec lequel elle avait dédaigné son plaidoyer en faveur de la justice ! Qu'avait-elle donc dit ? « Ce n'est pas le coupable qui importe, ce sont les innocents », et, ensuite, « Ne voyez-vous pas ce que vous nous avez fait à tous ? » Mais qu'avait-il fait ? Il ne comprenait pas.

Et puis les autres. Cette femme qu'ils appelaient Kirsty (Pourquoi Kirsty ? C'était un prénom écossais. Elle n'était pas écossaise — danoise, peut-être, ou norvégienne.) Pourquoi s'était-elle exprimée avec autant de hargne, en s'érigeant en procureur ?

Il y avait eu également quelque chose d'étrange chez Leo Argyle — de la retenue, de la méfiance. Pas le moindre « Merci, Seigneur, mon fils était innocent ! » qui aurait pourtant constitué la réaction normale !

Sans compter la jeune femme — la secrétaire de Leo Argyle. Elle l'avait aidé, elle avait fait preuve de gentillesse. Mais elle avait réagi bizarrement, elle aussi. Il se souvenait de l'avoir aperçue s'agenouiller près du fauteuil d'Argyle. Comme si... comme si... oui, comme si elle compatissait et le consolait. Mais le consoler de quoi ? De ce que son fils n'était pas coupable de meurtre ? Et, certainement... oui, à coup sûr... il fallait discerner là plus que les sentiments d'une simple secrétaire — même d'une secrétaire depuis longtemps employée... Mais de *quoi* s'agissait-il ? Pourquoi tous...

Le téléphone sonna sur sa table de chevet. Il prit le combiné :

— Allô ?

— Dr Calgary ? Quelqu'un vous demande.

— Moi ?

Il s'étonnait. A sa connaissance, nul ne savait qu'il passait la nuit à Drymouth.

— Qui est-ce ?

Une pause.

— C'est Mr Argyle, précisa enfin l'employé.

— Oh ! Dites-lui de...

Arthur Calgary s'interrompit à l'instant où il allait annoncer qu'il descendait tout de suite. Si, pour quelque raison que ce soit, Leo Argyle l'avait suivi à Drymouth et s'était débrouillé pour découvrir où il était descendu, on pouvait présumer que le sujet était suffisamment délicat pour qu'il n'en soit pas débattu dans le salon bondé.

— Demandez-lui de monter dans ma chambre, voulez-vous ? se corrigea-t-il.

Il se leva pour arpenter la pièce jusqu'à ce que l'on frappe à la porte.

Il s'en fut ouvrir :

— Entrez, Mr Argyle. Je...

Il se tut, stupéfait. Ce n'était pas Leo Argyle. C'était un jeune homme, de vingt-cinq ans environ, un jeune homme dont une expression d'amertume ternissait le beau visage bronzé. Un visage dur, coléreux, triste.

— Vous ne m'attendiez pas, dit-il. Vous attendiez... mon père. Je suis Michael Argyle.

— Entrez, répondit Calgary avant de refermer la porte derrière son visiteur. Comment avez-vous découvert que j'étais ici ?

Il offrit au jeune homme son étui à cigarettes.

Michael Argyle en choisit une, tout en éclatant d'un rire sec et déplaisant :

— Oh ! ça, sans problème ! J'ai appelé les principaux hôtels, en espérant que vous passeriez la nuit ici. Je suis tombé pile au deuxième essai.

— Et pourquoi vouliez-vous me voir ?

— Je voulais savoir quel genre de pèlerin vous étiez, répondit le jeune homme avec lenteur.

Du regard, il scrutait Calgary, notant les épaules un peu voûtées, les cheveux grisonnants, les traits émaciés et sensibles.

— Ainsi donc, reprit-il, vous êtes l'un des types qui sont allés au Pôle avec la Hayes Bentley. Vous ne m'avez pas l'air bien costaud.

Arthur Calgary sourit à peine :

— Les apparences s'avèrent parfois trompeuses. Costaud, je l'étais bien assez. On n'a pas besoin seulement de force musculaire. Il existe d'autres qualités tout aussi importantes : l'endurance, la patience, et les connaissances techniques.

— Quel âge avez-vous ? Quarante-cinq ?

— Trente-huit.

— Vous faites plus.

— Oui... oui, peut-être bien.

Une fraction de seconde, il fut submergé par une sensation de détresse poignante à la vue de la jeunesse éclatante du garçon qui lui faisait face.

Il répéta, d'un ton brusque :

— Pourquoi vouliez-vous me voir ?

L'autre grimaça :

— C'est bien naturel, non ? Après avoir entendu la nouvelle que vous nous apportiez... La nouvelle concernant feu mon très cher frère.

Calgary ne répliqua pas.

Mais Michael Argyle continuait :

— Pour lui, c'est venu un peu tard, hein ?

— Oui, concéda Calgary à mi-voix. Pour lui, c'est venu trop tard.

— Pourquoi aviez-vous gardé tout ça pour vous ? Qu'est-ce que c'est que tout ce machin de commotion ?

Patiemment, Calgary le lui expliqua. Etrangement, il se sentait réconforté par la dureté du jeune homme et par son impolitesse. Là, au moins, il trouvait quelqu'un qui prenait à fond le parti de son frère.

— Ça donne à Jacko un alibi, si je comprends

bien, n'est-ce pas ? Comment pouvez-vous être certain, pour les heures ?

— Je suis absolument affirmatif, riposta Calgary avec fermeté.

— Vous pourriez avoir fait une erreur. Vous, les scientifiques, vous êtes souvent distraits pour des broutilles comme les lieux et les heures.

Calgary, assez amusé, sourit :

— Vous vous êtes fait une image de roman du savant distrait — celui qui porte des chaussettes dépareillées, jamais très sûr d'où il est ou de la date. Mais, mon cher ami, le travail technique requiert une grande précision. Il y faut des calculs exacts, des heures précises à la seconde, des données relevées avec soin. Je puis vous donner l'assurance qu'il n'existe aucune possibilité que j'aie commis une erreur. J'ai embarqué votre frère juste avant 7 heures, et je l'ai déposé à Drymouth cinq minutes après la demie.

— Votre toquante aurait pu marcher de traviole. Ou alors vous regardiez la pendule de votre voiture.

— Ma montre et la pendule de bord étaient rigoureusement synchronisées.

— Jacko aurait pu vous monter une entourloupette. Il connaissait plein d'embrouilles.

— Il n'y a eu aucune embrouille. Pourquoi êtes-vous si acharné à démontrer que j'ai tort ? poursuivit-il en s'échauffant. Je pensais qu'il serait difficile de faire admettre aux autorités qu'elles avaient condamné un homme injustement. Mais je ne m'attendais guère à avoir tant de peine à en persuader sa famille !

— Donc, vous nous avez tous trouvés difficiles à convaincre ?

— La réaction m'a paru un peu... un peu inattendue.

Michael Argyle le fixa attentivement :

— Ils ne voulaient pas vous croire ?

— On... on aurait presque dit que...

— On ne l'aurait pas dit. C'était le cas. Et c'est bien naturel, si vous y réfléchissez.

— Mais pourquoi ? En quoi est-ce naturel ? Votre mère est assassinée. Votre frère est accusé du crime, et condamné. Maintenant, il apparaît qu'il était innocent. Vous devriez en être content... reconnaissant. C'était votre propre frère.

— Il n'était pas mon frère, riposta Micky. Et elle n'était pas ma mère.

— Quoi ?

— Personne ne vous l'a dit ? Nous avons tous été adoptés. Toute la ribambelle. Mary, ma « sœur » aînée, à New York. Et le restant d'entre nous, pendant la guerre. Ma « mère », comme vous l'appelez, ne pouvait pas avoir d'enfants. Alors, elle s'est offert une jolie petite famille par adoption. Mary, moi, Tina, Hester, Jacko. Une maison luxueuse et confortable, et de l'amour maternel à revendre ! Je dois dire qu'à la fin, elle en avait oublié que nous n'étions pas les rejetons de sa chair. Mais elle n'a pas eu de pot quand elle a choisi Jacko pour qu'il devienne l'un de ses petits garçons chéris.

— Je n'en avais pas la moindre idée, concéda Calgary.

— Alors, arrêtez de me sortir vos « votre propre mère », « votre propre frère ». Jacko était un salaud !

— Mais pas un assassin, rétorqua Calgary d'un ton solennel.

Micky le scruta en hochant la tête :

— Très bien. C'est vous qui le dites — et vous avez l'air d'y tenir. Jacko ne l'a pas zigouillée. Très bien, mais alors... *qui l'a tuée* ? Vous n'y aviez pas pensé, à celle-là, hein ? Réfléchissez-y, maintenant. Réfléchissez-y — et vous commencerez à voir ce que vous nous faites, à nous tous...

Il tourna les talons et quitta brusquement la chambre.

4

— C'est très aimable à vous, Mr Marshall, d'avoir accepté de me recevoir de nouveau, dit Calgary d'un ton d'excuse.

— Pas du tout, répondit l'homme de loi.

— Comme vous le savez, je suis allé à Sunny Point, où j'ai rencontré la famille de Jack Argyle.

— Certes.

— J'imagine que vous avez eu des échos de ma visite.

— Oui, Dr Calgary. Absolument.

— Vous pourriez, cependant, avoir quelque peine à comprendre pourquoi je m'adresse de nouveau à vous... Les choses, voyez-vous, ne se sont pas déroulées exactement comme je m'y attendais.

— Non. Peut-être pas, en effet, concéda Mr Marshall.

La voix du vieil avocat demeurait aussi sèche, aussi dépourvue de sentiment, que de coutume. Pourtant, elle véhiculait quelque chose qui poussa Arthur Calgary à poursuivre :

— Je pensais, comprenez-vous, que cela mettrait le point final. Je m'étais préparé à... comment dirais-je ?... à un certain ressentiment de leur part. Même si, à mon avis du moins, la commotion dont j'ai souffert peut être tenue pour un cas de force majeure, on pouvait, de leur point de vue, leur pardonner leur réaction. En même temps, j'espérais que tout serait effacé par la gratitude qu'ils éprouveraient du fait que la mémoire de Jack Argyle aurait été disculpée. Mais rien ne s'est passé comme je l'avais envisagé. Rien. Rien du tout.

— Je vois.

— Peut-être, Mr Marshall, aviez-vous subodoré un peu de ce que j'allais rencontrer... Votre attitude lors de notre première entrevue, je m'en souviens, m'avait laissé perplexe. Aviez-vous *prévu* l'état d'esprit que je partais affronter ?

— Dr Calgary, vous ne m'avez pas encore dit de quoi il s'agissait.

Arthur Calgary s'avança dans son fauteuil :

— Je croyais que j'allais *mettre fin* à quelque chose, en... comment dire ?... en donnant un dénouement différent à un chapitre déjà rédigé. Mais on m'a fait sentir, on m'a fait voir, qu'au lieu de *mettre le point final* à une tragédie, je *donnais le départ* à une autre. Estimez-vous que ce soit là une bonne vision de la situation ?

Mr Marshall branlait dignement du chef :

— Oui. On pourrait dire cela comme ça. J'ai bien pensé — je peux vous l'avouer — que vous ne saisissiez pas toutes les implications. Ce qui était bien normal, puisque vous ne connaissiez du passé, ou des faits, que ce que rapportaient les journaux dans leur rubrique judiciaire.

— Evidemment, s'échauffa Calgary en haussant le ton. Evidemment, je le vois, maintenant. Bien trop clairement. Ce n'est pas du soulagement qu'ils ont éprouvé, ni de la gratitude. C'était de l'appréhension. La peur de ce qui allait survenir. Ai-je raison ?

— Je penserais volontiers que vous avez probablement tout à fait raison, répondit Marshall, non sans prudence. Notez bien que je ne suis informé que par ouï-dire.

— Et s'il en est ainsi, poursuivit Calgary, je ne puis plus penser qu'il m'est possible de retourner à mes travaux la conscience en repos d'avoir réparé autant que je l'ai pu. Je suis toujours mêlé à cette affaire. Je suis responsable d'avoir introduit un facteur nouveau dans la vie de diverses personnes. Je ne peux pas, définitivement pas, m'en laver les mains.

Mr Marshall s'éclaircit la voix :

— Il s'agit là, peut-être, d'une vision quelque peu illusoire, Dr Calgary.

— Je ne le crois pas — pas vraiment. Chacun doit assumer la responsabilité de ses actes, et non seulement de ses *actes*, mais aussi des *conséquences* de ses actes. Il y a tout juste deux ans, j'ai embarqué sur la route un jeune auto-stoppeur. Ce faisant, j'ai mis en branle une certaine succession d'événements. Je ne crois pas avoir le droit de m'en tenir à l'écart.

L'homme de loi se contentait de secouer la tête.

— Très bien, poursuivit Calgary, agacé, considérez que c'est illusoire, si cela vous chante. Mais mes sentiments, ma conscience, demeurent impliqués. Mon unique souhait, c'était de réparer quelque chose qu'il avait été hors de mon pouvoir d'empêcher. D'une manière très étrange, j'ai rendu la situation pire encore pour des gens qui avaient déjà souffert. Mais je ne comprends toujours pas précisément *pourquoi*.

— Non, dit Marshall avec lenteur, non, en effet, vous ne pouvez pas voir pourquoi. Durant les dix-huit derniers mois, ou à peu près, vous avez perdu le contact avec la civilisation. Vous n'avez pas lu les quotidiens, ni les portraits de la famille qui y étaient brossés. Peut-être ne les auriez-vous pas lus de toute façon, mais vous n'auriez pas pu éviter, à mon avis, d'en *entendre parler*. Les faits sont très simples, Dr Calgary. Ils n'ont rien de confidentiel. A l'époque, ils ont été rendus publics. Ils se résument tout simplement à ceci. Si Jack Argyle n'a pas commis le crime — et selon votre récit, il ne peut pas l'avoir commis —, alors *qui* ? Ce qui nous ramène aux circonstances dans lesquelles le crime a été commis. Il a été perpétré entre 7 heures et 7 heures et demie, par une soirée de novembre où la défunte était entourée de membres de sa famille et de sa maisonnée. La demeure était parfaitement fermée et, si quelqu'un était venu de l'extérieur, ou bien c'est Mrs Argyle elle-même qui l'a fait entrer, ou bien l'intrus possédait sa propre clef. En d'autres termes, ce doit avoir été quelqu'un qu'elle connaissait. Cela évoque, par certains aspects, l'affaire Borden, aux Etats-Unis. Mr Borden et son épouse ont été tués à coups de hache un dimanche matin. Personne, chez eux, n'a rien entendu, et nul ne peut dire qu'il a vu quelqu'un approcher de la maison. Vous voyez maintenant, Dr Calgary, pourquoi les membres de la famille ont été, comme vous l'avez fait remarquer, plus inquiétés que soulagés par la nouvelle que vous leur apportiez ?

— Ils préféraient, à votre avis, que Jack Argyle continue d'être le coupable ? demanda Calgary avec lenteur.

— Oh ! oui. Absolument oui. Si je puis m'exprimer avec cynisme, Jack Argyle représentait une réponse parfaite à la réalité douloureuse d'un assassinat dans la famille. Il avait été un enfant à problèmes, un adolescent délinquant, un homme à la personnalité violente. On pouvait, à l'intérieur du cercle de famille — et on a pu —, lui trouver des circonstances atténuantes. La famille pouvait le pleurer, avoir pour lui de la compassion, et chacun pouvait se dire, dire aux autres, et affirmer au monde entier, que ce n'était pas *réellement* de sa faute, que les psychologues pouvaient tout expliquer ! Oui, c'est extrêmement commode.

— Et maintenant...

— Et maintenant, acheva Mr Marshall, c'est différent, bien entendu. Tout à fait différent. Presque inquiétant, peut-être.

— Et la nouvelle que j'apportais vous était également désagréable, à vous aussi, n'est-ce pas ? remarqua adroitement Calgary.

— Je dois le reconnaître. Oui. Oui, je dois reconnaître que j'ai été... troublé. Un dossier qui avait été clos d'une manière satisfaisante... oui, je persiste à employer ce mot... est maintenant rouvert.

— Est-ce officiel ? s'enquit Calgary. J'entends... en ce qui concerne la police, va-t-on rouvrir le dossier ?

— Oh ! incontestablement. Lorsque Jack Argyle a été déclaré coupable, sur la base de preuves accablantes — le jury ne s'est réuni que pendant un quart d'heure —, l'affaire, en ce qui concernait la police, était finie. Mais aujourd'hui, avec l'octroi d'une grâce posthume, tout recommence.

— Et la police va procéder à de nouvelles investigations ?

— C'est presque certain. Naturellement, ajouta Mr Marshall en se frottant, songeur, le menton, il est douteux, après un tel laps de temps, et compte tenu des particularités du crime, que les policiers puissent parvenir au moindre résultat... Pour ma part, j'en doute fort. Ils pourront savoir que le coupable est quelqu'un de la maison. Ils pourront même en arriver au point d'avoir une idée très précise de son identité. Mais en avoir la preuve absolue ne sera pas facile.

— Je vois, murmura Calgary. Je vois... Oui, c'est bien ce qu'elle voulait dire.

— De qui parlez-vous ? interrogea vivement l'homme de loi.

— De la jeune fille. Hester Argyle.

— Ah ! oui. La jeune Hester. Que vous a-t-elle donc dit ?

— Elle parlait des innocents. Elle a dit que ce n'est pas le coupable qui importe, mais les innocents. Je comprends maintenant ce qu'elle entendait par là...

Marshall lui lança un vif coup d'œil :

— Peut-être le comprenez-vous, en effet.

— Elle faisait précisément allusion à ce que vous venez de dire. Elle voulait que je comprenne qu'une fois encore, la famille allait faire l'objet de soupçons, et...

— Certainement pas une fois encore, coupa Marshall. La famille n'a été soupçonnée *à aucun moment*. Dès le départ, Jack Argyle a été désigné comme le coupable présumé.

Calgary écarta l'objection :

— La famille va être soupçonnée, et elle risque de le rester longtemps — pour toujours, peut-être... Si l'un des membres de la famille est coupable, il est possible qu'ils ne sachent pas eux-mêmes lequel. Ils vont se regarder en chiens de faïence, se demander... Oui, cela serait pire que tout. Qu'eux-mêmes ne sachent pas *lequel*...

Il y eut un silence. Marshall, impassible, scrutait son visiteur, sans prononcer une parole.

— C'est terrible, vous savez, reprit Calgary, dont les traits émaciés reflétaient l'émotion. Oui, c'est terrible... de vivre, année après année, sans savoir, à se surveiller, avec le soupçon pesant peut-être sur leurs rapports. Détruisant l'affection, la confiance...

Marshall se racla la gorge :

— Ne... euh... ne peignez-vous pas le tableau trop en noir ?

— Non, je ne le crois pas. Je crois même, si vous me le pardonnez, Mr Marshall, que je vois tout ceci avec plus de lucidité que vous. Je suis à même d'imaginer, comprenez-vous, ce que cela peut signifier.

Nouveau silence.

— Cela signifie, martela Calgary, que ce sont les innocents qui vont souffrir... Et les innocents ne doivent pas souffrir. C'est pourquoi... c'est pourquoi je ne peux pas m'en laver les mains. Je ne peux *pas* m'en aller en disant : « J'ai bien agi. J'ai réparé autant que je l'ai pu. J'ai servi la cause de la justice », parce que, vous le voyez, ce que j'ai fait n'a *pas* servi la cause de la justice. Cela n'a pas permis de confondre le coupable, ni de libérer les innocents de l'ombre de la culpabilité.

— Je pense que vous vous tourmentez un peu trop, Dr Calgary. Il y a, sans nul doute, un fond de vérité dans ce que vous dites. Mais je ne vois pas exactement ce que... eh bien, ce que vous y pouvez faire.

— Non, moi non plus, admit Calgary avec franchise. Cela signifie cependant que j'ai le devoir d'essayer. En réalité, c'est pour cela que je suis revenu vous voir, Mr Marshall. Je veux connaître... je crois que j'ai le droit de connaître... le passé de la famille.

— Oh ! eh bien, *là*, il n'y a pas de secret, répliqua Mr Marshall d'un ton un peu plus vif. Je puis vous livrer tous les *faits* que vous souhaitez. Je ne suis pas en position de vous donner plus que les faits. Je n'ai jamais été l'un des intimes de la maison Argyle. Notre cabinet a œuvré pour le compte de Mrs Argyle durant de nombreuses années. Nous l'avons aidée à créer divers fidéicommis et fondations, et nous nous sommes chargés de tous ses problèmes d'ordre juridique. Je connaissais relativement bien Mrs Argyle elle-même, ainsi que son mari. Ce que je savais de l'atmosphère de Sunny Point, du tempérament et de la personnalité de chacun, je l'avais appris, dirons-nous, de seconde main, de la bouche de Mrs Argyle elle-même.

— Je l'admets parfaitement, dit Calgary, mais il me faut tout de même avoir un point de départ. J'ai cru comprendre que les enfants n'étaient pas les siens propres. Qu'ils avaient été adoptés.

— Il en est bien ainsi. Mrs Argyle était née Rachel Konstam, fille unique de Rudolph Konstam, un homme très riche. Sa mère, une Américaine, possédait elle aussi, à titre personnel, une très grosse fortune. Rudolph Konstam soutenait de nombreuses œuvres philanthropiques et, en élevant sa fille, il lui avait inculqué la passion de la bienfaisance. Sa femme et lui décédèrent dans un accident d'avion. Dès lors, Rachel consacra l'énorme héritage qui lui était échu, tant du chef de son père que du chef de sa mère, à ce que nous couvrirons du terme générique d'entreprises philanthropiques. Elle s'y intéressait personnellement, et c'est ainsi qu'elle fit la connaissance de Leo Argyle, enseignant à Oxford, passionné pour la réforme économique et sociale. Pour comprendre Mrs Argyle, vous devez saisir que le grand drame de sa vie, c'était sa stérilité. Comme c'est le cas pour bien des femmes, cette impuissance, peu à peu, a dominé sa vie tout entière. Lorsque après moult visites chez toutes sortes de spécialistes, il lui devint clair qu'elle ne pourrait jamais être mère, il lui fallut trouver le meilleur dérivatif possible. C'est ainsi qu'elle a adopté son premier enfant, Mary, ramassée dans un taudis de New York — la Mrs Durrant d'aujourd'hui. Mrs Argyle, alors, s'est consacrée entièrement à des œuvres vouées aux enfants. Quand la guerre a éclaté, elle a fondé, sous le patronage du ministère de la Santé, un genre de home d'enfants. Elle a fait, dans ce but, l'acquisition de la demeure où vous vous êtes rendu, Sunny Point.

— Qu'on appelait Viper's Point, releva Calgary.

— Oui. Oui, je crois que cela s'appelait comme

cela autrefois. Et, au bout du compte, peut-être aurait-il mieux valu lui conserver son ancienne appellation. Quoi qu'il en soit, en 1940, elle avait la charge de douze à seize enfants, dont la plupart avaient des parents indignes, ou n'avaient pu être évacués avec leur famille. On faisait tout pour ces gosses. On leur donnait un foyer luxueux. J'ai fait valoir à Mrs Argyle qu'après les années de guerre, ces gamins auraient de la peine à quitter ce luxe pour retrouver la misère de leur milieu d'origine. Elle ne m'a pas écouté. Elle nourrissait un attachement profond pour ces enfants et, à la fin des fins, elle a décidé d'ajouter quelques-uns d'entre eux — issus de familles difficiles ou orphelins — à sa propre famille. Elle a eu ainsi cinq enfants : Mary, aujourd'hui Mrs Philip Durrant, Michael, qui a un emploi à Drymouth, Tina, une métisse, Hester, et, bien entendu, Jacko. En grandissant, ils en sont venus à considérer les Argyle comme leur père et leur mère. Ils ont reçu la meilleure éducation que l'argent peut donner. Si le milieu familial comptait réellement, ils auraient pu aller loin. Tout ce qu'on pouvait avoir, ils l'ont eu. Mais Jack — ou, plutôt, Jacko, comme ils le surnommaient — a toujours été un fruit sec. Au collège, il volait, et il avait fallu l'en retirer. Dès sa première année à l'université, il a eu des ennuis. Par deux fois, il n'a échappé que de justesse à la prison. Il a toujours fait preuve d'un caractère impossible. Tout cela, vous l'avez probablement déjà appris. Les Argyle ont dû deux fois rembourser ses détournements de fonds. Deux fois de suite, ils ont financé pour lui un départ dans les affaires. Et, deux fois de suite, ç'a été l'échec. Après son décès, ils ont versé, et ils continuent de verser, une pension à sa veuve.

Calgary, de surprise, se pencha en avant :

— Sa *veuve* ? Personne ne m'avait dit qu'il s'était marié.

Le vieux juriste, irrité, claqua des doigts :

— Seigneur, seigneur... J'ai manqué à tous mes devoirs. J'avais oublié, naturellement, que vous n'aviez pas lu les journaux. Je puis dire que nul, dans la famille Argyle, n'était au courant de ce mariage. Immédiatement après l'arrestation de Jack, elle est venue à Sunny Point, en pleine détresse. Mr Argyle a été très bon pour elle. En fait, elle travaillait comme taxi-girl au *Palais de la Danse* de Drymouth. Sans doute ai-je omis de mentionner son existence parce qu'elle s'est remariée quelques semaines après la mort de Jack. Son second mari, me semble-t-il, est électricien, à Drymouth.

— Il faut que j'aille la voir, dit Calgary. En fait, c'est la première personne que j'aurais dû aller voir, ajouta-t-il d'un ton de reproche.

— Certainement, certainement.. Je vous donnerai son adresse. Je ne sais vraiment pas *pourquoi* je ne vous en ai pas parlé la première fois que vous m'avez rendu visite.

Calgary demeura silencieux.

— Elle n'était... eh bien... qu'un élément tellement négligeable, s'excusa Mr Marshall. Même la presse a peu parlé d'elle... elle n'a jamais rendu visite à son mari dans sa prison... ni ne s'est intéressée davantage à lui.

Arthur Calgary s'était isolé dans ses pensées.

— Pouvez-vous me dire exactement qui se trouvait dans la maison le soir où Mrs Argyle a été tuée ? demanda-t-il enfin.

Marshall le fixa intensément :

— Leo Argyle, cela va de soi, ainsi que la plus jeune des filles, Hester. Mary Durrant et son invalide de mari étaient de passage. Il venait tout juste de sortir de l'hôpital. Il y avait aussi Kirsten Lindstrom — dont vous avez sans doute fait la connaissance. Elle est suédoise. Infirmière et masseuse diplômée, elle était venue, au départ, assister Mrs Argyle pour le home d'enfants, et elle est restée chez eux depuis lors. Michael et Tina n'étaient pas là. Michael vend des automobiles à Drymouth, tandis que Tina travaille à la bibliothèque du comté, à Redmyn, où elle a un appartement.

Il marqua un temps avant de poursuivre :

— Et puis il y avait aussi miss Vaughan, la secrétaire de Mr Argyle. Mais elle avait quitté la maison avant la découverte du corps.

— Je l'ai rencontrée, elle aussi. Elle me paraît très... très attachée à Mr Argyle.

— Oui... oui. J'ai des raisons de croire qu'on annoncera sous peu des fiançailles.

— Ah !

— Leo Argyle a vécu dans une très grande solitude depuis la mort de sa femme, précisa Marshall, non sans une nuance de reproche.

— Certes, certes... Et le mobile, Mr Marshall ?

— Cher Dr Calgary, je ne puis pas, réellement, me livrer à des spéculations sur ce point !

— Je crois que vous le pouvez. Vous avez dit vous-même que les faits étaient bien établis.

— Sur le plan financier, la mort de Mrs Argyle ne bénéficiait directement à *personne*. Elle avait monté une série de fidéicommis discrétionnaires, selon une formule très en vogue de nos jours. Ils sont gérés par trois administrateurs : Leo Argyle, un juriste américain qui était l'un de ses lointains cousins, et moi-même. Les très gros montants en jeu peuvent être ajustés par les administrateurs au profit de celui des bénéficiaires qui en aurait le plus besoin.

— Et Mr Argyle ? Que lui aurait rapporté la mort de sa femme, financièrement j'entends ?

— Pas grand-chose. Ainsi que je viens de vous le dire, elle avait placé l'essentiel de sa fortune en fidéicommis. Elle lui en a légué le capital résiduel, mais cela ne représentait qu'une faible somme.

— Et miss Lindstrom ?

— Mrs Argyle lui avait constitué, il y a plusieurs années déjà, une rente très coquette. Un mobile ? Je n'en vois pas le moindre, en ce qui me concerne. Certainement pas un mobile financier, ajouta-t-il d'un ton irrité.

— Et dans le domaine affectif ? Y avait-il des... des oppositions notables ?

— Là, je crains bien de ne plus pouvoir vous aider, répondit fermement Mr Marshall. Je n'observais pas de près la vie de la famille.

— Y a-t-il quelqu'un qui le pourrait ?

Marshall s'accorda quelques secondes de réflexion. Puis il lâcha, presque malgré lui :

— Vous pourriez aller rendre visite à l'ancien médecin de l'endroit. Un certain... euh... Dr MacMaster. Je crois bien que c'est son nom. Il a maintenant pris sa retraite, mais il vit toujours dans le voisinage. Pendant la guerre, c'était le consultant du home d'enfants. Il doit avoir vu et su beaucoup de la vie à Sunny Point. Que vous puissiez le persuader de vous en parler ne dépend que de vous. Mais s'il se laisse convaincre, il pourra vous être d'un grand secours. Encore que, excusez-moi de vous le dire, estimez-vous vraisemblable que vous puissiez parvenir à un résultat que la police n'obtiendrait pas bien plus facilement ?

— Je ne sais pas, répliqua Calgary. Probablement pas. Mais je suis sûr d'une chose : je dois essayer. Oui, je dois essayer.

5

Les sourcils du chef de la police du comté, le major Finney, remontèrent lentement sur son front dans une vaine tentative pour rejoindre la limite de ses cheveux grisonnants. Il leva les yeux au plafond avant de contempler une fois encore les papiers qui se trouvaient sur son bureau.

— Cela défie l'entendement ! ragea-t-il.

Le jeune homme dont la mission consistait à fournir à l'important personnage les répliques adéquates en convint :

— Oui, monsieur.

— Nous voilà dans de beaux draps, marmonna le major en tambourinant des doigts. Huish est-il là ?

— Oui, monsieur. Le superintendant Huish est arrivé il y a cinq minutes environ.

— Parfait. Envoyez-le-moi, voulez-vous ?

Le superintendant Huish était un homme de haute stature et d'aspect lugubre. Il émanait de lui tant de mélancolie que nul n'aurait pu croire qu'il savait apporter âme et vie à la moindre réunion d'enfants, multipliant les plaisanteries et extrayant, pour leur plus grande joie, des pièces de monnaie des oreilles des petits garçons.

— Bonjour, Huish, lui dit le chef de la police. Nous voilà dans de beaux draps. Qu'en pensez-vous ?

Avec un profond soupir, le superintendant se laissa tomber dans le fauteuil que son chef lui désignait :

— On dirait bien que nous avons fait une erreur, il y a deux ans. Ce bonhomme... comment s'appelle-t-il... ?

Le major fourragea dans ses papiers :

— Calory... non, Calgary. Une espèce de professeur. Quelqu'un de distrait, peut-être ? Les gens dans son genre sont souvent imprécis sur les heures et ainsi de suite, non ?

Peut-être tendait-il une perche à son subordonné, mais Huish ne la saisit pas.

— C'est une sorte de scientifique, si j'ai bien compris, se contenta-t-il de répondre.

— Vous pensez donc que nous devons accepter ses dires ?

— Eh bien, sir Reginald paraît les avoir acceptés, et je n'imagine pas qu'il laisserait, lui, passer quoi que ce soit.

Le propos constituait un hommage au grand patron du parquet général.

— Certes, concéda malgré lui le major. Si le parquet est convaincu, je suppose que nous n'avons qu'à nous incliner. Ce qui signifie qu'il nous faut rouvrir le dossier. Vous m'apportez tous les papiers qui s'y rapportent, comme je l'avais demandé, n'est-ce pas ?

— Oui, monsieur. Je les ai là.

Huish disposa divers documents sur le bureau.

— Vous vous êtes penché dessus ? s'enquit le chef de la police.

— Oui, j'ai tout revu hier soir, monsieur. Mes souvenirs étaient encore tout frais. Après tout, c'était il n'y a pas si longtemps.

— Eh bien, allons-y, Huish. Où en sommes-nous ?

— Nous revenons à la case départ, monsieur. Le problème, voyez-vous, c'est que nous n'avons pas eu le moindre doute *à ce moment-là*.

— En effet. L'affaire nous semblait parfaitement claire. Ne croyez pas que je vous adresse des reproches, Huish. Je vous soutenais alors à cent pour cent.

— Il n'y avait réellement personne d'autre à qui nous pouvions penser, reprit le superintendant, songeur. On nous a appelés par téléphone pour nous dire qu'elle avait été tuée. Les renseignements selon lesquels il l'avait menacée, les empreintes — je veux dire ses empreintes à lui sur le pique-feu, et puis l'argent. Nous l'avons arrêté presque tout de suite, et il avait l'argent en sa possession.

— Quelle impression vous avait-il faite alors ?

Huish réfléchit :

— Mauvaise. Beaucoup trop fanfaron et beau parleur. Il n'avait pas cessé de nous débiter ses heures et ses alibis. Sûr de lui. Vous connaissez le genre. Les assassins sont en général sûrs d'eux. Ils se croient très malins. Ils estiment toujours que, quoi qu'ils aient pu faire, leur bonne étoile les tirera du pétrin, et que peu importe ce qui arrive aux autres. Un très sale type, de toute façon.

— Oui, approuva le major, un très sale type. Tout son passé est là pour le démontrer. Mais avez-vous été persuadé tout de suite que c'était aussi un tueur ?

Le superintendant s'accorda le temps de la réflexion :

— Dans ce domaine, on ne peut guère avoir de certitude. Je dirais qu'il appartenait à la catégorie des gens qui finissent par devenir des tueurs. Comme Harmon, en 1938. Un long passé de bicyclettes volées, de filouteries, d'escroqueries sur des femmes âgées et, pour finir, il en liquide une, il la fait mariner dans l'acide, il est très content de lui et il commence à s'en faire une habitude. J'ai pris Jacko Argyle pour un zigoto de cet acabit.

— Il semble pourtant bien, articula lentement le chef de la police, que nous avions tort.

— Oui, reconnut Huish, oui, nous avions tort. Et le gars est mort. C'est une vilaine histoire...

Il s'anima soudain :

— Remarquez bien que c'était un très sale type. Il peut ne pas avoir été un assassin — en fait, il n'était pas un assassin, comme nous nous en apercevons maintenant —, mais c'était bien un sale type.

— Bon, et puis après ? aboya Finney. Au bout du compte *qui* l'a tuée ? Vous me dites que vous avez revu le dossier hier soir. Quelqu'un l'a tuée. Cette femme ne s'est pas elle-même défoncé l'occiput avec un pique-feu. C'est quelqu'un d'autre qui l'a fait. Qui était-ce ?

Le superintendant Huish soupira et se laissa aller contre le dossier de son fauteuil :

— Je me demande si nous le saurons jamais.

— C'est difficile à ce point-là ?

— Oui, parce que la piste est froide, et parce que nous aurons bien peu d'éléments de preuve. Et que j'imaginerais volontiers qu'il n'y a jamais eu beaucoup de preuves tangibles.

— Le problème étant que c'était quelqu'un de la maison, un de ses proches ?

— Je ne vois pas qui d'autre ce pourrait être, confirma Huish. C'était quelqu'un qui était dans la maison, ou quelqu'un à qui elle a ouvert elle-même la porte pour le faire entrer. Les Argyle étaient du genre à se cadenasser. Des verrous sur les fenêtres, des chaînes, des serrures supplémentaires sur la porte d'entrée. Ils avaient été cambriolés, il y a quelques années, et, depuis, ils prenaient des précautions.

Il marqua une pause. Puis :

— Le hic, monsieur, c'est qu'à l'époque, nous n'avons pas regardé ailleurs. Les charges pesant sur

Jacko Argyle avaient l'air irréfutables. Naturellement, comme on peut le constater maintenant, l'assassin en a tiré avantage.

— Il a tiré avantage du fait que le garçon avait été sur les lieux, qu'il s'était querellé avec elle, et qu'il l'avait menacée ?

— Oui. Tout ce que cet individu a eu à faire, ç'a été de se glisser dans la pièce, de s'emparer, la main gantée, du pique-feu là où Jacko l'avait balancé, de s'approcher de la table où Mrs Argyle écrivait et de lui en flanquer un bon coup sur le crâne.

Le major Finney se borna à un mot simple :

— Pourquoi ?

Le superintendant Huish branla du chef avec lenteur :

— Oui, monsieur, c'est ce qu'il nous faut découvrir. Ce sera l'une des difficultés. L'absence de mobile.

— Même à l'époque, releva le chef de la police, il ne semblait pas y avoir de mobile évident pour lui faire la peau, comme vous diriez. Ainsi que la plupart des autres femmes qui possèdent personnellement des biens et une fortune considérable, elle avait eu recours aux divers subterfuges légalement autorisés pour échapper aux droits de succession. Un fidéicommis pour ses ayants droit avait déjà été créé, et les enfants se trouvaient tous pourvus dès avant sa disparition. Ils n'avaient absolument rien de plus à gagner à son décès. Et ce n'était pas comme s'il s'était agi d'une affreuse bonne femme, chamailleuse, méchante, ou pingre. Elle avait dépensé sans compter pour eux tout au long de leurs vies. Une bonne éducation, du capital pour débuter dans l'existence, et de jolies pensions pour tous. De l'affection, de la tendresse et de la générosité.

— C'est bien cela, monsieur, approuva le superintendant. A première vue, personne n'avait de motif pour vouloir qu'elle débarrasse le plancher. Bien entendu...

— Oui, Huish ?

— J'ai cru comprendre que Mr Argyle songe à se

remarier. On me dit qu'il épouserait miss Gwenda Vaughan, qui lui tient lieu de secrétaire depuis de nombreuses années.

— Oui, je suppose qu'il pourrait y avoir là un mobile, concéda le major, pensif. Un que nous ignorions à l'époque. Vous pensez qu'il y avait déjà quelque chose entre eux au moment du meurtre ?

— J'en doute fort, monsieur. Dans un village, on jase vite de ce genre de choses. Je veux dire que je ne pense pas qu'il y ait eu des commérages, comme on dit. Rien qui aurait pu mettre la puce à l'oreille à Mrs Argyle, ni provoquer sa colère.

— Certes. Mais il peut avoir voulu à toute force l'épouser.

— C'est une jeune femme séduisante, convint le superintendant. Pas une beauté éclatante, je ne dirais pas ça, mais agréable à regarder et avec un charme sympathique.

— Elle était probablement en adoration devant lui depuis des années, trancha le major Finney. Toutes les secrétaires semblent tomber amoureuses de leur patron.

— Bon, nous avons donc un mobile pour ces deux-là, résuma Huish. Et puis il y a la gouvernante, cette Suédoise. Elle peut n'avoir pas été réellement aussi attachée à Mrs Argyle qu'elle en donnait l'impression. Peut-être y a-t-il eu des affronts, ou des affronts imaginaires. Des choses qu'elle avait mal prises. Elle ne tirait aucun bénéfice de cette mort, puisque Mrs Argyle lui avait déjà constitué une très belle rente. Elle *paraît* charmante et sensée, et pas du tout du genre que l'on pourrait imaginer en train de fracasser la nuque de qui que ce soit à l'aide d'un pique-feu ! Mais on ne sait jamais, n'est-ce pas ? Rappelez-vous l'affaire Lizzie Borden.

— Non, on ne sait jamais, répéta le chef de la police. Il n'est pas question d'un étranger quelconque à la maison ?

— Pas la trace d'un, affirma le superintendant. Le tiroir où se trouvait l'argent avait été renversé. On avait vaguement essayé de donner à la pièce l'allure qu'elle aurait eue si un cambrioleur était passé par là, mais ça faisait vraiment très amateur. Le genre de truc qui collait parfaitement avec l'idée que le jeune Jacko avait tenté de créer cette mise en scène-là.

— Ce que je trouve bizarre, indiqua Finney, c'est l'argent.

— Oui, reconnut Huish, ça, c'est très difficile à comprendre. L'un des billets de cinq livres que Jack Argyle avait sur lui était, sans contestation, l'un de ceux que la banque avait remis à Mrs Argyle le matin même. Le nom d'une certaine Mrs Bottleberry était écrit au dos. Lui, il a affirmé que cet argent lui avait été donné par sa mère, mais Mr Argyle et Gwenda Vaughan ont, tous les deux, déclaré formellement que Mrs Argyle était venue dans la bibliothèque à 7 heures moins le quart, qu'elle leur avait parlé des exigences financières de Jacko et qu'elle avait dit d'un ton catégorique qu'elle avait refusé de lui donner le moindre sou.

— Compte tenu de ce que nous savons aujourd'hui, releva le major, il est possible qu'Argyle et cette Vaughan aient menti.

— Oui, c'est une éventualité... ou alors peut-être que...

— Quoi donc, Huish ? l'encouragea Finney.

— Mettons que quelqu'un — mâle ou femelle, nous l'appellerons pour le moment X — a surpris la dispute et les menaces que Jacko proférait. Supposons que ce quelqu'un ait vu là une occasion à saisir. On prend l'argent, on court après le garçon, on lui dit qu'après tout, sa mère a été d'accord pour qu'il l'ait, et on ouvre ainsi la voie à un des plus superbes petits coups montés de tous les temps. On a grand soin d'utiliser le pique-feu avec lequel il l'a menacée, sans brouiller ses empreintes.

— Nom de Dieu ! s'irrita le chef de la police. Rien de tout ça ne me paraît correspondre à ce que je sais de la famille. Qui d'autre était dans la maison ce soir-là, à part Argyle et Gwenda Vaughan, Hester Argyle, et cette Lindstrom ?

— L'aînée des filles, Mary Durrant, et son mari séjournaient là-bas.

— Il est paralysé, n'est-ce pas ? Ça le met hors de cause. Mais Mary Durrant ?

— C'est un beau brin de fille très placide, monsieur. On ne peut pas l'imaginer en proie à une crise d'excitation ou... eh bien, ou tuant quelqu'un.

— Et les domestiques ?

— Tous à la journée, monsieur, et ils étaient rentrés chez eux à 6 heures.

— Montrez-moi donc un peu la chronologie.

Le superintendant passa un papier à son supérieur.

— Hum... oui, je vois, reprit le major. A 7 heures moins le quart, Mrs Argyle était dans la bibliothèque, en train d'informer son mari des menaces de Jacko. Gwenda Vaughan était présente pendant une partie de la conversation. Gwenda Vaughan est partie pour chez elle juste après 7 heures. Hester Argyle a vu sa mère en vie aux environs de 7 heures moins 2 ou moins 3. Après cela, Mrs Argyle n'a plus été revue jusqu'à 7 heures et demie, lorsque son cadavre a été découvert par miss Lindstrom. Entre 7 heures et 7 heures et demie, les occasions de la tuer n'ont pas manqué. Hester aurait pu la tuer, et Gwenda Vaughan aurait pu la tuer après être sortie de la bibliothèque et avant de quitter la maison. Miss Lindstrom aurait pu la tuer quand elle a « découvert le cadavre », tandis que Leo Argyle était seul dans sa bibliothèque entre 7 h 10 et le moment où miss Lindstrom a donné l'alerte. Il aurait pu aller dans le petit salon de sa femme et la tuer n'importe quand durant ces vingt minutes. Mary Durrant, qui était à l'étage, aurait pu descendre pendant cette demi-heure et tuer sa mère.

Le chef de la police se faisait songeur :

— Mrs Argyle elle-même pourrait avoir fait entrer quelqu'un par la grande porte — comme nous pensions alors qu'elle avait fait entrer Jack Argyle. Leo Argyle avait déclaré, si vous vous en souvenez, qu'il *croyait* avoir entendu un coup de sonnette, ainsi que le bruit d'une porte que l'on ouvrait et fermait, mais il était resté très vague sur l'heure. Nous avions supposé que c'était lorsque Jacko était revenu et l'avait tuée.

— Il n'aurait pas eu besoin de sonner, signala Huish. Il avait sa clef. Ils avaient tous la leur.

— Il y a un autre frère, n'est-ce pas ?

— Oui, Michael. Il travaille comme vendeur de voitures à Drymouth.

— Je suppose que vous auriez intérêt à établir ce qu'il fabriquait ce soir-là.

— Après deux ans ? protesta le superintendant. Il est bien improbable que quiconque s'en souvienne, non ?

— Lui avait-on posé la question à l'époque ?

— A ma connaissance, il était sur les routes pour essayer la voiture d'un client. Nous n'avions alors aucun motif de le soupçonner, mais il avait la clef et il *aurait pu* faire un saut là-bas et la tuer.

Le major Finney exhala un soupir :

— Je ne sais pas comment vous allez pouvoir vous en tirer, Huish. Je ne sais pas si nous arriverons jamais à un résultat.

— J'aimerais bien moi-même savoir qui l'a tuée, répliqua Huish. D'après tout ce que j'ai appris d'elle, c'était quelqu'un de très bien. Elle avait fait beaucoup pour ses semblables. Pour les enfants déshérités, pour toutes sortes d'œuvres charitables. C'était le genre de femme qui n'aurait pas dû être assassinée. Oui, j'aimerais savoir. Même si nous n'arrivons jamais à réunir assez de preuves pour convaincre le parquet, j'aimerais quand même *savoir*.

— Eh bien, je vous souhaite vraiment bonne chance, Huish, conclut le chef de la police. Par un heureux hasard, nous n'avons rien de très gros sur les bras en ce moment, mais ne vous découragez pas si vous n'arrivez à rien. C'est une piste très froide. Oui. Une piste très froide.

6

Dans la salle de cinéma, les lumières se rallumèrent. Des publicités zébrèrent l'écran. Les ouvreuses parcoururent les allées, munies d'éventaires de limonade et d'esquimaux glacés. Arthur Calgary les détailla : une fille boulotte aux cheveux bruns, une grande bringue à la chevelure noire, et une petite blonde. C'était cette dernière qu'il était venu voir. La femme de Jacko. La veuve de Jacko, aujourd'hui l'épouse d'un dénommé Joe Clegg. Sourcils épilés, cheveux hideux et raides après une permanente à bon marché, elle possédait un joli petit minois dont elle compensait la fadeur par une tartine de maquillage. Arthur Calgary lui acheta un esquimau. Il connaissait son adresse personnelle et il avait l'intention de s'y rendre, mais il avait d'abord voulu l'observer incognito. Eh bien, c'était donc ça. Le genre de belle-fille, songea-t-il, que Mrs Argyle, à en croire tous les récits, n'aurait guère appréciée. Ce qui expliquait, sans aucun doute, que Jacko ait préféré la tenir dans l'ombre.

Il soupira, dissimula avec soin son esquimau sous son fauteuil et se laissa aller contre son dossier lorsque l'obscurité revint et qu'un nouveau film commença de défiler sur l'écran. Au bout d'un moment, il se leva et quitta le cinéma.

A 11 heures, le lendemain matin, il se rendit à l'adresse qui lui avait été indiquée. Un garçon de seize ans lui ouvrit la porte et, en réponse à une question de Calgary, marmonna :

— Les Clegg ? Tout en haut.

Calgary grimpa les escaliers. Il frappa. Maureen Clegg vint lui ouvrir. Privée de son uniforme élégant, dépourvue de maquillage, elle paraissait toute différente. Elle n'avait plus qu'une petite figure assez stupide, sympathique, mais sans rien de particulièrement intéressant. Elle le fixa, dubitative, plissant un front soupçonneux.

— Je m'appelle Calgary, se présenta-t-il. Je pense

que vous avez reçu une lettre de Mr Marshall à mon sujet.

Les traits de la jeune femme se détendirent :

— Oh ! alors c'est vous. Entrez, faites donc.

Elle recula pour lui donner le passage :

— Pardon que ça soit dans un tel désordre. J'ai pas encore eu le temps de faire mon ménage.

Elle débarrassa une chaise de quelques vêtements froissés et repoussa les restes d'un petit déjeuner déjà consommé depuis quelque temps :

— Asseyez-vous donc. Sûr que c'est bien bon à vous d'être venu.

— Je pensais que c'était le moins que je puisse faire, répondit Calgary.

Elle eut un petit rire gêné, comme si elle ne saisissait pas vraiment ce qu'il entendait par là.

— Mr Marshall, il m'a écrit là-dessus. Sur cette histoire que Jacko avait inventée — et comme quoi c'était tout vrai, après tout. Que quelqu'un l'avait bel et bien pris en stop, ce soir-là, pour rentrer à Drymouth. Alors, comme ça, c'était vous ?

— Oui, confirma Calgary. C'était moi.

— Parole, ça me coupe le sifflet, confia Maureen. La moitié de la nuit qu'on en a causé, Joe et moi. Vraiment, que je lui ai dit, ils en ont dans la tête, les gens qui font des films. C'était déjà il y a deux ans, hein ? Ou pas loin ?

— Oui, à peu près.

— C'est justement le genre de trucs qu'on voit dans les films et qu'on se dit que ça tient pas debout, que ça arriverait pas dans la vraie vie. Et voilà que ça y est ! Que ça arrive ! C'est assez excitant, dans un sens, non ?

— Je suppose que l'on pourrait l'envisager sous cet angle, concéda Calgary.

Il l'observait avec une sorte de vague souffrance.

Elle continua de jacasser avec entrain :

— Et voilà que ce pauvre vieux Jackie est mort, et qu'il en saura jamais rien. Il a chopé la pneumonie en prison, vous savez. Moi, je crois que c'était l'humidité ou je sais pas quoi, pas vous ?

Mentalement, elle s'était construit de la prison une image décidément romantique, comprit Calgary : des cachots souterrains humides où les rats grignotaient les orteils des détenus.

— Sur le moment, je dois dire, continua-t-elle, sa mort, ça paraissait la meilleure solution.

— Oui, je l'imagine... Oui, je l'imagine, en effet.

— Parce qu'enfin, il était bouclé là-bas pour des années et des années. Joe, il disait que je ferais mieux d'obtenir un divorce, et j'avais juste commencé.

— Vous vouliez divorcer de Jack ?

— Ça sert à rien d'être liée à un bonhomme qui va rester en taule des années, non ? En plus, vous savez, même si j'aimais bien Jackie et tout ça, il était pas ce qu'on appelle le genre fidèle. Moi, jamais j'avais cru que notre mariage, il durerait.

— Aviez-vous, en fait, engagé une procédure de divorce lorsqu'il est mort ?

— Eh bien, oui, d'une manière. Je veux dire que j'avais vu un homme de loi. Joe m'avait obligée. Bien sûr, Joe avait jamais pu sentir Jackie.

— Joe, c'est votre second mari ?

— Oui. Il travaille dans l'électricité. Il a un très bon boulot, et il est très bien vu. Il m'avait toujours dit que Jackie, c'était un mauvais. Mais moi, naturellement, j'étais encore une gosse et pas futée. Jackie, il savait sacrément y faire, vous savez.

— Il le semble, certes, d'après tout ce que l'on m'a raconté de lui.

— Il était formidable pour embobiner les femmes — franchement, je sais pas pourquoi. Il était pas joli garçon, ni rien comme ça. Face de singe, que j'l'appelais toujours. Mais tout de même, il savait y faire. En moins de deux, vous vous aperceviez que vous étiez en train de faire ce qu'il avait voulu. Remarquez bien qu'une fois ou deux, ça nous a tiré comme une épine du pied. Juste après qu'on s'était mariés, il a eu des ennuis au garage où il travaillait, à cause d'un turbin sur la bagnole d'un client. J'ai jamais compris de quoi il retournait. De toute façon, son patron, il était furieux. Mais Jackie, il a embobiné sa bourgeoise, au patron. Assez vieille, qu'elle était. Elle devait pas être loin de la cinquantaine, mais Jackie, il l'a flattée, il a su y faire jusqu'à ce qu'elle sache plus si qu'elle marchait sur la tête ou sur les talons. A la fin, elle aurait fait n'importe quoi pour lui. Son mari, elle l'a entortillé, pour lui faire dire qu'il poursuivrait pas Jackie s'il remboursait. Mais le patron, il a jamais su d'où venait l'argent. C'était sa propre femme qui avait craché au bassinet. On s'en est vraiment bien marrés, Jackie et moi.

Calgary la considérait avec une légère répulsion :

— Etait-ce... si drôle ?

— Oh ! je trouve que oui, vous pas ? Franchement, c'était une belle rigolade. Une vieille bonne femme comme ça, folle de Jackie et raclant ses économies pour lui.

Arthur Calgary soupira. Les choses, méditait-il, n'étaient jamais ce que l'on imaginait qu'elles seraient. Jour après jour, il éprouvait de moins en moins de sympathie pour l'homme dont il s'était donné tant de peine pour venger la mémoire. Il en venait presque à comprendre et à partager le point de vue qui l'avait abasourdi à Sunny Point :

— Je ne suis venu ici, Mrs Clegg, que pour voir s'il y avait quoi que ce soit que je puisse.. eh bien, que je puisse faire pour vous, afin de compenser ce qui s'est passé.

Maureen Clegg arbora un air légèrement stupéfait :

— C'est très gentil à vous, pour sûr. Mais pourquoi que vous devriez ? Ça marche, pour nous. Joe gagne bien sa vie, et j'ai un job, moi aussi. Je suis ouvreuse au *Ciné-drome*, vous savez.

— Oui, je sais.

— On va avoir une télé le mois prochain, ajouta-t-elle avec orgueil.

— Je suis heureux, plus heureux que je ne saurais le dire que ce... que ce regrettable avatar n'ait pas laissé de... de séquelle permanente.

Calgary jugeait de plus en plus difficile de trouver les mots justes pour s'adresser à cette fille qui avait été l'épouse de Jacko. Tout ce qu'il disait semblait pompeux, artificiel. Pourquoi ne parvenait-il pas à lui parler avec naturel ?

— Je redoutais que ce n'ait été pour vous un terrible chagrin, ajouta-t-il.

Elle le fixait de ses grands yeux bleus, sans comprendre le moins du monde ce qu'il entendait par là :

— Sur le moment, ç'a été l'horreur. Tous les voisins qui jaspinaient, et puis le tintouin, encore que je dois dire que les policiers, ils étaient très aimables, vu les circonstances. Ils me causaient très poliment, et ils disaient des choses gentilles sur tout.

Calgary se demanda si elle avait nourri le moindre sentiment pour le défunt.

— Pensiez-vous qu'il l'avait fait ? lui demanda-t-il tout à trac.

— Vous voulez dire, est-ce que je pense qu'il a tué sa mère ?

— Oui, exactement.

— Eh bien, naturellement... eh bien... eh bien... oui, dans un sens, je suppose. Pour sûr, il *disait* qu'il l'avait pas fait, mais ce que je veux dire c'est qu'il fallait jamais croire rien de ce qu'il disait, et puis ça avait bien l'air qu'il devait l'avoir fait. Vous voyez, il pouvait devenir vraiment méchant, le Jackie, quand on était pas d'accord avec lui. Je savais qu'il s'était fourré dans je savais pas quelle embrouille. Il voulait rien me dire, et il me criait dessus quand je lui posais des questions. Mais il est parti ce jour-là, en disant que tout allait s'arranger. Sa mère, il disait, elle allait banquer. Elle serait obligée. Alors je l'ai cru, forcément.

— Il n'avait jamais informé sa famille de votre mariage, ai-je cru comprendre. Vous n'aviez pas fait leur connaissance ?

— Non. Voyez-vous, c'étaient des gens chics, avec une grande maison et tout. J'aurais pas été trop à ma place. Jackie pensait que c'était mieux que je reste dans mon coin. En plus, il disait que si il m'amenait là-bas, sa mère, elle voudrait diriger ma vie pareil que la sienne. Elle pouvait pas s'empêcher de diriger les gens, et il en avait marre — nous étions très bien comme on était, qu'il disait.

Elle semblait ne faire preuve d'aucun ressentiment, mais, au contraire, estimer, sans conteste, que l'attitude de son mari avait été parfaitement normale.

— Je suppose que son arrestation vous a causé un grand choc ?

— Ouais, naturellement. « Comment qu'il a bien pu faire ça ? », que je me disais, mais vous pouvez pas changer les choses. Il se mettait toujours dans des états pas possibles quand un truc le dérangeait.

Calgary se pencha en avant :

— Résumons-nous. Il ne vous avait donc pas semblé du tout surprenant que votre mari ait pu frapper sa mère à la tête avec un pique-feu et lui voler une grosse somme d'argent ?

— Eh bien, Mr... euh... Calgary, si vous m'excusez, présenter ça comme ça, c'est pas bien. J'ai jamais imaginé qu'il avait voulu la taper si fort. Je crois pas qu'il avait l'intention de la tuer. Elle a seulement refusé de lui filer de l'argent, il a pris le pique-feu et il l'a menacée, et quand elle s'est entêtée, il a perdu le contrôle de lui-même et il lui a balancé un coup. Je crois pas qu'il voulait la zigouiller. C'était seulement un manque de pot. Vous comprenez, il avait vraiment très besoin de cet argent. Il aurait été en prison s'il ne l'avait pas eu.

— Donc... vous ne lui faites pas de reproche ?

— Hé ! bien sûr, que je lui en ai fais, des reproches... Moi, j'aime pas du tout ces vilains comportements violents. Et avec sa propre mère, en plus ! Non, moi, je pense que c'était pas bien du tout. J'ai commencé à croire que Joe avait eu raison quand il me disait que j'aurais jamais rien dû avoir à faire avec Jackie. Mais vous savez bien comment c'est. Pour une fille, c'est pas commode à se décider. Joe, vous voyez, ç'a toujours été le genre solide. Depuis longtemps, je le connaissais. Jackie, il était différent. Il avait l'air plein aux as, aussi, et il claquait toujours son fric dans tous les coins. Et puis il savait y faire, comme je vous le disais. Il pouvait embobiner n'importe qui. Et moi, il m'a bien eue. « Tu le regretteras, ma petite », qu'il me disait, Joe. Moi, je croyais que c'était seulement qu'il était fâché et jaloux, si vous comprenez ce que je veux dire. Mais, au bout du compte, c'est Joe qui avait bien raison.

Calgary la regardait. Il se demandait si elle persistait à ne pas saisir toutes les implications de ce qu'il lui avait expliqué.

— Raison dans quel sens, exactement ?

— Eh bien, que Jackie m'avait mise dans un fichu pétrin. Je veux dire que dans ma famille à moi, on a toujours été convenables. Ma mère, elle nous a élevés très soigneusement. Chez nous, ça se passait toujours bien, et personne en jacassait. Et voilà-t-il pas que la police, elle vient arrêter mon mari ! Et tous les voisins qui sont au courant. Dans tous les journaux, que c'était. Dans les *News of the World*, et j'en passe... Et tout le temps des journalistes à rôder et à poser des questions. Tout ça, ça m'a fichue dans une sacrée position.

— Mais, ma chère enfant, intervint Calgary, vous comprenez bien maintenant qu'il ne l'avait pas fait ?

Un instant, la jolie blonde arbora une expression ahurie :

— Pour sûr ! J'oubliais. N'empêche que... Enfin, je veux dire qu'il est quand même bien allé là-bas, qu'il a fait du raffut et qu'il l'a menacée, et tout. S'il avait pas fait ça, il aurait jamais été arrêté, non ?

— Non, reconnut Calgary. C'est absolument vrai.

Il songeait que, sans doute, cette ravissante idiote faisait preuve de plus de réalisme que lui.

— Oh ! c'était affreux, poursuivit Maureen. Je savais plus quoi faire. Et alors, maman, elle m'a dit comme ça que je devais y aller et voir sa famille. Ils devaient faire quelque chose pour moi, qu'elle disait. Après tout, elle disait, tu as des droits et ça vaut mieux qu'ils sachent que tu vas les défendre. J'y suis donc allée. C'était la gouvernante étrangère qui m'a ouvert la porte et, au début, j'arrivais pas à lui faire comprendre. On aurait dit qu'elle pouvait pas me croire. « C'est impossible, qu'elle arrêtait pas de répéter. C'est impossible que Jacko soit mariée avec *vous*. » Ça m'a un peu vexée. « Eh bien, on est quand même mariés, que je lui ai répondu. Et pas un mariage civil. Un mariage à l'église. » C'est comme ça que ma mère, elle l'avait voulu. Et elle, l'étrangère, elle m'a dit : « Ce n'est pas vrai. Je ne le crois pas. » Et puis Mr Argyle est arrivé, et, lui, il a été vraiment gentil. Il m'a dit de pas trop m'inquiéter, qu'on ferait tout le possible pour défendre Jackie. Il m'a demandé comment que ça allait pour l'argent — et il m'a envoyé une pension confortable toutes les semaines. Il continue, même maintenant. Joe, ça lui plaît pas que je l'accepte, mais moi, je lui répète sur tous les tons : « Sois pas bête. Ils peuvent se le permettre, non ? » Et puis aussi, hein, il m'a donné un très joli chèque comme cadeau de mariage, quand Joe et moi on s'est mariés. Il a dit qu'il était très heureux. Qu'il me souhaitait que ce mariage-là, il soit plus réussi que le premier. Oui, vraiment gentil qu'il est, Mr Argyle.

La porte s'ouvrait. Elle tourna la tête :

— Oh ! tiens, voilà Joe.

Joe était un jeune homme blond aux lèvres minces. Il accueillit les explications et les présentations de Maureen avec un léger froncement des sourcils.

— J'espérais qu'on en avait fini avec tout ça, lâcha-t-il d'un ton désapprobateur. Excusez-moi de vous dire ça, monsieur. Mais ça apporte rien de bon, de remuer le passé. C'est ce que je pense. Maureen, elle a pas eu de chance, c'est tout ce qu'il y a à dire là-dessus.

— Oui, répliqua Calgary. Je comprends bien votre point de vue.

— Naturellement, reprit Joe Clegg, elle aurait jamais dû s'acoquiner avec un type comme lui. Moi, je savais que c'était un moins que rien. Il y avait déjà eu des histoires sur lui. Deux fois, il avait eu de la liberté sous condition. Et quand on commence comme ça, on continue. On commence par des escroqueries, ou par piquer leur magot à des bonnes femmes, et on finit par le meurtre.

— Mais là, souligna Calgary, il n'a pas commis de meurtre.

— C'est vous qui le dites, monsieur, rétorqua Joe du ton d'un homme absolument pas convaincu.

— Jack Argyle disposait d'un alibi parfait pour l'heure à laquelle le crime avait été commis. Il était dans ma voiture, en stop, sur la route de Drymouth. Donc, vous voyez bien, Mr Clegg, qu'il ne peut absolument pas avoir commis le crime.

— Peut-être bien que non, monsieur. Mais, si je peux me permettre, c'est tout de même dommage de remuer tout ça. Après tout, il est mort, et ça n'a plus d'importance pour lui. Par contre, ça fait de nouveau jaser les voisins, et ils se mettent à imaginer des trucs.

Calgary se leva :

— Certes, peut-être, de votre point de vue, est-ce une façon de voir les choses. Mais, voyez-vous, Mr Clegg, il en existe cependant une, que l'on appelle la justice.

— On m'avait toujours dit, riposta Joe, qu'un procès anglais, c'était ce qu'il y avait de plus juste au monde.

— Le meilleur système du monde peut commettre une erreur. La justice, après tout, est entre les mains des hommes. Et les hommes sont faillibles.

Après avoir quitté Maureen et Joe, Calgary, arpentant la rue, se sentait plus troublé qu'il ne l'aurait cru possible. N'aurait-il pas réellement mieux valu, s'interrogeait-il, que mes souvenirs de ce jour-là ne me reviennent jamais ? Comme venait de le remarquer ce garçon à la bouche pincée, Jack Argyle était mort. Il avait comparu devant un juge qui ne commet pas d'erreur. Que l'on s'en souvînt comme d'un assassin ou comme d'un simple escroc, cela n'avait plus pour lui la moindre importance.

Mais, soudain, une vague de colère submergea Calgary. « Mais ça devrait avoir de l'importance pour quelqu'un ! ragea-t-il mentalement. *Quelqu'un* devrait en être heureux. Et pourquoi ne le sont-ils pas ? Cette fille, bon, je la comprends assez bien. Elle peut s'être entichée de Jacko, mais elle ne l'a jamais aimé. Elle n'est probablement pas capable d'aimer qui que ce soit. Mais les autres. Son père, sa sœur, sa nurse... Ils devraient être heureux. Ils auraient dû d'abord penser à lui, avant d'éprouver de la peur pour eux-mêmes... Oui, quelqu'un aurait dû se réjouir. »

*

— Miss Argyle ? Au second comptoir, là-bas.

Calgary, un instant, demeura immobile pour l'observer.

Elle était nette, petite, calme, et très efficace. Elle portait un tailleur bleu marine, au col et aux poignets blancs. Elle avait réuni ses cheveux aile-de-corbeau en un chignon impeccable. Son teint était brun, plus brun qu'aucun teint britannique ne le serait jamais. Ses attaches, aussi, étaient plus fines. Telle était la métisse que Mrs Argyle avait ajoutée à sa famille.

Elle leva vers lui des yeux noirs, opaques. Des yeux qui ne disaient rien.

Sa voix était douce et sympathique :

— Que puis-je pour vous ?

— Vous êtes miss Argyle ? Miss Christina Argyle ?

— Oui.

— Mon nom est Calgary. Arthur Calgary. Vous avez peut-être...

— Oui. Je sais qui vous êtes. Mon père m'a écrit.

— Je souhaiterais beaucoup pouvoir vous parler.

Elle lança un coup d'œil à la pendule :

— La bibliothèque ferme dans une demi-heure. Si vous pouvez attendre jusque-là...

— Certainement. Peut-être accepterez-vous de venir prendre une tasse de thé en ma compagnie ?

— Merci.

Elle se tourna vers un homme qui était arrivé derrière Calgary :

— Oui ? Que puis-je pour vous ?

Arthur Calgary s'écarta. Il fit le tour de la bibliothèque, examinant le contenu des rayonnages sans perdre de vue une seconde Tina Argyle. Elle demeurait calme et imperturbable. Pour lui, cette demi-heure s'écoula lentement. Une sonnerie retentit enfin, et Tina lui fit signe de la tête :

— Je vous retrouve dehors dans deux minutes.

Elle ne le fit pas attendre. Sans chapeau, elle se contentait d'un épais manteau foncé.

— Je ne connais pas très bien Redmyn, s'excusa-t-il.

— Il y a un salon de thé près de la cathédrale. Ce n'est pas bon mais, pour cette raison, c'est moins bondé qu'ailleurs.

On les installa à une petite table où une serveuse desséchée, l'air ennuyé, vint prendre leur commande avec un total manque d'enthousiasme.

— Ce ne sera pas un très bon thé, concéda Tina, mais j'ai pensé que vous voudriez peut-être un peu de tranquillité.

— En effet. Je dois vous expliquer les raisons qui m'ont poussé à vouloir un entretien avec vous. Voyez-vous, j'ai rencontré les autres membres de votre famille, y compris, je puis le dire, l'épouse de votre frère Jacko — enfin, sa veuve. Vous étiez la seule dont je n'avais pas fait la connaissance. Oh ! et puis pas non plus celle de votre sœur mariée, bien entendu.

— Vous jugez nécessaire de nous rencontrer tous ?

La remarque avait été exprimée avec politesse — mais aussi avec un certain détachement, qui mit Calgary mal à l'aise.

— Il ne s'agit pas de mondanités, riposta-t-il sèchement. Ni d'une simple curiosité...

N'était-ce pas pourtant le cas ?

— Je tenais seulement, acheva-t-il, à vous dire, personnellement, à vous tous, mon profond regret de n'avoir pas été en mesure, au moment du procès, de confirmer l'innocence de votre frère.

— Je vois...

— Si vous l'aimiez bien... Vous l'aimiez bien ?

Elle réfléchit un peu.

— Non, dit-elle enfin. Je n'aimais pas beaucoup Jacko.

— Pourtant, de tous côtés, on m'a affirmé qu'il avait... qu'il avait beaucoup de charme.

— Je ne l'ai jamais aimé, je n'ai jamais eu confiance en lui, insista-t-elle, avec clarté mais sans passion.

— Vous n'aviez jamais douté... pardonnez-moi... jamais douté qu'il ait tué votre mère ?

— Il ne m'était jamais venu à l'esprit qu'il puisse exister une autre hypothèse.

La serveuse apporta le thé : du pain rassis, du beurre presque rance, de la confiture curieusement gélatineuse, des gâteaux peu appétissants. Le breuvage n'était qu'une lavasse.

Il en but quelques gorgées :

— Il semblerait... on me l'a fait comprendre... que mon témoignage, qui innocente votre frère de l'accusation d'assassinat, pourrait avoir des répercussions assez peu agréables. Qu'il pourrait... ranimer vos inquiétudes à tous.

— Parce que le dossier va être rouvert ?

— Oui. Vous avez déjà réfléchi à cela ?

— Mon père paraît penser que c'est inévitable.

— Je suis désolé. Je suis réellement désolé.

— Pourquoi êtes-vous désolé, Dr Calgary ?

— Je hais l'idée que je serais pour vous la cause de nouvelles difficultés.

— Mais auriez-vous été satisfait de conserver le silence ?

— Vous pensez en termes de justice ?

— Oui. Ce n'était pas le cas ?

— Si, naturellement. La justice me paraissait très importante. Mais maintenant... j'en viens à me demander s'il n'y a pas plus important.

— Par exemple ?

Ses pensées revinrent instantanément à Hester.

— Par exemple... l'innocence, peut-être.

Les yeux de la jeune fille se firent plus opaques encore.

— A quoi pensez-vous, miss Argyle ? insista-t-il.

Elle se tut un moment.

— Je pensais, lâcha-t-elle enfin, à ce qu'affirme la Grande Charte : « *A aucun homme justice ne sera refusée.* »

— Je vois. C'est votre réponse...

7

Le Dr MacMaster était un vieil homme aux sourcils broussailleux, aux yeux gris intelligents et au menton agressif. Il se laissa aller dans son fauteuil défoncé pour étudier avec acuité son visiteur. Ce qu'il en découvrait lui plaisait.

Pour sa part, Calgary se sentait également en sympathie. Presque pour la première fois depuis son retour en Angleterre, il avait l'impression de pouvoir parler avec un interlocuteur qui appréciait ses sentiments et son point de vue.

— C'est très aimable à vous de me recevoir, Dr MacMaster, dit-il.

— Pas du tout, répondit le médecin. Depuis que j'ai pris ma retraite, je m'ennuie à mourir. Les jeunes gens de ma propre corporation me disent que je dois rester là, assis comme un mannequin de cire, à prendre soin de mon cœur chancelant. Mais ne croyez pas que j'accepte cela tout naturellement. Point du tout. J'écoute la radio, blablabla, et, de temps en temps, ma femme de ménage me persuade de regarder la télévision, flicflicflic. J'ai été un homme très occupé, qui cavalait sans cesse, toute ma vie. Je n'apprécie guère de demeurer sans rien faire. Lire me fatigue les yeux. Alors, ne vous croyez pas obligé de vous excuser de me prendre mon temps.

— Ce que je dois vous faire comprendre d'abord, docteur, c'est pourquoi je continue à me soucier de tout cela. Sur le plan rationnel, je suppose que j'ai achevé d'accomplir ce que j'étais venu faire — avouer les faits désagréables que constituent la commotion et la perte de mémoire dont j'ai souffert, et réhabiliter la mémoire de ce garçon. Après cela, la seule démarche logique et rationnelle aurait été de m'en aller, et d'essayer d'oublier tout cela. Hein ? N'ai-je pas raison ?

— Cela dépend, répliqua le Dr MacMaster. Il y a quelque chose qui vous inquiète ? ajouta-t-il après une pause.

— Oui. Tout m'inquiète. Voyez-vous, la nouvelle que j'apportais n'a pas été reçue comme j'avais cru qu'elle le serait.

— Oh ! il n'y a rien d'étrange à cela. Ça arrive tous les jours. Mentalement, comme pour une pièce de théâtre, nous répétons d'avance un événement, peu importe lequel, qu'il s'agisse d'un entretien avec un autre praticien, d'une demande en mariage à une jeune personne ou d'une conversation avec votre fils avant qu'il ne retourne au collège — et lorsque cela arrive, ça ne se passe jamais comme nous l'avions imaginé. Vous avez réfléchi à tout, voyez-vous. Vous avez décidé de ce que vous, vous allez dire et, en général, vous avez également prévu les réponses. Naturellement, c'est ce qui vous met chaque fois en porte-à-faux. Car les réponses ne sont jamais ce que vous aviez pensé qu'elles seraient. C'est ce qui vous tourmente, je suppose ?

— Oui, reconnut Calgary.

— Qu'attendiez-vous donc ? Qu'ils vous sautent tous au cou ?

— Je m'attendais... à des reproches ? Peut-être. A du ressentiment ? Très probablement. Mais aussi à de la gratitude.

— Et il n'y a pas de gratitude, ni autant de ressentiment qu'il y aurait dû ? grommela MacMaster.

— Quelque chose comme ça, avoua Calgary.

— C'est parce que vous ne connaissiez pas le contexte avant d'aller là-bas. Mais pourquoi êtes-vous venu me voir, exactement ?

— Parce que je veux en comprendre davantage au sujet de cette famille, dit Calgary avec lenteur. Je ne connais que les faits publics. D'un côté, une femme intelligente et généreuse, une femme dévouée au bien, une belle personnalité. De l'autre, ce que l'on appelle, je crois, un enfant à problème — un enfant qui tourne mal. Un jeune délinquant. C'est tout ce que je sais. Je ne sais rien d'autre. Je ne sais rien de Mrs Argyle elle-même.

— Vous avez tout à fait raison, répliqua le vieux médecin. Vous avez mis le doigt sur le facteur essentiel. Si vous y réfléchissez, vous savez, c'est là, toujours, l'élément intéressant, dans une affaire de meurtre : comment était la victime de l'assassinat ? Tout le monde passe son temps à sonder l'esprit de l'assassin. Vous avez pensé, sans doute, que Mrs Argyle appartenait à un genre de femme qui n'aurait pas dû être assassinée.

— A mon avis, chacun le ressentait ainsi.

— Du point de vue de l'éthique, vous n'avez pas tort. Mais, vous savez...

Il se frottait le nez :

— ... ne sont-ce pas les Chinois qui jugent que la bienfaisance doit être tenue plus pour un péché que pour une vertu ? Il y a du vrai là-dedans, voyez-vous. La bienfaisance n'est pas sans conséquences sur ses bénéficiaires. Elle leur impose des liens. Nous savons tous ce qu'est la nature humaine. Faites du bien à un bonhomme, et vous serez plein de bons sentiments à son égard. Vous l'aimerez. Mais le type à qui vous faites du bien, est-il aussi bien disposé à votre égard ? Vous aime-t-il vraiment, lui ? Il le devrait, bien sûr, mais vous aime-t-il ?... Eh bien, nous y voici. Mrs Argyle était ce que l'on pourrait appeler une mère merveilleuse. Mais elle en a fait trop. Aucun doute là-dessus. Elle l'a voulu. Ou elle a délibérément essayé.

— Ce n'étaient pas ses propres enfants, fit valoir Calgary.

— Non. Et c'est bien de là qu'est venu le problème, j'imagine. Pensez seulement à n'importe quelle chatte normale. Elle a ses chatons, elle se montre passionnément protectrice envers eux, et elle griffe tous ceux qui s'en approchent. Et puis, après une semaine ou deux, elle commence à reprendre sa propre vie. Elle s'en va, elle chasse un peu, elle se repose de sa portée. Elle continue à protéger ses rejetons si quiconque les attaque, mais ils cessent de l'obséder en permanence. Elle joue aussi un peu avec eux. Mais s'ils sont trop agités, elle se fâche et leur administre une bonne fessée, et elle leur explique qu'elle a envie d'un moment de solitude. Elle en revient, vous le voyez, à sa nature. Au fur et à mesure qu'ils grandissent, elle se soucie de moins en moins d'eux. Ses pensées se tournent vers les séduisants matous du voisinage. C'est ce que l'on pourrait considérer comme le schéma normal d'existence du sexe féminin. J'ai vu bien des jeunes filles et des femmes, douées d'un fort instinct maternel, très désireuses de se marier, mais principalement — encore qu'elles aient pu l'ignorer elles-mêmes — à cause de leur besoin de maternité. Les bébés arrivent. Elles sont heureuses et épanouies. Elles retrouvent le sens des proportions dans leur vie. Elles peuvent s'intéresser à leur mari, à la vie locale, aux cancans des alentours et, bien entendu, à leurs enfants. Mais de manière raisonnable. Leur instinct maternel, au sens purement physique, est satisfait, comprenez-vous.

» Eh bien, chez Mrs Argyle, l'instinct maternel était très puissant, mais la satisfaction de porter un enfant, ou des enfants, lui fut refusée. Ainsi, son obsession de la maternité ne s'apaisa jamais. Elle voulait des enfants, des tas d'enfants. Elle n'en aurait jamais eu assez. Toute son âme, jour et nuit, se tournait vers ces gamins. Son mari ne comptait plus. Il avait été réduit à n'être plus qu'une abstraction charmante, à l'arrière-plan. Non, ces enfants lui étaient tout : leur nourriture, leurs vêtements, leurs jeux, tout ce qui les concernait. On en faisait trop, beaucoup trop pour eux. Mais ce qu'elle ne leur a pas donné et dont ils auraient eu besoin, c'eût été d'être tout bonnement, et honnêtement, un peu négligés. On ne les envoyait pas simplement jouer dans le jardin comme les enfants normaux de ce pays. Non, ils avaient toutes sortes de machins, un mur d'escalade et une aire de marche, une maison dans les arbres, et on avait apporté du sable pour aménager une plage au bord de la rivière. On ne leur servait pas, non plus, n'importe quelle nourriture. Jusqu'à l'âge de cinq ans, rendez-vous compte, même leurs légumes étaient passés au crible, et, *en plus*, on stérilisait leur lait, on testait leur eau, on mesurait leurs calories et on décomptait leurs vitamines ! Remarquez bien que je ne viole pas le secret professionnel en vous racontant cela. Mrs Argyle n'a jamais fait partie de mes patients. S'il lui fallait consulter un médecin, elle allait à Harley Street. Non que cela lui arrivât souvent. C'était une femme robuste et en bonne santé.

» Mais j'étais le toubib du coin, qu'on appelait pour voir les enfants, encore qu'elle ait eu tendance à penser que j'étais trop simple pour eux. Je lui avais dit de les laisser manger des mûres dans les haies. Je lui avais dit que ça ne leur ferait pas de mal d'avoir de temps en temps les pieds mouillés et d'attraper un rhume, et qu'il n'y a pas à s'inquiéter quand un enfant a 38 de fièvre. Inutile de s'agiter avant 39. Ces enfants ont été choyés, on leur a mâché la besogne, on s'est excité pour eux, on les a aimés et, sous bien des aspects, cela ne leur a fait aucun bien.

— Vous entendez que cela n'a fait aucun bien à Jacko ?

— Eh bien, en réalité, je ne pensais pas qu'à Jacko. A mes yeux, Jacko avait posé problème depuis le départ. Le jargon moderne l'aurait catalogué comme « un enfant déséquilibré et complexé ». C'est une étiquette qui en vaut une autre. Les Argyle ont agi de leur mieux en sa faveur. Ils ont fait tout ce qui aurait dû être fait. Dans ma vie, j'ai vu beaucoup des semblables de Jacko. Plus tard, dans leur existence, lorsqu'ils tournent mal, les parents disent : « Si seulement j'avais été plus strict avec lui quand il était petit », ou bien « J'étais trop sévère. Si seulement j'avais été plus tendre. » Je ne crois pas moi-même que cela fasse l'ombre d'une différence. Il y a ceux qui ont mal tourné parce qu'ils vivaient dans un foyer malheureux et qu'ils se sentaient fondamentalement mal aimés. Et, encore une fois, il y a ceux qui tournent mal parce qu'en dernière analyse, ils auraient mal tourné de toute façon. Je range Jacko dans cette seconde espèce.

— Ainsi donc, interrogea Calgary, vous n'avez pas été surpris lorsqu'il a été arrêté pour meurtre ?

— Franchement, si, j'ai été surpris. Non parce que l'idée de l'assassinat aurait particulièrement répugné à Jacko. C'était l'un de ces jeunes gens qui sont dépourvus de conscience. Mais le *type* du meurtre m'a étonné. Oh ! je sais qu'il était d'un caractère violent, et tout ce qui s'ensuit. Enfant, il se jetait souvent sur un autre enfant, ou le frappait avec un jouet lourd ou un bout de bois. Mais il s'agissait, en général, d'un gamin plus petit que lui, et c'était moins par rage aveugle que par désir de faire mal ou de s'emparer de quelque chose dont lui-même avait envie. Le genre d'assassinat que j'aurais attendu de la part de Jacko, si tant est qu'il devait en commettre, ç'aurait été celui qui découle d'une agression commise par une paire de truands en herbe : lorsque pandore se profile à l'horizon, tous les Jacko du monde glissent à leur petit copain : « Défonce-lui la gueule, mon pote ! File-lui-en une bonne dose ! Descends-le ! » Ils souhaitent le meurtre, ils sont prêts à pousser au meurtre, mais ils n'ont pas assez de cran pour commettre ce meurtre de leurs propres mains. Voilà ce que j'aurais dit... Et, à l'heure qu'il est, il semble bien que j'aurais eu raison.

Calgary contemplait le tapis, un tapis élimé dont on ne distinguait plus guère le dessin.

— Je ne savais pas, dit-il, à quoi je devrais faire face. Je n'avais pas saisi ce que cela signifierait pour les autres. Je n'ai pas vu que cela pourrait... que cela devrait...

Le vieux médecin branla doucement du chef :

— Oui, cela en a bien l'air, n'est-ce pas ? On dirait que c'est bien parmi eux qu'il vous faut chercher.

— Je crois qu'en réalité, c'est de cela que je suis venu parler avec vous, docteur. Il ne paraît pas, à première vue, qu'aucun d'entre eux ait eu un vrai mobile pour s'en débarrasser.

— Pas à première vue, concéda MacMaster. Mais si vous grattez un peu... Oh ! oui, je pense qu'il existe nombre de motifs pour que quelqu'un ait voulu la tuer.

— Pourquoi ?

— Vous avez le sentiment que c'est vraiment *votre* affaire, non ?

— Je crois que oui. Je ne peux pas m'empêcher de réagir ainsi.

— Peut-être, à votre place, aurais-je les mêmes sentiments... Je ne sais pas. Enfin, ce que j'entendais, au fond, c'est qu'aucun d'entre eux ne *s'appartenait* plus. Enfin, pas tant que leur mère — je l'appelle ainsi par commodité — était en vie. Elle les tenait tous, vous savez, tous.

— Comment cela ?

— Financièrement, elle les entretenait. Et sur un grand pied. Le fidéicommis dégageait de gros revenus. Ils étaient répartis entre les enfants selon ce que les administrateurs jugeaient convenable. Mais, bien que Mrs Argyle n'ait pas été administrateur elle-même, ses désirs, aussi longtemps qu'elle a vécu, étaient comme des ordres...

» En un sens, il est intéressant de voir comment les enfants ont tous tenté de s'échapper. Comment ils se sont battus pour ne pas obéir au programme qu'elle avait tracé pour eux. Parce qu'elle avait décidé d'un programme, et d'un bon programme. Elle voulait leur donner un bon foyer, une bonne éducation, un bon revenu, et un bon départ dans la profession qu'elle leur avait choisie. Elle voulait les traiter exactement comme s'ils avaient été leurs enfants, à Leo Argyle et à elle-même. Mais, bien entendu, ils n'étaient pas leurs enfants, à Leo et à elle. Ils avaient des instincts, des sentiments, des capacités et des exigences entièrement différents. Le jeune Micky vend aujourd'hui des voitures. Hester avait plus ou moins fugué pour faire du théâtre. Elle est tombée amoureuse d'un type impossible et n'avait, outre cela, aucun talent d'actrice. Elle a dû rentrer au bercail. Il lui a fallu reconnaître — et cela ne lui a pas plu — que sa mère avait eu raison. Mary, pendant la guerre, a voulu se marier avec un homme que sa mère lui avait pourtant déconseillé d'épouser. C'était un jeune homme intelligent et brave, mais un parfait imbécile dès qu'il s'agissait de business. Et puis il a contracté la polio. On l'a emmené à Sunny Point pour sa convalescence. Mrs Argyle a fait pression pour qu'ils s'y installent à titre permanent. Le mari était tout à fait d'accord. Mary Durrant s'y est désespérément opposée. Elle voulait avoir son foyer et son mari pour elle. Mais elle aurait cédé, indubitablement, si sa mère n'était pas morte.

» Micky a toujours été un garçon aigri. Il ne supportait pas d'avoir été abandonné par sa véritable mère. Enfant, déjà, il ne l'acceptait pas, et il ne l'a jamais digéré. Au fond du cœur, je crois, il a toujours haï sa mère adoptive.

» Et puis il y a cette masseuse suédoise. Elle n'aimait pas Mrs Argyle. Elle adorait les enfants, et elle adore Leo. Elle a reçu nombre de bienfaits de la part de Mrs Argyle, et elle a probablement tenté, sans y parvenir, de lui en être reconnaissante. Cependant, je n'imagine pas que ses sentiments de détestation aient pu la conduire à frapper sa bienfaitrice à la tête avec un pique-feu. Après tout, elle, elle pouvait s'en aller à tout moment. Quant à Leo Argyle...

— Oui. Qu'en est-il, en ce qui le concerne ?

— Il va se remarier, indiqua MacMaster, et je lui souhaite bonne chance. Avec une jeune femme charmante. Chaleureuse, gentille, de bonne compagnie, et très amoureuse de lui. Amoureuse de lui depuis longtemps. Quels sentiments lui inspirait

Mrs Argyle, *à elle* ? Vous pouvez le deviner aussi bien que moi. Naturellement, la mort de Mrs Argyle a beaucoup simplifié les choses. Leo Argyle n'était pas homme à entretenir une liaison avec sa secrétaire sous le toit de sa femme. Je ne crois pas non plus qu'il l'aurait quittée.

— Je les ai vus tous les deux, remarqua Calgary avec lenteur. J'ai parlé à tous. Réellement, je ne peux croire qu'aucun d'eux...

— Je sais. On ne peut pas y croire, n'est-ce pas ? Et, pourtant... c'est bien quelqu'un de la maison qui a tué, vous savez.

— Vous le pensez vraiment ?

— Je ne vois personne d'autre. La police a la quasi-certitude que ce n'était pas l'œuvre de quelqu'un de l'extérieur, et elle a probablement raison.

— Mais lequel ou laquelle d'entre eux ? demanda Calgary.

MacMaster haussa les épaules :

— Nul ne le sait.

— Vous n'en avez pas idée vous-même, vous qui les connaissez ?

— Si j'avais une idée, je ne vous la dirais pas, riposta le vieux médecin. Après tout, sur quoi pourrais-je me baser ? Sauf s'il est un élément que je n'ai pas su voir, aucun d'entre eux ne me paraît un meurtrier probable. Et cependant... il n'en est pas un seul que je puisse exclure des suspects possibles... Non, à mon avis, nous ne saurons jamais. La police reprendra ses investigations, et ainsi de suite... Elle fera de son mieux, mais obtenir des preuves après si longtemps, et avec si peu de concret...

Il secoua la tête :

— Non, je ne crois pas que la vérité sera jamais connue. Il y a des affaires comme celle-ci, vous savez. On les trouve dans les livres. Des affaires vieilles de cinquante ans — de cent ans. Des affaires où un individu entre trois, ou quatre ou cinq, devait être le coupable, mais où il n'y a jamais eu assez de preuves pour que personne puisse dire lequel.

— Vous pensez qu'il en ira ainsi, cette fois encore ?

— Eh bien... oui, je le crois, répondit MacMaster.

Il lança à Calgary un regard acéré :

— Et c'est cela qui est terrible, hein ?

— Oui, terrible. A cause des innocents. C'est ce qu'elle m'a dit.

— Qui ? Qui vous a dit quoi ?

— La jeune fille — Hester. Elle m'a dit que je ne comprenais pas que ce sont les innocents qui importent. C'est ce que vous venez de me dire. Que nous ne saurons jamais...

— Qui est innocent ? acheva le médecin. Oui, si seulement nous pouvions connaître la vérité... Même si elle ne peut conduire à une arrestation, à un procès, ou à une condamnation. Rien que pour *savoir*. Parce qu'autrement...

Il se tut.

— Oui ?

— Imaginez-le vous-même, lança MacMaster. Non... je n'ai pas besoin de vous le dire... Vous l'avez déjà imaginé. Voyez-vous, cela me fait penser à l'affaire Bravo. Il y a de cela presque cent ans, maintenant, mais on écrit encore des volumes sur le sujet. Affirmant de manière convaincante que sa femme était la coupable — ou Mrs Cox — ou le Dr Gully — ou même que Charles Bravo avait absorbé le poison de lui-même, en dépit du verdict du coroner. Toutes théories fort plausibles — mais nul ne pourra jamais connaître la vérité. Quoi qu'il en soit, Florence Bravo, abandonnée par sa famille, est morte d'alcoolisme. Mrs Cox, mise au ban de la société avec ses trois petits garçons, a vécu jusqu'à un âge avancé, alors que la plupart des gens croyaient à sa culpabilité. Quant au Dr Gully, sa carrière aussi bien que sa vie sociale ont été terminées...

» Quelqu'un était coupable — et a pu s'en tirer. Mais les autres étaient innocents — et ils n'ont réchappé de rien.

— Cela ne doit pas arriver ici, trancha Calgary. Pas question !

8

Hester Argyle s'examinait dans le miroir. Il n'y avait guère de complaisance dans son regard. Mais plutôt une interrogation anxieuse, née de l'humilité propre à une jeune femme qui ne s'est jamais sentie sûre d'elle. Elle dégagea ses cheveux de son front, les repoussa sur le côté, et fronça les sourcils devant le résultat. Dans la glace, un visage apparut derrière elle. Elle sursauta, tressaillit, et pivota sur elle-même avec appréhension.

— Ah ! lança Kirsten Lindstrom. Tu as peur !

— Que voulez-vous dire par *peur*, Kirsty ?

— Tu as peur de moi. Tu penses que je suis arrivée discrètement derrière toi, et que je vais peut-être t'assommer.

— Oh ! Kirsty, ne soyez pas ridicule. Bien sûr que je ne penserais jamais une chose pareille !

— Mais tu l'as bel et bien pensé. Et tu as raison de penser ainsi. De surveiller les ombres, de sursauter quand tu vois quelque chose que tu ne comprends pas. Parce qu'il y a dans cette maison quelque chose dont on doit avoir peur. Cela, nous le savons maintenant.

— En tout cas, Kirsty chérie, je n'ai pas peur de *vous*.

— Comment peux-tu le savoir ? N'ai-je pas lu dans les journaux, il y a peu, l'histoire d'une femme qui vivait avec une autre femme depuis des années, et qui l'a tuée, brusquement. Elle l'a étranglée. Elle a essayé de lui arracher les yeux. Et pourquoi ? Parce que, comme elle l'a expliqué tranquillement à la police, elle avait vu, depuis quelque temps, que l'autre était habitée par le démon. Elle avait vu le regard de Satan dans ses yeux, et elle avait su qu'il lui fallait se montrer forte et brave, et tuer le diable !

— Ah ! oui, ça, je m'en souviens, répondit Hester. Mais cette femme-là était folle.

— Ah ! Mais elle ne savait pas elle-même qu'elle

l'était. Et elle ne le paraissait pas non plus à son entourage, parce que tout le monde ignorait ce qui se passait dans son malheureux cerveau malade. Donc, je te le dis, tu ne sais pas ce que *moi*, j'ai à l'esprit. Peut-être, un jour, j'ai regardé ta mère, j'ai pensé qu'elle était l'Antéchrist, et je l'ai tuée.

— Mais c'est absurde, Kirsty ! Absolument absurde.

Kirsten Lindstrom soupira, et s'assit.

— Oui, concéda-t-elle, c'est absurde. J'aimais énormément ta mère. Elle a été bonne pour moi, toujours. Mais ce que j'essaie de te dire, Hester, et ce que tu dois comprendre et croire, c'est que tu ne peux plus dire « absurde » à propos de qui ou de quoi que ce soit. Tu ne peux plus me faire confiance, ni à personne d'autre.

Hester se tourna vers la Suédoise :

— Je crois que vous êtes vraiment sérieuse.

— Je suis très sérieuse. Nous devons tous être très sérieux, et voir ouvertement la réalité. Ça n'est pas bon de faire semblant de croire que rien ne s'est passé. Cet homme qui est venu ici... je voudrais qu'il ne soit jamais venu, mais il est venu et il a établi très clairement, à ce que je comprends, que Jacko n'était pas un assassin. Très bien, quelqu'un d'autre est le meurtrier, et ce quelqu'un d'autre doit être l'un de nous.

— Non, Kirsty, non. Ce peut avoir été quelqu'un qui...

— Qui quoi ?

— Eh bien, qui voulait voler quelque chose, ou qui avait de la rancune contre mère, pour une raison du passé.

— Tu penses que ta mère aurait fait entrer ce quelqu'un ?

— Elle aurait pu, affirma Hester. Vous savez bien comment elle était. Il suffisait que n'importe qui survienne avec une histoire de malchance, ou qu'on vienne lui dire qu'un enfant était abandonné ou maltraité. Vous ne croyez pas que mère aurait à coup sûr laissé entrer une personne comme cela, l'aurait emmenée dans son bureau, et écouté ce qu'elle avait à lui raconter ?

— Cela me paraît très improbable, répliqua Kirsten. Au moins, il me semble franchement peu probable que ta mère ait pu s'asseoir devant sa table et laisser cette personne s'emparer d'un pique-feu et la frapper à la nuque. Non, elle était à l'aise, en confiance chez elle, avec quelqu'un qu'elle connaissait.

— Je voudrais que vous ne m'ayez rien dit, Kirsty ! s'écria Hester. Oh ! oui, je le voudrais. Ça devient si proche, si près.

— Parce que *c'est* près, parce que *c'est* proche. Non, je ne dirai rien de plus, maintenant, mais je t'ai avertie que, même si tu crois bien connaître quelqu'un, même si tu as confiance en lui ou en elle, tu ne peux plus avoir de certitude. Alors, sois sur tes gardes. Méfie-toi de moi, et de Mary, et de ton père, et de Gwenda Vaughan.

— Mais comment pourrais-je continuer à vivre en soupçonnant tout le monde ?

— Si tu veux suivre mon conseil, tu ferais mieux de quitter cette maison.

— Je ne peux pas tout de suite.

— Pourquoi pas ? A cause du jeune docteur ?

— Je ne vois pas ce que vous voulez dire, Kirsty, rétorqua Hester, le feu aux joues.

— Je te parle du Dr Craig. C'est un très charmant jeune homme. Un médecin assez compétent, aimable et consciencieux. Tu aurais pu tomber plus mal. Mais, malgré tout, je pense qu'il vaut mieux que tu partes d'ici et que tu t'en ailles loin.

— Mais tout ça, c'est absurde ! cria Hester, furieuse. Absurde, absurde, absurde. Oh ! comme je voudrais que le Dr Calgary ne soit jamais venu ici.

— Moi aussi, approuva Kirsten Lindstrom. De tout mon cœur.

*

Leo Argyle signait les lettres que Gwenda Vaughan avait disposées devant lui.

— C'est la dernière ? interrogea-t-il.

— Oui.

— Nous n'avons pas trop mal travaillé, aujourd'hui.

— Ne serait-il pas temps que vous... que vous entrepreniez votre voyage à l'étranger ?

— Un voyage à l'étranger ? s'étonna-t-il, un peu perdu.

— Oui. Vous ne vous souvenez pas que vous deviez aller à Rome et à Sienne ?

— Oh ! si, si, je le devais, en effet.

— Vous vouliez dépouiller ces documents d'archives à propos desquels le cardinal Massilini vous avait écrit.

— Oui, je m'en souviens.

— Voulez-vous que je vous réserve les billets d'avion, ou bien préférez-vous voyager en train ?

Comme s'il revenait de très loin, Leo la regarda et esquissa un mince sourire :

— Vous avez l'air pressée de vous débarrasser de moi, Gwenda.

— Oh ! non, chéri, non !

Elle vint vite s'agenouiller à ses côtés :

— Je veux que vous ne me quittiez jamais. Jamais. Mais... enfin, je pense... oh ! je pense qu'il serait préférable que vous partiez d'ici après... après...

— Après les événements de la semaine dernière ? s'enquit-il. Après la visite du Dr Calgary ?

— Je voudrais qu'il ne soit jamais venu ici. Je voudrais que les choses aient pu demeurer telles qu'elles étaient.

— Alors que Jacko avait été condamné injustement pour un crime qu'il n'avait pas commis ?

— Il aurait pu le commettre, rétorqua Gwenda. Il aurait pu le commettre n'importe quand, et c'est, je crois, pur hasard, s'il ne l'a pas commis.

— C'est étrange, répondit Leo, songeur. Je n'ai jamais cru réellement qu'il était coupable. Il avait bien fallu, cela va de soi, que je m'incline devant les évidences — mais cela me paraissait invraisemblable.

— Pourquoi ? Il avait toujours eu un caractère épouvantable, non ?

— Oui. Ah ! oui. Il s'attaquait aux autres enfants. En général des enfants nettement plus petits que lui. Je n'ai jamais pensé vraiment qu'il avait pu s'en prendre à Rachel.

— Pourquoi donc ?

— Parce qu'il avait peur d'elle. Elle exerçait une immense autorité, vous savez. Jacko la subissait, exactement comme tout le monde.

— Mais ne croyez-vous pas que ce soit justement pourquoi... enfin je veux dire...

Elle se tut.

Leo lui lança un regard interrogateur qui la fit rougir. Elle se détourna et alla s'accroupir devant la cheminée, mains tendues vers les flammes. « Oui, songea-t-elle, Rachel était l'autorité personnifiée. Si contente, si sûre d'elle, nous tenant tous sous sa férule comme une reine des abeilles. N'était-ce donc pas assez pour que quelqu'un ait envie de prendre un pique-feu, de la frapper, de la réduire au silence une bonne fois pour toutes ? Rachel avait toujours raison, Rachel savait toujours tout mieux que les autres, Rachel n'en faisait toujours qu'à sa tête. »

Elle se releva brusquement :

— Leo, ne pourrions-nous pas... ne pourrions-nous pas nous marier très bientôt, au lieu d'attendre jusqu'au mois de mars ?

Il la fixa, un instant silencieux.

— Non, Gwenda, non, dit-il enfin. Je ne crois pas que ce serait un bon plan.

— Pourquoi non ?

— Je pense qu'il serait dommage de précipiter quoi que ce soit.

— Qu'entendez-vous par là ?

Elle revint à lui et s'agenouilla de nouveau.

— Leo, qu'entendez-*vous* par là ? répéta-t-elle. Vous devez me l'avouer.

— Ma chérie, je pense seulement, comme je viens de vous le dire, que nous ne devons rien précipiter.

— Mais nous nous marierons quand même bien en mars, comme *nous* l'avions prévu ?

— Je l'espère... oui, je l'espère.

— Vous parlez comme si vous n'en étiez pas convaincu... Leo, vous ne m'aimez plus ?

Il lui posa les mains sur les épaules :

— Oh ! ma chérie, oh ! si, je vous aime. Pour moi, vous êtes tout au monde.

— Eh bien, alors ! lança-t-elle avec impatience.

Il se leva :

— Non. Non. Pas encore. Il nous faut attendre. Il nous faut être certains.

— Certains de quoi ?

Il ne répondit pas. Elle reprit :

— Vous ne pensez pas que... vous ne pouvez pas penser que...

— Je... je ne pense rien.

La porte s'ouvrit. Kirsten Lindstrom entrait, chargée d'un plateau qu'elle posa sur le bureau :

— Voilà votre thé, Mr Argyle. Gwenda, je vous apporte une autre tasse, ou vous descendez rejoindre les autres en bas ?

— Je vais descendre à la salle à manger, répondit Gwenda. Je prendrai ce courrier. Il faut qu'il parte.

Les mains un peu tremblantes, elle rassembla les lettres que Leo Argyle venait de signer et sortit en les emportant. Kirsten Lindstrom la suivit des yeux, avant de se tourner vers Leo :

— Qu'est-ce que vous lui avez dit ? demanda-t-elle. Qu'est-ce que vous avez fait pour la bouleverser ?

— Rien, répliqua Leo, d'une voix lasse. Rien du tout.

Kirsten Lindstrom haussa les épaules. Elle quitta la bibliothèque sans prononcer un mot de plus. Ses reproches, informulés, n'en étaient pas moins palpables. Leo soupira et se laissa aller contre le dossier de son fauteuil. Il se sentait très fatigué. Il se servit du thé, mais ne le but pas. Regardant autour de lui sans rien voir, il revivait le passé.

Le *Social Club* de l'East End de Londres auquel il s'intéressait... C'était là que, pour la première fois, il avait rencontré Rachel Konstam. Il la revoyait avec clarté dans sa mémoire. Une jeune fille de taille moyenne, assez trapue, portant, sans chic aucun, des vêtements dont il n'avait pas su alors à quel point ils étaient coûteux. Une jeune fille au visage rond, d'un enthousiasme et d'une candeur qui l'avaient séduit. Ce qui avait besoin d'être fait, il valait la peine de le faire ! Elle avait débité force paroles avec entrain, de manière assez incohérente, mais son cœur avait fondu pour elle. Car il estimait, lui aussi, qu'il y avait beaucoup à faire, beaucoup qui valait la peine d'être fait, encore qu'il fût doué d'une ironie naturelle qui lui faisait douter que ce qui valait la peine d'être accompli soit toujours aussi réussi qu'il aurait fallu. Mais Rachel n'avait jamais nourri le moindre doute : si vous faisiez ceci, si vous faisiez cela, si telle ou telle institution était soutenue, des résultats favorables s'ensuivraient automatiquement.

Elle n'avait jamais tenu compte, il le voyait maintenant, de la nature humaine. Elle avait toujours envisagé les gens comme des cas, comme des problèmes à traiter. Elle n'avait jamais saisi que chaque être humain est différent, réagit différemment, possède sa personnalité propre. Il lui avait recommandé alors, il s'en souvenait, de ne pas entretenir de trop grandes espérances. Mais elle avait toujours espéré trop, bien qu'elle l'ait nié farouchement lorsqu'il le lui reprochait. Elle avait toujours espéré trop, et, ainsi, elle avait toujours été déçue. Il était très vite tombé amoureux d'elle, et il avait été agréablement surpris de découvrir qu'elle était la fille de riches parents.

Ils avaient envisagé leur vie commune comme une haute communion de pensée, et non pas comme une simple communauté d'existence. Mais il pouvait distinguer aujourd'hui, avec netteté, ce qui en elle l'avait d'abord attiré. C'était son cœur chaleureux. Malheureusement — et là résidait tout le drame —, ce cœur chaleureux ne battait pas réellement pour lui. Elle avait été amoureuse de lui, certes. Mais ce qu'elle avait, en vérité, attendu de lui et de la vie, c'étaient des enfants. Et les enfants n'étaient pas venus.

Ils avaient consulté de multiples médecins, de bonne ou de mauvaise réputation, jusqu'à des charlatans, même. Mais au bout du compte, Rachel avait été contrainte d'accepter leur verdict. Elle ne donnerait jamais le jour à un enfant. Il en avait été désolé pour elle, infiniment désolé, et il avait d'emblée accepté sa proposition d'en adopter un. Ils étaient déjà entrés en contact avec des œuvres spécialisées dans les adoptions lorsqu'au cours d'un voyage à New York, leur voiture avait renversé une enfant qui sortait en courant d'un immeuble lépreux, dans le quartier le plus misérable de la ville.

Rachel avait sauté du véhicule pour s'agenouiller en pleine rue auprès de la petite qui ne souffrait que d'ecchymoses et qui n'était pas blessée : une ravissante petite fille, blonde aux yeux bleus. Elle avait voulu à toute force la conduire à l'hôpital pour s'assurer qu'elle n'avait bien aucune blessure. Elle avait interrogé les proches de l'enfant, une tante aux allures de souillon et son mari ostensiblement ivre. Il était évident que l'enfant qui vivait chez eux depuis la mort de ses parents ne leur inspirait aucun sentiment. Rachel avait suggéré que la petite vienne habiter chez eux pendant quelques jours, ce à quoi la femme avait donné son accord avec joie.

— On peut pas s'occuper d'elle comme il faut ici, avait-elle dit.

Ainsi, Mary avait été ramenée dans la suite qu'ils occupaient dans leur hôtel. L'enfant avait visiblement apprécié la douceur du lit et le luxe de la salle de bains. Rachel lui avait acheté de nouveaux vêtements. Et puis était venu le moment où la petite avait déclaré :

— Je veux pas rentrer à la maison. Je veux rester avec vous.

Rachel, se souvenait Leo, l'avait fixée, avec un regard empli d'une passion soudaine faite de désir et de bonheur.

— Gardons-la, lui avait-elle dit dès qu'ils avaient été à nouveau seuls. On peut arranger cela facilement. Elle deviendra notre propre enfant. Cette mégère ne sera que trop contente d'en être débarrassée.

Il avait accepté sans guère se faire prier. La petite fille paraissait tranquille, bien élevée, docile. Elle n'avait évidemment aucune affection pour l'oncle et la tante chez qui elle avait été recueillie. Si cela pouvait rendre Rachel heureuse, soit. On consulta des hommes de loi, on signa des papiers. En foi de quoi Mary O'Shaughnessy devint Mary Argyle, et s'embarqua avec eux pour l'Europe. Il avait pensé qu'enfin, la pauvre Rachel serait heureuse. Et, heureuse, elle l'avait été. Heureuse d'une espèce de bonheur excité, presque fébrile, manifestant à Mary une tendresse débordante et lui offrant à profusion les jouets les plus chers. Mary l'avait accepté avec placidité, gentiment. Et cependant, réfléchissait Leo, il y avait toujours eu quelque chose qui l'avait un peu troublé : la trop facile acceptation de l'enfant, son absence de nostalgie de sa famille et de sa ville natale. L'affection véritable, du moins l'avait-il espéré, viendrait plus tard. Même maintenant, il n'en discernait aucun signe. Mary avait reçu passivement, avec plaisir, avec joie, tous les bienfaits de Rachel. Mais avait-elle éprouvé de l'amour pour sa mère adoptive ? Non, cela, il n'en avait vu nulle trace.

C'était à partir de ce moment-là, songeait Leo, qu'il avait, lui, dans une certaine mesure, glissé à l'arrière-plan de l'existence de Rachel. C'était une femme, par nature, davantage mère qu'épouse. On eût dit que l'arrivée de Mary avait plus stimulé que satisfait son besoin de maternité. Un unique enfant ne lui suffisait pas.

Désormais, toutes ses activités s'étaient rapportées aux enfants. Elle ne s'était plus intéressée qu'aux orphelinats, aux fonds en faveur des enfants paralysés, aux cas d'enfants retardés, handicapés moteurs, contrefaits — toujours, des enfants. C'était admirable, il l'avait toujours pensé, mais c'était aussi devenu le centre de la vie de Rachel. Peu à peu, lui-même s'était davantage consacré à ses propres occupations. Il s'était de plus en plus passionné pour le substrat historique de l'économie, auquel il portait depuis toujours intérêt. Il s'était progressivement retiré dans sa bibliothèque pour s'y livrer à des recherches, à la rédaction de courtes monographies érudites. Sa femme, active, sérieuse, heureuse, menait la maison et augmentait le rythme de ses activités. Il demeurait courtois et approbateur. Il l'encourageait : « C'est un remarquable projet, ma chérie », ou « Oui, oui, je crois que vous avez entièrement raison de persévérer dans cette voie. » Parfois, il glissait une phrase d'admonestation : « Il vous faudra, je crois, examiner bien à fond la situation avant de vous engager. Vous ne devez pas céder toujours à votre enthousiasme. »

Elle avait continué de le consulter, mais souvent pour la forme, maintenant. Au fur et à mesure que le temps passait, elle se montrait de plus en plus autoritaire. Elle savait ce qui était bon, elle savait ce qu'il fallait. Poliment, il garda dorénavant pour lui ses critiques et ses éventuels conseils de prudence.

Rachel, pensait-il, n'avait pas besoin de son aide, ni besoin de son amour. Elle était occupée, heureuse, terrifiante d'énergie.

Par-delà la blessure qu'il ne pouvait s'empêcher de ressentir, il éprouvait aussi, étrangement, de la pitié pour elle. Comme s'il avait su que le chemin sur lequel elle s'était engagée pourrait bien être semé de chausse-trapes.

Lorsque la guerre avait éclaté, en 1939, Rachel Argyle avait immédiatement redoublé d'ardeur. Dès qu'elle eut imaginé son idée de créer un home pour des enfants venus des taudis de Londres, elle entra en contact avec bien des gens influents de la capitale. Le ministère de la Santé avait été tout disposé à coopérer, et elle s'était mise en quête d'une maison adaptée à son projet. Une demeure récemment construite, dans une région reculée de l'Angleterre, probablement préservée des bombardements. Là, elle pourrait recevoir jusqu'à dix-huit enfants âgés de deux à sept ans. Il y avait eu non seulement des enfants venus de foyers pauvres, mais aussi des orphelins. Des enfants illégitimes, dont les mères refusaient d'être évacuées avec eux et qui se lassaient de s'en occuper. Des enfants maltraités ou négligés chez eux. Trois ou quatre d'entre eux étaient paralysés. Pour les traitements orthopédiques, Rachel Argyle avait engagé, en sus des employés chargés des tâches domestiques, une masseuse suédoise et deux infirmières diplômées. Tout avait été conçu dans une optique, non point uniquement de confort, mais aussi de luxe. Une fois, il lui en avait fait le reproche :

— Vous ne devez pas oublier, Rachel, que ces enfants vont avoir à retourner dans le milieu auquel nous les avons arrachés. Il ne faut pas leur rendre ce retour trop difficile.

Elle avait riposté, en s'échauffant :

— Rien n'est trop beau pour ces pauvres mioches ! Rien.

Il avait insisté :

— Certes. Mais il faudra qu'ils *repartent*. Souvenez-vous-en.

Elle avait balayé l'objection :

— Ce ne sera peut-être pas nécessaire. Il se pourrait... Nous verrons, à l'avenir.

Les exigences du temps de guerre n'avaient pas tardé à produire des changements. Les infirmières, réticentes à veiller sur des enfants en parfaitement bonne santé, avaient dû fréquemment être remplacées. A la fin, il n'était resté qu'une infirmière âgée et Kirsten Lindstrom. Les domestiques avaient également fait défaut. Dans ce domaine-là aussi, Kirsten Lindstrom était venue à la rescousse. Elle avait travaillé avec un grand dévouement, sans ménager sa peine.

Et Rachel Argyle s'était trouvée surmenée et heureuse. Elle avait cependant connu parfois, Leo se rappelait, des moments de perplexité. Comme le jour où, étonnée de la manière dont un petit garçon, Micky, faute d'appétit, perdait régulièrement du poids, elle avait fait venir le médecin. Le praticien n'avait rien découvert de pathologique, mais il avait laissé entendre à Mrs Argyle que l'enfant souffrait sans doute d'être loin des siens. Elle avait rejeté l'hypothèse avec vivacité :

— C'est impossible ! On le maltraitait. On le battait. Pour lui, ce devait être l'enfer.

— Peut-être bien, avait rétorqué le Dr MacMaster. Peut-être bien. Mais je ne serais pas surpris d'avoir raison. Un de ces quatre matins, sa souffrance va le faire parler.

Et, une nuit, Micky avait parlé. Sanglotant dans son lit, pleurant toutes les larmes de son corps, il avait repoussé Rachel de ses deux poings :

— J'veux rentrer chez nous. J'veux rentrer chez nous, ousqu'il y a moman et Ernie.

Rachel en avait été troublée, n'en avait pas cru ses oreilles :

— Il est impossible qu'il veuille revoir sa mère. Elle se souciait de lui comme de sa première chemise. Elle le battait chaque fois qu'elle avait bu.

— Mais c'est la nature, que vous combattez, Rachel, avait-il fait valoir doucement. C'est sa mère, et il l'aime.

— Elle n'avait rien d'une mère !

— Il est de sa chair et de son sang. Il le ressent ainsi. Et cela, rien ne peut le remplacer.

Mais elle avait répliqué :

— Mais enfin, maintenant, c'est *moi* qu'il devrait considérer comme sa mère !

Pauvre Rachel, pensait Leo, pauvre Rachel, qui pouvait acheter tant de choses... Rien d'égoïste, certes, rien pour elle-même. Rachel qui pouvait donner à des enfants non voulus de l'amour, des soins, un foyer. Elle pouvait leur acheter bien des choses, mais elle ne pouvait pas s'acheter leur amour.

Et puis la guerre s'était achevée. Les enfants avaient commencé à repartir pour Londres, réclamés par leur famille ou par des proches. Pas tous. Nul n'avait demandé quelques-uns d'entre eux. Ce fut alors que Rachel avait déclaré :

— Voyez-vous, Leo, ils sont aujourd'hui comme nos enfants. C'est le moment où nous pouvons enfin nous créer une véritable famille. Quatre... cinq de ces enfants peuvent demeurer avec nous. Nous les adopterons, nous nous en occuperons, et ils deviendront réellement *nos* enfants.

Il avait éprouvé un vague malaise, qu'il s'expliquait mal. Il n'avait rien contre ces enfants, mais tout cela lui avait paru, instinctivement, sonner faux : croire que l'on pouvait, par des moyens artificiels, se doter d'une famille...

— Ne croyez-vous pas, avait-il interrogé, que cela représente un certain risque ?

— Un risque ? lui avait-elle répliqué. Qu'importe si c'est un risque ? Le jeu en vaut bien la chandelle.

Oui, il supposait, lui aussi que le jeu en valait bien la chandelle, mais il en était bien moins convaincu qu'elle. Désormais, il s'était tant éloigné dans son propre univers, froid et brumeux, que ce n'était pas à lui de soulever des objections. Il lui avait dit, comme si souvent :

— Vous devez agir comme bon vous l'entendez, Rachel.

Triomphante, au comble du bonheur, elle avait dressé ses plans, consulté des avocats et des notaires, réglé les problèmes avec son efficacité coutumière. Ainsi avait-elle fait l'acquisition d'une famille. Mary, l'aînée, ramenée de New York. Micky, le gamin qui avait pleuré durant tellement de nuits sans dormir, par besoin de retrouver son taudis de foyer et sa mère odieuse et négligente. Tina, la gracieuse métisse à la peau sombre, dont la mère était une prostituée et qui avait eu pour père un matelot malais. Hester, née d'une jeune mère irlandaise qui avait voulu refaire sa vie après avoir engendré une fille illégitime. Et Jacko, le séduisant petit garçon au faciès de ouistiti qui les faisait tous rire par ses bouffonneries, le beau parleur qui, grâce à sa faconde, savait toujours échapper aux punitions et qui parvenait même à soutirer quelques bonbons supplémentaires au parangon de discipline qu'était miss Lindstrom. Le père de Jacko purgeait une peine de prison, sa mère était partie avec un autre homme.

Oui, se disait Leo, il avait sûrement valu la peine de prendre ces enfants, de les faire bénéficier d'un vrai foyer, d'amour, et d'une mère et d'un père. Rachel, reconnaissait-il, avait eu le droit de triompher. Mais ça n'avait pas tourné comme cela aurait dû... Parce que ces enfants n'étaient pas ceux que Rachel et lui auraient pu avoir. En eux ne coulait pas une goutte du sang des ancêtres économes et laborieux de Rachel. Ils ne possédaient rien de l'énergie et de l'ambition qui avaient permis aux membres les moins recommandables de la famille de son épouse, de gagner et d'assurer leur place dans la société. Rien de la vague bienveillance ni de l'intégrité morale de son père ni de son grand-père et de sa grand-mère à lui. Rien non plus du brio intellectuel de ses grands-parents maternels.

Tout ce que le milieu pouvait faire pour ces enfants, il l'avait fait. Il pouvait beaucoup, mais il ne pouvait pas tout. Car ces enfants gardaient en eux les germes de faiblesse qui les avaient, en dernière analyse, conduits à Sunny Point, et, sous l'effet de la tension, ces germes pouvaient prospérer. Jacko en fournissait le meilleur exemple. Jacko, le séducteur, le malin, avec ses reparties joyeuses, son charme, son aisance à entortiller tout le monde autour de son petit doigt. Jacko, fondamentalement, était un délinquant. Cela était apparu très tôt, dans ses chapardages d'enfant, dans ses mensonges. Toutes choses que l'on mettait au compte de sa mauvaise éducation de départ, et dont on pourrait le guérir facilement, affirmait Rachel. Mais on n'avait jamais pu l'en guérir.

Son parcours scolaire avait été chaotique. Il avait été renvoyé de l'université, et ç'avait été le début d'une longue série d'incidents douloureux. Chaque fois, Rachel et lui, faisant de leur mieux, avaient tenté de donner au jeune homme l'assurance de leur amour et de leur confiance. Chaque fois, ils avaient essayé de lui trouver un travail qui lui conviendrait, dans lequel il pourrait espérer le succès s'il s'y appliquait. Peut-être, songeait Leo, s'étaient-ils montrés trop indulgents à son égard. Mais non. Dureté ou indulgence, dans le cas de Jacko, l'aboutissement aurait été le même. Ce qu'il voulait, il lui fallait l'avoir. S'il ne pouvait pas l'obtenir d'une manière légitime, il était tout disposé à s'en emparer par tout autre moyen. Il n'était pas assez intelligent pour réussir dans la criminalité, même pas dans la petite délinquance. On en était ainsi arrivé à ce dernier jour où il avait surgi, aux abois, redoutant la prison, exigeant avec colère de l'argent comme si c'était son dû, proférant des menaces. Il était parti en hurlant qu'il reviendrait et que Rachel ferait mieux de lui tenir la somme prête — *ou sinon* !...

Et ainsi... Rachel était morte. Comme tout ce passé-là lui semblait lointain ! Ces longues années de guerre, pendant lesquelles les garçons et les filles avaient grandi. Et lui-même ? Il était devenu lointain, lui aussi, et fané. Comme si Rachel, toute de vigueur robuste et d'ardeur de vivre, l'avait dévoré de l'intérieur, le laissant sans force et épuisé, assoiffé — et à quel point ! — de chaleur et d'amour.

Même maintenant, il ne se souvenait guère du moment où il avait découvert que tout cela se trouvait devant lui. A portée de sa main... Non pas offert, mais là.

Gwenda... La parfaite secrétaire, collaborant avec lui, toujours disponible, serviable. Quelque chose en elle lui rappelait ce qu'avait été Rachel lorsqu'ils avaient fait connaissance. La même chaleur, le même enthousiasme, la même générosité. Mais dans le cas de Gwenda, cette chaleur, cet enthousiasme, cette générosité, c'était pour *lui*. Non pas pour les hypothétiques enfants qu'elle aurait peut-être un jour, mais pour lui. Cela avait été comme de se réchauffer les mains à une flambée... des mains froides et raides, comme trop longtemps inemployées. Quand avait-il compris pour la première fois qu'elle l'aimait ? C'était difficile à préciser. Il n'en avait pas eu la soudaine révélation.

Mais tout à coup — un jour — il avait su, lui, qu'il l'aimait.

Et qu'aussi longtemps que Rachel vivrait, il ne pourrait l'épouser.

Leo Argyle soupira, se redressa dans son fauteuil et but son thé maintenant complètement froid.

9

Calgary était à peine parti depuis quelques minutes que le Dr MacMaster recevait un second visiteur. Celui-là, il le connaissait bien, et il l'accueillit avec affection :

— Ah, Don, heureux de vous voir ! Venez me raconter ce que vous avez sur le cœur. Car vous avez quelque chose sur le cœur. Je le vois toujours lorsque vous plissez le frontal de cette manière-là.

Le Dr Donald Craig lui adressa un sourire lugubre. C'était un jeune homme sérieux, assez beau, qui se prenait — et qui prenait son travail — au sérieux. Le vieux médecin à la retraite aimait beaucoup son jeune successeur, encore qu'il eût parfois souhaité que Donald Craig comprenne plus facilement la plaisanterie.

Craig refusa le verre qui lui était offert, et en vint droit au fait :

— J'ai de sacrés soucis, Mac.

— Plus de carences en vitamines, j'espère, rétorqua MacMaster.

De son point de vue, l'allusion aux carences en vitamines constituait une bonne plaisanterie : il lui avait, une fois, fallu recourir à un vétérinaire pour faire admettre au jeune Craig que le chat appartenant à l'un des bambins de sa clientèle ne souffrait que d'une teigne avancée.

— Cela n'a rien à voir avec mes patients, dit Donald Craig. Il s'agit de ma vie privée.

L'expression de MacMaster changea sur-le-champ :

— J'en suis désolé, mon garçon. Tout à fait désolé. Auriez-vous reçu de mauvaises nouvelles de chez vous ?

Le jeune praticien secoua la tête :

— Ce n'est pas cela. C'est... Voyez-vous, Mac, il faut que j'en parle à quelqu'un, et vous, vous les connaissez tous, vous êtes ici depuis des années, vous savez tout d'eux. Et j'ai besoin de savoir, moi aussi. J'ai besoin de savoir où j'en suis, et dans quel genre de pétrin.

Les sourcils broussailleux de MacMaster escaladèrent lentement sa boîte crânienne :

— Voyons le problème.

— Ce sont les Argyle. Vous savez... je suppose que tout le monde sait... que Hester Argyle et moi...

Le vieux médecin branla du chef.

— Une charmante petite entente, confirma-t-il, approbateur. C'était l'expression démodée dont on usait autrefois, et elle était excellente.

— Je suis follement amoureux d'elle, avoua Craig sans ambages, et je crois... oh ! j'en suis sûr... qu'elle m'aime aussi. Et, maintenant, tout cela arrive.

La compréhension illumina les traits de MacMaster :

— Ah oui ! La grâce accordée à Jacko Argyle. Une grâce qui vient trop tard pour lui.

— Oui. C'est cela qui me fait penser que... je sais que j'ai absolument tort de le penser, mais je n'y peux rien... qu'il aurait mieux valu que... que cet élément nouveau n'apparaisse jamais.

— Oh ! vous n'êtes pas le seul à le croire. Si je suis bien informé, nombre de gens partagent votre jugement, depuis le chef de la police locale en passant par la famille Argyle jusqu'à l'homme qui est revenu de l'Antarctique et qui a fourni ce nouveau témoignage. Il était ici, cet après-midi même.

Donald Craig parut stupéfait :

— Allons bon ! A-t-il dit quelque chose ?

— Qu'attendiez-vous qu'il dise ?

— A-t-il idée de qui...

Lentement, le Dr MacMaster secoua la tête :

— Non. Il n'en a pas idée. Comment le pourrait-il — débarquant à l'improviste et les voyant tous pour la première fois ? Il semble, d'ailleurs, que personne n'ait la moindre idée.

— Non. J'imagine que non.

— Qu'est-ce qui vous inquiète tant, Don ?

Donald Craig respira profondément :

— Hester m'a téléphoné le soir où ce Calgary est arrivé. Elle et moi, nous devions assister à Drymouth, après ma consultation, à une conférence sur les personnages criminels dans Shakespeare.

— Un sujet tout à fait d'actualité, commenta le vieux médecin.

— Et puis elle m'a appelé. Pour dire qu'elle ne venait pas. Mais elle était bouleversée. On aurait cru qu'elle... je ne saurais pas vous expliquer comment était sa voix.

— Son sang irlandais, diagnostiqua MacMaster.

— Elle avait l'air, en gros, accablée, terrifiée. Oh ! je ne peux pas vous l'expliquer.

— Eh bien, qu'espériez-vous ? Elle n'a pas encore vingt ans, n'est-ce pas ?

— Mais *pourquoi* est-elle aussi bouleversée ? Je vous assure, Mac, elle meurt de peur de quelque chose.

— Hum ! oui, eh bien... ce doit être le cas, j'imagine.

— Pensez-vous que... que pensez-vous ?

— C'est ce que vous pensez, vous, qui est important, releva MacMaster.

— Je suppose que, si je n'étais pas médecin, je ne commencerais pas à penser des choses pareilles, répliqua le jeune homme avec amertume. Elle serait ma petite amie, et ma petite amie ne pourrait pas mal faire. Mais, les choses étant ce qu'elles sont...

— Certes... Allons, déballez tout.

— Voyez-vous, je sais quelque chose de ce qui

trouble Hester. Elle... elle est victime de son enfance difficile.

— Oui, concéda MacMaster. C'est ainsi que l'on dit de nos jours.

— Elle n'a pas eu le temps de s'intégrer comme il faut. A l'époque du meurtre, elle éprouvait des sentiments parfaitement normaux chez une jeune femme encore dans l'adolescence — une révolte contre l'autorité — une tentative d'échapper à l'amour étouffant qui cause tant de dégâts aujourd'hui. Elle voulait se rebeller, partir. Tout cela, elle me l'a dit d'elle-même. Elle a fait une fugue, et elle est entrée dans une troupe de théâtre itinérante de quatrième ordre. Vu ces circonstances, je trouve que sa mère s'est comportée très raisonnablement. Elle a suggéré que Hester aille à Londres, à l'Académie royale d'Art dramatique, pour y apprendre convenablement à devenir actrice si c'était ce qu'elle voulait. Mais ce n'était pas ce que Hester voulait. En réalité, sa fugue ne constituait qu'un geste symbolique. Elle n'avait pas sérieusement l'intention de suivre des cours de comédie, ni de monter sur les planches. Il s'agissait seulement pour elle de démontrer qu'elle pouvait être indépendante. Quoi qu'il en soit, les Argyle n'ont pas essayé de faire pression sur elle. Ils lui ont accordé une très coquette pension.

— En quoi ils se sont montrés très intelligents, remarqua MacMaster.

— Et puis elle a eu cette liaison idiote avec un membre de la compagnie. Un crétin entre deux âges. Au bout du compte, elle a compris par elle-même que le bonhomme ne valait rien. Mrs Argyle est venue lui régler son compte, et Hester a regagné le bercail.

— Après avoir appris sa leçon, ainsi que l'on disait en mon jeune temps. Mais, naturellement, personne n'apprécie d'avoir à l'apprendre. Et la jeune Hester n'a pas apprécié.

Donald Craig reprit, anxieux :

— Elle demeurait pleine d'une révolte refoulée. Ce qu'il y avait de pire, c'était qu'elle devait admettre, au moins pour elle-même si ce n'est ouvertement, que sa mère avait eu parfaitement raison. Qu'elle n'avait aucun talent de comédienne. Et que l'homme dont elle s'était entichée n'en valait pas la peine. Outre que, de surcroît, elle ne l'avait pas vraiment aimé. « Maman sait mieux que moi ce qui est bon pour moi » : c'est toujours exaspérant pour les jeunes.

— Certes, reconnut MacMaster. C'était l'un des problèmes de cette pauvre Mrs Argyle, quoiqu'elle ne l'aurait jamais envisagé ainsi. Le fait qu'*elle* avait presque toujours raison, qu'*elle* savait ce qu'il fallait. Eût-elle été l'une de ces femmes qui contractent des dettes, perdent leurs clefs, manquent le train et se livrent à des actions tellement stupides que les autres doivent venir à leur secours, sa famille tout entière l'aurait aimée bien davantage. C'est triste et cruel, mais ainsi va la vie. Elle n'était pas non plus assez intelligente pour parvenir à ses fins par la dissimulation. Elle était contente d'elle, vous savez. Enchantée de son pouvoir et de son jugement. Lorsque vous êtes jeune, il y a là une situation très difficile à affronter.

— Oh ! je sais, soupira Donald Craig. Je comprends tout cela. Et c'est parce que je le comprends aussi bien que je sens... que je me demande...

Il n'acheva pas.

— Vous préférez que je le dise à votre place, n'est-ce pas, Don ? Vous avez peur que ce ne soit votre Hester qui ait surpris l'algarade entre sa mère et Jacko, que l'entendre l'ait mise en rage, peut-être, et que, dans une crise de rébellion contre l'autorité, contre l'omniscience supposée de sa mère, elle n'ait pénétré dans la pièce, ne se soit emparée du pique-feu et ne l'ait tuée. C'est de cela que vous avez peur, non ?

Le jeune homme, accablé, hocha la tête :

— Pas vraiment. Je n'y crois pas mais... mais je sens... je sens que cela *aurait pu* se produire. Je ne crois pas que Hester ait le culot, l'équilibre qui... Je crois qu'elle est encore jeune pour son âge, incertaine d'elle-même, susceptible de perdre les pédales. Lorsque je regarde cette maisonnée, je n'en vois aucun qui me paraisse capable de commettre un acte pareil jusqu'à ce que j'en vienne à Hester. Et là... là, je ne suis plus sûr.

— Je vois, dit le Dr MacMaster. Oui, je vois.

— Je ne la blâme pas réellement, enchaîna Donald Craig avec vivacité. Je ne pense pas que la pauvre petite savait vraiment ce qu'elle faisait. Je ne qualifierais pas cela de meurtre. C'était seulement une manifestation de défi émotif, de rébellion, de désir d'être libre, née de la conviction qu'elle ne serait jamais libre — pas avant que sa mère ne soit plus là.

— Ce dernier point est probablement exact, estima MacMaster. C'est le seul genre de mobile qu'il y ait là, et il est bien particulier. Pas du genre qui a grande valeur au regard de la loi. Un désir d'être libre. Libre du poids d'une personnalité plus forte. Puisque aucun d'entre eux n'hérite de grosses sommes d'argent à la mort de Mrs Argyle, la justice considérera qu'ils n'avaient pas de mobile. Mais même le contrôle financier, j'imagine, restait largement aux mains de Mrs Argyle par le truchement de l'influence qu'elle exerçait sur les administrateurs. Oh ! oui, sa mort les a tous bel et bien libérés. Pas seulement Hester, mon garçon. Elle a donné à Leo la liberté d'épouser une autre femme. Elle a donné à Mary la liberté de veiller sur son mari comme elle l'entendait, et, à Micky, celle de mener sa propre existence comme il avait choisi de la mener. Même la petite Tina qui cache bien son jeu, blottie dans sa bibliothèque, peut avoir voulu sa liberté.

— Il fallait que je vienne vous en parler, reprit Donald Craig. J'avais besoin de savoir ce que vous pensiez, et si vous croyiez que... que cela pourrait être vrai.

— Au sujet de Hester ?

— Oui.

— Je pense que cela *pourrait* être vrai, répondit MacMaster avec lenteur. Je ne sais pas si ça l'est.

— Vous pensez que cela pourrait s'être passé exactement comme je vous l'ai dit ?

— Oui. Je crois que ce que vous avez imaginé n'est pas irréaliste et recèle un certain élément de probabilité. Mais ce n'est en aucune manière certain, Donald.

Le jeune homme émit un soupir saccadé :

— Mais il me *faut* des certitudes, Mac. C'est la seule chose que je juge nécessaire. Je dois *savoir*. Si Hester me le dit, si elle me le dit elle-même... alors, tout ira bien. Nous nous marierons aussi vite que possible. J'aurai soin d'elle.

— Encore heureux que le superintendant Huish ne puisse pas vous entendre, fit remarquer MacMaster, mi-figue mi-raisin.

— Je suis, par principe, un citoyen respectueux de la loi. Mais vous savez vous-même, Mac, quel sort les tribunaux réservent aux expertises psychologiques. De mon point de vue, il s'agissait d'un accident regrettable, non d'un meurtre commis de sang-froid, ou plutôt, en l'occurrence, de sang chaud.

— Vous êtes amoureux de cette fille.

— Je m'adresse à vous à titre confidentiel, attention.

— Je comprends cela.

— Tout ce que je dis, c'est que si Hester se confie à moi, et que je sache, nous oublierons ensemble. Mais elle doit me le dire. Je ne peux pas continuer à vivre sans savoir.

— Vous entendez que vous n'êtes pas prêt à l'épouser tant que cette hypothèque laissera planer son ombre sur les choses ?

— Le seriez-vous, à ma place ?

— Je ne sais pas, martela MacMaster. Mais, autrefois, si cela m'était arrivé à moi, et que j'aie été amoureux de cette jeune fille, j'aurais probablement été convaincu qu'elle était innocente.

— Ce ne sont pas tant la culpabilité ou l'innocence qui m'importent, mais je dois savoir.

— Et si elle a bien tué sa mère, vous êtes tout prêt

à l'épouser, et à vivre heureux pour toujours, comme l'on dit ?

— Oui.

— C'est ce que vous croyez ! s'écria le vieux médecin. Vous vous demanderez vite si le goût amer de votre café provient bien du café, et vous penserez que le pique-feu, au coin de la cheminée, est décidément un peu trop massif. Et elle vous verra le penser. Cela ne marchera pas...

10

— Je suis convaincu, Marshall, que vous saisissez les raisons qui m'ont poussé à solliciter votre venue ici pour assister à cette réunion.

— Oui, certainement, Mr Argyle. Le fait est que si vous ne me l'aviez pas demandé, je vous aurais moi-même suggéré de venir. L'annonce officielle de la grâce était, ce matin, dans tous les quotidiens, et il n'y a pas le moindre doute que cela va conduire à un regain d'intérêt pour l'affaire de la part de la presse.

— Quelques journalistes nous ont déjà téléphoné pour solliciter des interviews, confirma Mary Durrant.

— Certes, déplora Mr Marshall, on ne pouvait que s'y attendre, je crois. Je vous conseillerais de vous en tenir à une position selon laquelle vous n'avez aucun commentaire à faire. Naturellement, vous êtes enchantés, et reconnaissants, mais vous préférez ne pas discuter du sujet.

— Le superintendant Huish, qui était à l'époque chargé du dossier, a demandé à s'entretenir avec nous tous demain matin, ajouta Leo Argyle.

— Oui. Oui, je crains que, dans une certaine mesure, l'enquête ne soit rouverte, encore que je ne puisse imaginer que la police espère le moins du monde déboucher sur un résultat tangible. Après tout, deux années se sont déjà écoulées, et tout ce dont les gens auraient pu se souvenir à ce moment-là — les gens du village, j'entends — doit être maintenant totalement oublié. Il va de soi que c'est regrettable, par bien des aspects, mais nul n'y peut rien.

— Les faits eux-mêmes semblent parfaitement clairs, reprit Mary Durrant. La maison était verrouillée de toutes parts, par crainte des cambriolages. Mais si quiconque était venu requérir le secours de ma mère pour un cas très spécial ou avait prétendu être un ami d'ami, je suis convaincue qu'elle l'aurait fait entrer. Mon père, ici présent, croyait avoir entendu un coup de sonnette juste après 7 heures.

Marshall adressa à Leo Argyle un regard interrogateur.

— Oui, je pense avoir dit cela, confirma Leo Argyle. Bien entendu, je ne m'en souviens plus guère avec clarté, mais, à ce moment-là, j'avais effectivement l'impression d'avoir perçu la sonnerie de la porte d'entrée. J'étais prêt à descendre et c'est alors que j'ai entendu la porte s'ouvrir et se refermer. Il n'y avait aucun bruit de voix, ni rien qui puisse indiquer que quelqu'un tentait de forcer le passage ou se comportait grossièrement. Cela, je pense que j'aurais dû l'entendre.

— En effet, en effet, convint Mr Marshall. Oui, je pense que c'est ainsi, indubitablement, que cela doit s'être passé. Hélas, nous ne savons que trop que nombre de gens dépourvus de principes parviennent à pénétrer dans une demeure grâce à la fable plausible d'un malheur imaginaire, et qui, ayant été introduits dans les lieux, tentent d'assommer le propriétaire pour s'enfuir avec tout l'argent dont ils peuvent s'emparer. Oui, je pense que nous nous devons de supposer aujourd'hui que c'est cela qui est arrivé.

Mr Marshall s'exprimait d'une voix persuasive. Tout en parlant, il observait la petite assemblée, portant une attention soutenue à chacun des participants et les étiquetant avec précision dans son cerveau méticuleux. Mary Durrant, belle, dépourvue d'imagination, impassible, un peu lointaine même, en apparence très sûre d'elle. Derrière elle, dans son fauteuil roulant, son mari. Un garçon intelligent, ce Philip Durrant, pensait, *in petto*, Mr Marshall. Un homme qui aurait pu accomplir beaucoup et aller loin, n'eût été son jugement désastreux pour tout ce qui concernait les affaires. Il ne prenait pas tout cela, de l'avis de Marshall, avec autant de sang-froid que son épouse. Ses yeux demeuraient alertes et songeurs. Il comprenait, mieux que personne, les implications du problème. Mary Durrant, naturellement, pouvait n'être pas aussi calme qu'il y paraissait. Jeune fille ou femme, elle avait toujours su dissimuler ses sentiments.

Comme Philip Durrant s'agitait un peu dans son fauteuil, ses yeux brillants et malins fixant l'homme de loi avec une légère lueur d'ironie, Mary tourna vivement la tête. La totale adoration qu'il lut dans le regard qu'elle adressa à son mari faillit faire sursauter l'homme de loi. Il savait, évidemment, que Mary Durrant était très attachée à son époux, mais il l'avait si longtemps tenue pour une créature placide et sans passion, dépourvue d'affections vigoureuses comme de haines fortes, que cette révélation soudaine le laissait pantois. Ainsi donc, c'était cela qu'elle éprouvait pour le bonhomme, hein ? Quant à Philip Durrant, il semblait mal à l'aise. Inquiet de l'avenir, jugea Marshall. Il pouvait l'être, en effet !

Micky avait pris place en face de l'homme de loi. Jeune, beau, amer. Pourquoi était-il devenu aussi amer ? s'interrogeait, par parenthèse, Mr Marshall. N'avait-on pas, toujours, tout fait pour lui ? Pourquoi affichait-il l'expression d'un homme en guerre permanente contre l'univers ? Assise à côté de lui, Tina avait assez l'air d'un élégant petit chat noir : très brune, une voix douce, de grands yeux sombres et des mouvements d'une grâce ondulante. Paisible, et pourtant, peut-être, émotive derrière cette façade ? Marshall savait en réalité bien peu de Tina. Elle avait accepté le poste de bibliothécaire à la bibliothèque du comté que Mrs Argyle lui avait suggéré. Elle disposait d'un appartement à Redmyn et revenait à la maison pour les week-ends. En apparence, un membre de la famille docile et satisfait. De toute façon, elle était hors de cause, ou elle devait l'être. Le soir du drame, elle n'était pas là. Encore que Redmyn ne soit qu'à une quarantaine de kilomètres. Tout de même, on pouvait les présumer, Micky et elle, en dehors de l'affaire.

Marshall toisa d'un coup d'œil rapide Kirsten Lindstrom, qui l'observait avec une nuance d'agressivité. Supposons, pensa-t-il, que ce soit *elle* qui ait été atteinte de folie furieuse et qui s'en soit prise à sa patronne ? Cela ne l'aurait pas vraiment étonné. Rien, en réalité, ne pouvait plus vous surprendre lorsque vous aviez été l'un des serviteurs de la loi depuis des années. Le jargon moderne avait un terme pour des femmes comme la Suédoise. La célibataire refoulée. Envieuse, jalouse, remâchant ses rancunes pour des motifs réels ou fantasmés. Oh ! oui, il y avait un terme pour cela. Et comme ce serait commode, songeait Mr Marshall sans trop d'objectivité. Oui, très commode. Une étrangère au pays et à la famille. Mais Kirsten Lindstrom aurait-elle, de propos délibéré, piégé Jacko, surpris la querelle et profité de l'occasion ? Cela, c'était beaucoup plus difficile à croire. Car Kirsten Lindstrom adorait Jacko. Elle avait toujours voué une passion à tous les enfants. Non, il ne pouvait pas croire cela d'elle. Quel dommage, parce que... Non, il ne devait pas laisser son esprit s'engager sur cette voie-là.

Son regard se porta ensuite sur Leo Argyle et sur Gwenda Vaughan. Leurs fiançailles n'avaient pas été annoncées, ce qui valait mieux. Une sage décision. Marshall lui-même avait pris la plume pour sous-entendre que ce serait préférable. Naturellement, dans le village, leur idylle n'était sans doute qu'un secret de polichinelle dont la police, très probablement, avait eu vent, elle aussi. Du point de vue des policiers, c'était exactement le bon type de réponse à l'énigme. Avec d'innombrables précédents : le mari, l'épouse... et l'autre. Mais, de quelque côté qu'il envisageât la question, Marshall ne pouvait croire que Leo Argyle s'était attaqué à sa femme. Non, réellement, il ne pouvait pas y croire. Après tout, il connaissait Leo Argyle depuis de longues années et avait de lui une très haute opinion. Un intellectuel. Un homme aux idées généreuses, profondément cultivé, qui portait sur l'existence un œil philosophe et détaché. Pas le type d'homme à assassiner son épouse à coups de pique-feu. Evidemment, à un certain âge, lorsqu'un homme tombe amoureux... Mais non ! Ça, c'était bon pour les journaux. Une lecture plaisante pour les dimanches dans l'ensemble des îles britanniques, semblait-il ! Mais, vraiment, on ne pouvait imaginer que Leo...

Et la femme ? Marshall ne connaissait guère Gwenda Vaughan. Il nota ses lèvres pleines et sa silhouette épanouie. Elle était amoureuse de Leo. Oh ! oui, et depuis longtemps, à n'en pas douter. Qu'en aurait-il été d'un divorce, il se le demandait. Comment Mrs Argyle y aurait-elle réagi ? Au vrai, il n'en savait rien, mais il estimait que cette idée n'aurait pas plu à Leo Argyle, demeuré assez vieux jeu. Il ne pensait pas non plus que Gwenda Vaughan fût la maîtresse de Leo, ce qui ne faisait qu'accroître la probabilité que, si la jeune femme avait entrevu une possibilité d'éliminer Mrs Argyle avec la certitude qu'aucun soupçon ne se porterait sur elle... Il s'accorda un instant avant de poursuivre sa réflexion. Gwenda aurait-elle sacrifié Jacko sans ciller ? Il ne croyait pas qu'elle ait jamais beaucoup aimé Jacko. Le charme de Jacko n'agissait pas sur elle. Et les femmes — Mr Marshall ne le savait que trop — étaient dénuées de scrupules. Donc, on ne pouvait écarter Gwenda Vaughan. Il était douteux qu'après un tel délai, la police puisse réunir des preuves. Et il ne voyait pas quelle preuve pourrait être découverte à l'encontre de Gwenda. Elle s'était trouvée dans la maison ce jour-là, elle avait travaillé avec Leo dans la bibliothèque, elle lui avait dit bonsoir, elle était partie, et elle avait descendu l'escalier.

Nul ne pouvait dire si elle n'avait pas fait un détour par le bureau de Mrs Argyle, si elle ne s'était pas emparée du pique-feu et si elle ne s'était pas approchée par-derrière de la victime, penchée sans méfiance sur ses papiers. Et ensuite, Mrs Argyle ayant été tuée sans un cri, tout ce que Gwenda Vaughan aurait eu à faire aurait été de reposer son instrument contondant, d'aller jusqu'à la porte et de rentrer chez elle, exactement comme tous les jours. Mr Marshall ne voyait pas comment la police, ou qui que ce soit, pourrait jamais établir si c'était ainsi qu'elle avait agi.

Son regard en vint à Hester. Une jolie jeune fille. Non, pas jolie. Réellement belle. D'une beauté étrange, et un peu inquiétante. Il aurait aimé savoir qui avaient été ses parents naturels. Il y avait en elle quelque chose de sauvage, d'indompté. Oui, à son sujet, on pouvait presque recourir à l'épithète de *désespéré*. Mais de quoi se désespérait-elle ? Elle avait fait une fugue stupide pour monter sur les planches, et elle avait eu une liaison tout aussi stupide avec un homme qui ne convenait pas. Et puis elle avait fini par entendre raison, elle avait regagné avec Mrs Argyle la maison familiale où elle s'était à nouveau installée. Tout de même, on ne pouvait pas vraiment exclure Hester, parce que l'on ne savait pas comment son psychisme fonctionnait. On ignorait l'effet qu'un instant de désespoir fou pouvait produire sur elle. Mais la police l'ignorerait aussi.

En fait, en vint à conclure Mr Marshall, il paraissait très improbable que les policiers, même s'ils parvenaient à déterminer *qui* était le coupable, y puissent réellement grand-chose. Donc, dans l'ensemble, la situation pouvait être considérée comme satisfaisante. Satisfaisante ? Mr Marshall fut saisi d'un léger haut-le-corps en méditant ce mot. Etait-ce satisfaisant ? Une impasse constituait-elle une solution acceptable au problème ? Il se demandait si les Argyle connaissaient eux-mêmes la réponse. Il décida que non. Ils ne savaient pas. A l'exception, cela va de soi, de celui d'entre eux qui le savait trop bien... Non, ils ne savaient pas, mais entretenaient-ils des soupçons ? Si ce n'était pas encore le cas, ce le serait bientôt, car, lorsque vous ne savez pas, vous ne pouvez vous empêcher de vous interroger, de tenter de vous souvenir... Inconfortable. Oui, oui, une situation des plus inconfortables.

Toutes ces réflexions ne lui avaient guère pris de temps. Mr Marshall émergea de sa petite rêverie pour apercevoir les yeux de Micky fixés sur lui, avec un éclat moqueur :

— Donc, c'est là votre verdict, Mr Marshall, non ? Quelqu'un de l'extérieur, un rôdeur inconnu, l'affreux personnage qui assassine, qui vole et qui s'enfuit avec le fruit de son larcin ?

— Il semblerait, répliqua l'homme de loi, que c'est là l'hypothèse qu'il nous faut accepter.

Micky se laissa aller contre le dossier de son fauteuil en éclatant de rire :

— C'est notre version, et nous devons nous y tenir, hein ?

— Eh bien, oui, Michael, c'est cela que je recommanderais, en effet.

Il y avait une nette nuance d'avertissement dans la voix de Marshall.

Micky hocha la tête :

— Je vois. C'est là ce que vous nous conseillez. Oui. Oui, vous avez certainement raison. Mais vous n'y croyez pas, non ?

Mr Marshall lui lança un regard glacial. C'était toujours le problème avec les gens qui ne possédaient pas le sens de la discrétion requis dans sa profession. Ils voulaient mordicus dire tout haut des choses qui gagnaient grandement à être tues.

— Pour ce qu'elle vaut, trancha-t-il, c'est bien là mon opinion.

La sécheresse de son ton véhiculait un monde de réprobation. Micky lança un coup d'œil autour de la table :

— Qu'est-ce que nous en pensons tous ? lança-t-il à la cantonade. Hé, Tina, ma chérie, pendant que tu regardes tranquillement le bout de ton nez, tu n'as aucune idée ? Une version non expurgée, pour ainsi dire ? Et toi, Mary ? Tu n'as pas beaucoup parlé.

— Je suis, bien entendu, d'accord avec Mr Marshall, rétorqua Mary avec quelque aigreur. Quelle autre solution pourrait-il y avoir ?

— Philip ne partage pas ton avis, fit valoir Micky.

Mary se tourna vivement vers son mari.

— Vous feriez mieux de tenir votre langue, Micky, déclara Philip Durrant, très tranquille. Trop parler n'apporte rien de bon quand on est coincé. Et nous sommes coincés.

— Donc personne ne va avoir une autre opinion, n'est-ce pas ? reprit Micky. Très bien. Marchons comme ça. Mais réfléchissons-y tous un peu ce soir, quand nous irons au lit. Ce serait assez recommandé, vous savez. Après tout, on veut savoir où on en est, si je puis dire. Vous ne sauriez pas une chose ou deux, Kirsty ? C'est, en général, le cas. Aussi loin que je puisse m'en souvenir, vous avez toujours su ce qui se passait, encore que je reconnaisse, à votre éloge, que vous n'en disiez rien.

— Je pense, Micky, que tu devrais tenir ta langue, riposta Kirsten Lindstrom, non sans dignité. Mr Marshall a raison. Il n'est pas sage de trop parler.

— Nous pourrions mettre la question aux voix, ricana Micky. Ou bien écrire un nom sur un bout de papier et mettre le tout dans un chapeau. Ce serait intéressant, non ? De voir sur qui se portent les suffrages.

Cette fois, Kirsten Lindstrom éleva la voix :

— Tais-toi. Ne te conduis pas en petit garçon stupide et insolent comme autrefois. Tu es un adulte, maintenant.

— Je disais seulement qu'il fallait y réfléchir, marmonna Micky, dépité.

— Nous y réfléchirons tous, dit Kirsten Lindstrom. Son ton était amer.

11

La nuit était tombée sur Sunny Point.

A l'abri de ses murs, sept personnes se retirèrent pour dormir, mais aucune d'elles ne put trouver un bon sommeil...

Depuis sa maladie et la perte de toute activité physique, Philip Durrant avait, chaque jour davantage, cherché le réconfort dans le travail de l'esprit. Doué depuis toujours d'une brillante intelligence, il avait pris conscience des ressources qui lui étaient ouvertes par son intellect. Il s'amusait parfois à pronostiquer les réactions de son entourage à des *stimuli* adéquats. Souvent, ses paroles et ses actes ne coulaient pas naturellement de source, mais avaient été calculés dans le seul et unique but d'observer les effets qu'ils suscitaient. Il jouait là à une espèce de jeu. Lorsqu'il obtenait la réaction qu'il avait prévue, il s'accordait, en quelque sorte, une bonne note.

Ce passe-temps avait eu pour conséquence que, pour la première fois de sa vie, peut-être, il s'était mis à observer assidûment les différences et les réalités de la nature humaine.

Ses semblables, en tant que tels, ne l'avaient guère intéressé jusque-là. Il aimait, ou il détestait, ceux qui l'entouraient ou qu'il rencontrait. Ils l'amusaient, ou ils l'ennuyaient. Il avait toujours été homme d'action, non de réflexion. Il n'avait employé ses capacités d'imagination, qui étaient considérables, qu'à échafauder divers plans en vue de faire fortune. Tous reposaient sur une base saine. Mais, à cause de son manque complet de sens des affaires, ils n'avaient jamais abouti à rien. Auparavant, il n'avait considéré les gens que comme des pions sur un échiquier. Maintenant, depuis que la maladie l'avait coupé de la vie active qu'il avait connue, il avait été forcé de prendre en compte ce qu'étaient réellement les autres.

Tout avait commencé à l'hôpital, où il avait été

contraint, parce qu'il n'avait plus rien d'autre pour s'occuper, de porter attention à la vie amoureuse des infirmières, aux guerres secrètes et aux petits conflits internes d'un établissement hospitalier. Mais ce lui était vite devenu une habitude. Les gens : c'était désormais tout ce que l'existence avait à lui proposer. Seulement les gens. Des gens à étudier, à analyser, à classer. Au sujet desquels il lui fallait supputer ce qui les faisait réagir, puis voir s'il avait eu raison. Vraiment, cela pouvait se révéler très intéressant...

Ce soir seulement, assis dans la bibliothèque, il avait compris à quel point, en réalité, il en savait peu sur la famille de sa femme. Qui étaient-ils, vraiment ? Qui étaient-ils au fond d'eux-mêmes, s'entend ? Car leurs apparences, il les connaissait très bien.

Curieux de constater à quel point on était ignorant des autres. Même de sa propre épouse ?

Il avait porté sur Mary un regard pensif. Fondamentalement, que savait-il de Mary ?

Il était tombé amoureux d'elle parce qu'il avait aimé sa beauté et son comportement calme et sérieux. Qu'elle ait eu de l'argent avait aussi beaucoup compté pour lui. Il y aurait réfléchi à deux fois avant de convoler avec une fille sans le sou. Tout s'était combiné au mieux, et il l'avait épousée, il s'était moqué d'elle, il l'avait surnommée Polly, et il s'était réjoui de son regard interloqué lorsqu'il faisait des plaisanteries qu'elle ne comprenait pas. Mais, à la vérité, que *savait-il* d'elle ? De ce qu'elle pensait et de ce qu'elle ressentait ? Il savait, de toute certitude, qu'elle l'aimait, avec un attachement profond et passionné. A la pensée de cet attachement, il s'agita, mal à l'aise, secouant ses épaules comme s'il voulait les soulager d'un fardeau. L'attachement passionné, c'était parfait lorsque l'on pouvait y échapper neuf ou dix heures par jour. C'était délicieux de le retrouver en rentrant chez soi. Mais, maintenant, il s'en sentait prisonnier. On veillait sur lui, on le soignait, on le chérissait... Il lui fallait trouver des voies pour s'en évader. Des voies mentales — puisqu'il n'en était plus d'autres possibles. Il fallait fuir dans le royaume de l'imaginaire et des interrogations.

Des interrogations... sur le responsable de la mort de sa belle-mère, par exemple. Il avait détesté belle-maman autant qu'elle l'avait détesté. Elle n'avait pas voulu que Mary l'épouse (aurait-elle voulu que Mary épouse quiconque ? se demandait-il), mais elle n'avait pas pu empêcher leur mariage. Mary et lui avaient mené une vie heureuse et indépendante — et puis les choses avaient commencé de mal tourner. D'abord cette société sud-américaine, et puis la Bicycle Accessories Ltd — de bonnes idées, dans les deux cas, mais leur financement avait été très mal évalué —, et enfin la grève des chemins de fer, en Argentine, qui avait marqué le point culminant du désastre. Tout cela n'avait été que pure malchance, mais, d'une certaine façon, il en attribuait la responsabilité à Mrs Argyle. Elle n'avait pas souhaité qu'il réussisse. Puis il avait été atteint par sa maladie. Il lui avait bien semblé que l'unique solution à leur disposition consistait à aller vivre à Sunny Point, où ils seraient assurément les bienvenus. Cela lui aurait été assez égal. A un homme paralysé, qui n'est plus que la moitié d'un homme, qu'importe où il vit ?... Mais Mary n'aurait pas apprécié.

Eh bien, il n'avait pas été nécessaire de s'installer en permanence à Sunny Point. Mrs Argyle avait été assassinée. Les administrateurs avaient augmenté la pension allouée à Mary au titre du fidéicommis, et ils avaient pu se créer un nouveau chez-eux.

Il n'avait pas éprouvé un chagrin particulier à la mort de Mrs Argyle. Il lui eût été plus agréable, bien entendu, qu'elle fût morte dans son lit, d'une pneumonie ou de tout autre mal semblable. Un assassinat, c'était une sale affaire, qui provoquait une notoriété de mauvais aloi et des manchettes fracassantes. Pourtant, pour un assassinat, celui-là avait été un assassinat des plus satisfaisants — dont l'auteur, à l'évidence, avait une case en moins, ce pour quoi le jargon des psychiatres aurait avancé force qualificatifs plus décents. Pas le propre frère de Mary. Non, l'un de ces « enfants adoptés », porteur de tares héréditaires, qui, si souvent, finissent mal. Mais ça ne se présentait plus aussi bien, maintenant. Le lendemain, le superintendant Huish allait venir poser des questions dans son doux accent de l'Ouest. Il valait mieux, peut-être, réfléchir d'avance aux réponses...

Mary brossait ses longs cheveux blonds devant le miroir. Quelque chose, dans son calme détaché, l'agaça.

— Ton histoire pour demain est prête, Polly ? s'enquit-il.

Elle tourna vers lui des yeux surpris.

— Le superintendant Huish va débarquer, reprit-il. Il va de nouveau t'interroger à fond sur ce qu'ont été tes mouvements dans la soirée du 9 novembre.

— Oh ! je vois. Cela fait si longtemps, aujourd'hui. On ne peut plus s'en souvenir.

— Mais, lui, il *peut*. C'est le problème. Il *peut*. Tout a été écrit quelque part dans son joli petit bloc-notes de policier.

— Ah bon ? Ils gardent tout ça ?

— Ils le conservent probablement en triple exemplaire pendant dix ans ! Eh bien, Polly, pour tes mouvements à toi, ça se résume très simplement. Il n'y en a eu aucun. Tu étais ici, dans cette chambre, en ma compagnie. Et, si j'étais toi, je m'abstiendrais de révéler que j'en suis sortie entre 7 heures et 7 heures et demie.

— Mais c'était seulement pour aller aux toilettes. Il faut tout de même, fit-elle valoir, très raisonnable, que chacun aille aux toilettes.

— Tu ne lui avais pas signalé ce fait à l'époque. Je m'en souviens.

— Je suppose que j'avais oublié.

— Je pensais que ça pouvait avoir été de l'instinct de conservation... de toute façon, je me souviens d'avoir corroboré tes dires. Nous étions ici, ensemble, à jouer au piquet, depuis 6 heures et demie jusqu'au moment où Kirsty a donné l'alarme. C'est là notre version, et nous nous y tiendrons.

— Très bien, chéri, acquiesça-t-elle, placide — indifférente.

« N'a-t-elle aucune imagination ? se demanda-t-il. Ne prévoit-elle pas que nous entrons dans une zone de turbulences ? »

Il se pencha vers elle :

— C'est intéressant, tu sais... *Toi*, ça ne t'intéresse pas de savoir qui l'a tuée ? Nous savons tous — Micky avait raison sur ce point — que c'est l'un de nous. Ça ne t'intéresse pas de connaître lequel ?

— Ce n'était ni toi ni moi, répliqua Mary.

— Et c'est tout ce qui t'intéresse ? Polly, tu es merveilleuse !

Elle rougit à peine :

— Je ne vois pas ce que cela a d'étrange.

— Non, je me rends bien compte que tu ne le vois pas... Eh bien, moi, je suis différent de toi. Je suis curieux.

— J'imagine que nous ne saurons jamais. Et j'imagine aussi que la police ne saura jamais, elle non plus.

— Peut-être que non. Les policiers n'ont pas grand-chose pour démarrer. Mais nous ne sommes pas du tout dans la même position que la police.

— Que veux-tu dire, Philip ?

— Eh bien, nous disposons de quelques informations de l'intérieur. Nous connaissons notre petit monde — et nous avons une assez bonne idée de ce qui les fait réagir. Tu devrais en avoir une, en tout cas. Tu as grandi avec eux tous. Ecoutons tes vues sur le sujet. Qui penses-tu que c'était ?

— Je n'en ai pas la moindre idée, Philip.

— Alors, essaie de deviner.

— Je préfère ne pas savoir qui a fait ça, rétorqua Mary avec aigreur. Je préfère même ne pas y penser.

— Autruche, commenta Philip Durrant.

— Honnêtement je ne vois pas l'utilité de... de deviner. Il vaut mieux ne pas savoir. Ainsi, nous pourrons tous poursuivre notre existence comme si de rien n'était.

— Oh ! non, nous ne pourrons pas. C'est là que tu te trompes. La gangrène a déjà fait son apparition.

— Que veux-tu dire ?

— Eh bien, prends Hester et son petit ami — le jeune et austère Dr Donald Craig. Un garçon sympathique, sérieux, inquiet. Il ne croit pas vraiment qu'elle est coupable — mais il n'est pas vraiment persuadé qu'elle ne l'est pas ! C'est pourquoi il la scrute avec anxiété, quand, croit-il, elle ne le remarque pas. Mais elle s'en aperçoit tout à fait. Et nous y voici ! Peut-être est-elle coupable — tu le saurais mieux que moi —, mais, si elle ne l'est pas, que diable peut-elle faire auprès de son petit copain ? Lui répéter : « Je vous en prie, ce n'était pas moi » ? Mais c'est ce qu'elle dirait en tout état de cause.

— Franchement, Philip. Je crois que tu te laisses emporter par ton imagination.

— Toi, Polly, toi, tu n'en as aucune. Prends maintenant ce pauvre Leo. Les carillons joyeux résonnant pour ses noces avec Gwenda s'éloignent de plus en plus. La demoiselle en est terriblement bouleversée. L'as-tu remarqué ?

— Réellement, je ne vois pas dans quel but père veut se remarier à son âge.

— Lui, il le voit ! Mais il voit aussi très bien que la moindre rumeur d'une liaison avec Gwenda leur collerait sur le dos, à tous deux, un mobile de première classe pour un assassinat. Fâcheux !

— C'est incroyable de penser une seule seconde que père ait pu tuer mère ! Des choses comme cela n'existent pas.

— Oh ! que si, rétorqua Philip Durrant. Lis donc les journaux.

— Pas dans notre milieu.

— L'assassinat n'a rien à faire avec le snobisme, Polly. Et puis il y a Micky. Quelque chose le ronge. C'est un garçon étrange, amer. Tina paraît à l'aise, sans inquiétude, détachée. Mais si l'impassibilité pouvait se faire femme, ce serait bien elle. Sans compter cette pauvre vieille Kirsty...

Une pointe d'animation se peignit sur les traits de Mary :

— *Ça*, ce serait une solution !

— Kirsty ?

— Oui. Après tout, c'est une étrangère. Et je crois qu'elle a souffert d'horribles migraines, il y a un an ou deux... Il semble bien plus vraisemblable que ce soit elle qui ait tué qu'aucun d'entre nous.

— La malheureuse ! répliqua Philip. Ne comprends-tu pas que c'est précisément ce qu'elle est en train de se dire à elle-même ? Que nous sommes tous d'avis que c'est elle ? Parce que c'est commode. Parce qu'elle n'appartient pas à la famille. N'as-tu pas remarqué, ce soir, qu'elle était quasiment folle d'inquiétude ? Et elle se trouve dans la même situation que Hester. Que peut-elle faire ou dire ? Nous jurer à tous : « Je n'ai *pas* tué ma patronne et amie » ? Quel poids aurait pareille déclaration ? Et c'est peut-être sacrément pire pour elle que pour qui que ce soit d'autre... parce qu'elle est seule. Elle va remâcher dans sa tête chaque mot qu'elle a jamais prononcé, revoir chaque regard de colère qu'elle a pu jeter à ta mère — en pensant que l'on pourra s'en souvenir à son encontre. En se sachant impuissante à démontrer son innocence.

— Je souhaiterais que tu te calmes, Philip. Après tout, qu'y pouvons-nous ?

— Rien, sauf à tenter de découvrir la vérité.

— Mais comment serait-ce possible ?

— Il doit exister des moyens. J'ai assez envie d'essayer.

Un certain malaise marqua les traits de Mary :

— Quelles sortes de moyens ?

— Oh ! lâcher des choses — regarder comment les gens réagissent... on peut y réfléchir...

Il se tut un instant, l'esprit en alerte :

— ... des choses qui auraient une signification pour un coupable, mais pas pour un innocent...

A nouveau, il se tut, tournant et retournant les idées qui lui venaient.

Il releva les yeux.

— Tu ne veux pas aider les innocents, Mary ? demanda-t-il enfin.

— Non ! explosa-t-elle en venant s'agenouiller à côté de son fauteuil. Je ne veux pas que tu te mêles de tout ça, Philip. Ne commence pas à dire des choses et à tendre des pièges. Ne te mêle pas de ça. Oh ! pour l'amour de Dieu, ne t'en mêle *pas* !

Les sourcils de Philip Durrant s'étaient relevés.

— Eh bien..., murmura-t-il, eh bien...

Et il posa la main sur la douce chevelure dorée.

*

Michael Argyle, allongé sans pouvoir dormir, fixait l'obscurité.

Son esprit tournait comme un écureuil en cage et revoyait le passé. Pourquoi ne pouvait-il pas l'abandonner derrière lui ? Pourquoi devrait-il traîner ce passé toute sa vie ? Et quelle importance cela avait-il, de toute façon ? Pourquoi lui fallait-il se souvenir, avec autant de clarté, de la chambre accueillante qui sentait le renfermé dans le taudis de Londres, quand il était « not' Micky à nous » ? L'ambiance excitante de tous les jours ! Les jeux de la rue ! Les bagarres avec les autres gamins ! Sa mère, avec sa chevelure d'un or éclatant (une teinture à bon marché, jugeait-il dans sa sagesse d'adulte), ses rages soudaines quand elle se jetait sur lui pour lui taper dessus (le gin, naturellement !), et sa gaieté folle lorsqu'elle était de bonne humeur. Les délicieux soupers de poisson-frites et les chansons qu'elle chantait — des beuglantes sentimentales. Quelquefois, elle l'emmenait au cinéma. Bien sûr, il y avait toujours les oncles — c'est ainsi, toujours, qu'il devait les appeler. Son propre père était parti avant qu'il ne puisse le conserver dans sa mémoire... mais sa mère n'aurait pas supporté que l'oncle du jour lève la main sur lui. « Tu fiches la paix à not' Micky à nous », ordonnait-elle.

Et puis il y avait eu l'excitation de la guerre. L'attente des bombardiers de Hitler — les sirènes qui arrêtaient tout. Les « Minnie mugissantes », comme on les surnommait. Descendre dans le métro pour y passer la nuit. Quelle rigolade ! Tous les gens de la rue y étaient aussi, avec leurs sandwiches et leurs bouteilles de boissons gazeuses. Et les rames qui circulaient pratiquement sans arrêt. Ça, ç'avait été la vie ! Au beau milieu de la mêlée !

Et puis il était venu là, à la campagne. Dans un endroit ni mort ni vivant, où il ne se passait jamais rien !

« Tu r'viendras, chéri, quand tout il s'ra fini », lui avait dit sa mère, mais sans conviction, comme si ce n'était pas réellement vrai. Elle n'avait pas paru se soucier de son départ. Et pourquoi ne l'avait-elle pas accompagné ? Bien des enfants de leur rue avaient été évacués avec leurs mamans. Mais sa mère à lui n'avait pas voulu venir. Elle allait partir pour le Nord (avec l'oncle du moment, un oncle Harry !), pour travailler dans les fabriques de munitions.

Il aurait dû comprendre alors, malgré son au revoir affectueux. Elle ne l'aimait pas vraiment... Le gin, pensait-il, était tout ce qu'elle aimait. Le gin et les oncles...

Il était resté là, captif, prisonnier, mangeant des repas bizarres et sans goût. Allant au lit — c'était à n'y pas croire — à 6 heures du soir, après un souper stupide composé de lait et de biscuits (du lait et des biscuits !), et restant éveillé, en larmes, sa tête cachée sous le drap, pleurant sa maman et son chez lui.

C'était cette femme ! Elle s'était emparée de lui, et elle ne le laisserait plus partir. Pleine de phrases gnangnan. Toujours à le faire jouer à des jeux idiots. Voulant quelque chose de lui. Quelque chose qu'il était bien déterminé à ne pas lui donner. Peu importe. Il attendrait. Il serait patient ! Mais un jour — un jour magnifique — il rentrerait *chez lui*. Chez lui, dans les rues, avec les superbes bus rouges, et le métro, et les poisson-frites, et la circulation, et les chats du voisinage... Sa mémoire, dans sa nostalgie, énumérait la liste de tous les plaisirs londoniens. Il devait attendre. La guerre ne durerait pas toujours. Et il était là, bloqué dans cet endroit imbécile alors que les bombes pleuvaient sur toute la capitale, et que la moitié de Londres était en flammes... De Dieu ! Quel bel incendie ce devait être, avec tous les tués, et les maisons qui s'effondraient.

Tout cela, il le revoyait dans son esprit — comme sur grand écran et en technicolor.

Ça ne faisait rien. Quand la guerre serait finie, il reviendrait chez maman. Elle serait étonnée de voir comme il avait grandi.

Dans le noir, Michael Argyle lâcha son souffle en un long sifflement.

La guerre avait bel et bien fini. On avait eu Hitler et Musso... Plusieurs des enfants étaient rentrés chez eux. Maintenant, bientôt... Mais *elle*, elle était revenue de Londres, et elle lui avait dit qu'il resterait à Sunny Point et qu'il deviendrait son propre petit garçon...

Il l'avait interrogée :

— Où elle est, ma maman ? Elle a pris une bombe ?

Si elle avait été tuée par une bombe — eh bien, ça n'aurait pas été trop moche. Ça arrivait aux mères des petits garçons.

Mais Mrs Argyle avait répondu que non, qu'elle n'avait pas été tuée. Mais qu'elle avait un travail assez difficile à faire, et qu'elle ne pouvait pas très bien s'occuper d'un enfant — ce genre de choses, en tout cas. De la guimauve, qui ne signifiait rien... Sauf que sa mère ne l'aimait pas, qu'elle ne voulait plus de lui — et qu'il aurait à rester là, pour toujours...

Après cela, il avait fureté dans les coins, essayant de surprendre les conversations et, enfin, il était parvenu à écouter en catimini un échange entre Mrs Argyle et son mari : « Vraiment trop heureuse de se débarrasser de lui... absolument indifférente », et puis quelque chose à propos de cent livres. C'est ainsi qu'il avait su : sa mère l'avait vendu pour cent livres...

Son humiliation, sa souffrance — il ne les avait jamais surmontées... Et *elle*, elle l'avait acheté ! Il la voyait, vaguement, comme le Pouvoir personnifié, quelqu'un contre qui, avec ses faibles forces, il était impuissant. Mais il grandirait, il serait fort un jour, il serait un homme. Et alors, il la tuerait...

Il s'était senti mieux après avoir pris cette résolution.

Plus tard, lorsqu'il était allé au collège, ça ne s'était pas si mal passé. Mais il avait détesté les vacances — à cause d'*elle*. Décidant de tout, organisant tout, lui offrant toutes sortes de cadeaux. Paraissant surprise qu'il se montre aussi peu démonstratif. Il ne supportait pas qu'elle l'embrasse... Et, plus tard encore, il s'était ingénié à déjouer les plans qu'elle avait dressés pour son avenir. Le faire entrer dans une banque ! Ou dans une compagnie pétrolière ! Non, pas lui ! Il se trouverait un job par lui-même !

C'était pendant qu'il était à l'université qu'il avait tenté de retrouver la trace de sa mère. Il avait découvert qu'elle était morte depuis plusieurs années déjà — dans un accident, à bord d'une voiture conduite par un homme saoul à tomber...

Donc, pourquoi ne pas tout oublier ? Pourquoi ne pas se donner du bon temps et jouir de la vie ? Il ne savait pas pourquoi s'y refuser.

Et maintenant... qu'allait-il arriver maintenant ? *Elle* était morte, non ? Penser qu'elle l'avait acheté pour cent misérables livres. Penser qu'elle avait pu tout s'acheter... des maisons et des voitures... et même des enfants, puisqu'elle était stérile. Penser qu'elle était Dieu Tout-Puissant !

Eh bien, elle ne l'était pas. Il avait suffi d'un coup sur le crâne pour qu'elle ne soit plus qu'un cadavre comme tous les autres cadavres ! (Comme ce cadavre de blonde, après un accident, sur Great North Road)...

Elle était morte, non ? Pourquoi s'en faire ?

Qu'est-ce qui n'allait pas chez lui ? Etait-ce... était-ce qu'il ne pouvait plus la haïr dorénavant, parce qu'elle était morte ?

Ainsi, c'était cela, la mort...

Il se sentait perdu, sans sa haine — perdu et effrayé.

12

Dans sa chambre impeccablement tenue, Kirsten Lindstrom divisait ses cheveux blonds grisonnants en deux nattes sans grâce et s'apprêtait à se coucher.

Elle était inquiète et apeurée.

La police n'aimait pas les étrangers. Elle vivait en Angleterre depuis si longtemps qu'elle ne s'y sentait plus étrangère. Mais la police ne pouvait pas le savoir.

Ce Dr Calgary... pourquoi était-il venu lui faire cela, à elle ?

Justice avait été faite. Elle pensait à Jacko — et elle se répétait que justice avait été faite.

Elle pensait à lui tel qu'elle l'avait connu petit garçon.

Toujours, oui toujours, un menteur et un tricheur ! Mais tellement charmant, tellement séduisant. Elle lui avait toujours pardonné. Elle avait toujours tenté de le soustraire aux punitions.

Il mentait si bien. Telle était l'horrible vérité. Il mentait si bien qu'elle le croyait — qu'elle ne pouvait s'empêcher de le croire. Jacko, le cruel, le malfaisant.

Le Dr Calgary pouvait penser qu'il savait ce dont il parlait ! Mais le Dr Calgary se trompait. Des heures et des endroits et des alibis, certes ! Jacko savait très facilement combiner les choses de ce genre. Personne, réellement, ne connaissait Jacko comme *elle*, elle l'avait connu.

Quelqu'un la croirait-elle si elle leur révélait précisément qui était Jacko ? Et maintenant — demain —, qu'allait-il se passer ? La police viendrait. Tout le monde semblait si malheureux, si soupçonneux. A se regarder en chiens de faïence... Ne sachant trop que penser.

Et elle les aimait tant, tous... tant. Elle savait davantage sur eux tous que quiconque aurait pu savoir. Bien plus que Mrs Argyle en avait jamais su. Parce que Mrs Argyle avait été aveuglée par sa gigantesque possessivité maternelle. C'étaient ses enfants — elle avait toujours considéré qu'ils lui appartenaient. Mais elle, Kirsten, elle les avait vus comme des individualités, pour eux-mêmes, avec toutes leurs qualités et tous leurs défauts. Elle supposait que, si elle avait eu des enfants bien à elle, elle aurait pu se sentir possessive à leur égard. Mais elle n'était pas, d'abord, une femme maternelle. Son amour essentiel se serait porté sur le mari qu'elle n'avait jamais eu.

Pour elle, une femme comme Mrs Argyle était difficile à comprendre. Folle d'une tripotée d'enfants qui n'étaient pas les siens, et traitant son mari comme s'il n'était pas là ! Un homme bien, pourtant, un homme très bien, sans égal. Négligé, rejeté. Et Mrs Argyle trop absorbée pour remarquer ce qui se passait sous son nez. Cette secrétaire — une jolie fille, et féminine jusqu'au bout des ongles. Eh bien, il n'était pas trop tard pour Leo... ou était-ce déjà trop tard, maintenant ? Avec le meurtre relevant la tête de la tombe où il avait été enfoui, ces deux-là oseraient-ils jamais s'unir ?

Kirsten soupira, malheureuse. Qu'allait-il leur arriver à tous ? A Micky, qui avait nourri une rancune profonde, presque pathologique, à l'encontre de sa mère adoptive. A Hester, si peu sûre d'elle, si sauvage. A Hester qui avait été sur le point de trouver la paix et la sécurité auprès de ce charmant et flegmatique jeune médecin. A Leo et à Gwenda, qui avaient eu le mobile et — oui, il fallait bien le reconnaître — l'occasion de tuer, comme ils devaient tous deux le comprendre. A Tina, cette petite créature lisse et féline. A Mary, l'égoïste et la glaciale Mary, qui n'avait jamais manifesté d'affection à quiconque avant de se marier.

Autrefois, se souvenait Kirsten, elle-même avait été pleine d'affection pour sa patronne. Elle pouvait se rappeler exactement quand elle avait commencé de la détester, quand elle avait commencé de la juger et de la prendre en défaut — si assurée, si bienveillante, si tyrannique — une sorte d'incarnation vivante du « Mère sait mieux ». Et même pas une mère véritable ! Si elle avait jamais *porté* un enfant, peut-être cela lui aurait-il conservé un peu d'humilité.

Mais pourquoi continuer à penser à Rachel Argyle ? Rachel Argyle était morte.

Il lui fallait penser à elle-même — et aux autres.

Et à ce qui pourrait se passer le lendemain.

*

Mary Durrant se réveilla en sursaut.

Elle avait rêvé — rêvé qu'elle était une petite fille, de retour à New York.

Comme c'était étrange. Elle n'avait plus pensé à cette époque-là depuis des années.

Réellement, cela la surprenait de se souvenir de quelque chose. Quel âge avait-elle alors ? Cinq ans ? Six ans ?

Elle avait rêvé qu'on venait la chercher à l'hôtel pour la ramener chez elle, dans l'immeuble. Les Argyle s'embarquaient pour l'Angleterre et, finalement, ils ne l'emmenaient pas. La colère et la rage lui avaient submergé le cœur quelques secondes jusqu'à ce qu'elle comprenne que ce n'avait été qu'un mauvais rêve.

Comme ç'avait été merveilleux ! Monter dans la voiture, prendre l'ascenseur de l'hôtel jusqu'au dix-huitième étage. L'immense suite, l'extraordinaire salle de bains. La révélation de toutes les choses qu'il y avait dans le monde — quand vous étiez riche ! Si seulement elle pouvait rester là, si seulement elle pouvait conserver cela — pour toujours...

En fait, cela n'avait pas été difficile du tout. Il avait suffi de jouer la comédie de la tendresse. Malaisé, certes, car elle n'était pas affectueuse par nature, mais elle y était parvenue. Et elle s'était trouvée installée pour la vie ! Un père et une mère nageant dans l'opulence, des vêtements, des voitures, des paquebots, des avions, des domestiques pour la servir, des poupées et des jouets coûteux. Un conte de fées réalisé...

Quel dommage que ces autres enfants aient dû venir aussi. C'était la guerre, bien entendu. Ou bien serait-ce arrivé de toute façon ? Cet amour maternel insatiable ! Il y avait là réellement quelque chose de contraire à la nature. C'était si *animal*.

Elle avait toujours éprouvé une pointe de mépris pour sa mère adoptive. Stupide, en tout cas, d'avoir choisi les enfants qu'elle s'était donnés. Des prolétaires ! Avec des instincts criminels, dans le cas de Jacko. Une déséquilibrée comme Hester. Ce sauvage de Micky. Et Tina, une métisse ! Il n'y avait pas à s'étonner qu'ils aient tous aussi mal tourné. Non qu'elle puisse, au vrai, leur reprocher de s'être révoltés. Elle s'était bien révoltée elle-même. Elle se souvenait de sa rencontre avec Philip, jeune pilote flamboyant. La désapprobation de sa mère : « Ces mariages hâtifs... Attends que la guerre soit finie. » Mais elle avait refusé d'attendre. Elle possédait une volonté aussi forte que celle de sa mère, et son père l'avait soutenue. Ils s'étaient mariés et la guerre avait pris fin peu après.

Elle avait voulu avoir Philip pour elle seule — voulu échapper à l'ombre de sa mère. Ce n'était pas sa mère qui l'avait vaincue, c'était le destin. D'abord l'échec des projets financiers de Philip et ensuite ce coup terrible — la poliomyélite. Dès que Philip avait pu quitter l'hôpital, ils étaient venus séjourner à Sunny Point. Il avait semblé inévitable qu'ils doivent désormais y établir leur couple. Philip lui-même avait paru juger que cela ne pourrait être évité. Il avait épuisé sa fortune, et la pension que versait le fidéicommis n'était pas si importante que cela. Elle avait sollicité une augmentation, mais la réponse avait été que, peut-être, pour une période, il serait sage de vivre à Sunny Point. Cependant, elle voulait Philip pour elle, rien que pour elle. Elle refusait qu'il devienne le dernier des « enfants » de Rachel Argyle. Elle n'avait pas voulu d'un bébé à elle — elle n'avait voulu que de Philip.

Mais Philip lui-même avait paru assez d'accord avec l'idée de s'installer à Sunny Point.

— Ce sera plus facile pour toi, avait-il dit. Et avec tous ces gens qui vont et viennent, cela me ferait une bonne distraction. En plus, j'ai toujours trouvé ton père d'excellente compagnie.

Pourquoi ne voulait-il pas être seul avec elle quand elle ne voulait rien d'autre qu'être seule avec lui ? Pourquoi ce désir d'une autre compagnie que la sienne — son père, Hester ?

Mary s'était sentie emportée par une vague de rage inutile : sa mère, comme d'habitude, parviendrait à ses fins.

Mais elle n'y était pas parvenue... elle était morte.

Et, maintenant, on allait à nouveau faire revivre tout cela. Pourquoi, oh ! pourquoi ?

Et pourquoi Philip se montrait-il si agaçant sur ce sujet ? A poser des questions, à tâcher de comprendre, à se mêler de ce qui ne le regardait en rien ?

A tendre des pièges...

Quel *genre* de pièges ?

*

Leo Argyle observait la lumière grise et blême de l'aube qui remplissait peu à peu sa chambre.

Il avait réfléchi à tout avec minutie.

Pour lui, c'était parfaitement clair — il savait exactement ce qui les attendait, Gwenda et lui.

Il voyait l'ensemble du problème comme le superintendant Huish le verrait. Rachel arrivant pour lui parler de Jacko — de sa brutalité et de ses menaces. Avec tact, Gwenda était passée dans la pièce voisine pendant qu'il tentait de réconforter Rachel, de lui dire qu'elle avait eu absolument raison de faire preuve de fermeté, que l'aide apportée à Jacko dans le passé n'avait servi de rien — et que, pour le meilleur ou pour le pire, il lui faudrait accepter ce qu'il lui adviendrait. Rachel était repartie l'esprit plus en repos.

Puis Gwenda était revenue dans la bibliothèque. Elle avait rassemblé les lettres à poster et lui avait demandé s'il était quoi que ce soit qu'elle puisse faire, d'une voix qui ne véhiculait rien de plus que le sens premier des mots eux-mêmes. Il l'avait remerciée, et lui avait répondu que non. Elle lui avait dit bonsoir et elle était partie. Elle avait suivi le couloir, descendu les escaliers, passant devant la pièce où Rachel était assise à son bureau, puis quittant la maison sans que personne ne l'ait vue sortir...

Lui-même, il était resté seul dans la bibliothèque. Et nul n'était venu vérifier s'il n'était pas allé dans le petit salon de Rachel.

C'était ainsi : tous deux avaient eu la possibilité de tuer.

Ainsi qu'un mobile, parce qu'en ce temps déjà, il aimait Gwenda et Gwenda l'aimait.

Seulement personne, jamais, ne pourrait démontrer leur culpabilité ou leur innocence à l'un ou à l'autre.

*

A quelques centaines de mètres de là, Gwenda Vaughan demeurait étendue, les yeux secs, en éveil.

Poings serrés, elle songeait à la haine qu'elle avait nourrie envers Rachel Argyle.

Mais, maintenant, dans la pénombre, Rachel Argyle lui disait : « *Vous pensiez que vous pourriez avoir mon mari lorsque je serais morte. Mais vous ne pouvez pas... vous ne pouvez pas. Vous n'aurez jamais mon mari.* »

*

Hester rêvait. Elle rêvait qu'elle était avec Donald Craig et qu'il l'avait soudain abandonnée au bord d'un abîme. Elle avait hurlé de peur, et puis soudain, de l'autre côté du gouffre, elle vit Arthur Calgary qui lui tendait les mains.

Elle lui cria, sur un ton de reproche :

— Pourquoi m'avoir fait cela ?

Et il lui répondit :

— Mais je suis venu pour vous *aider*...

Elle se réveilla.

*

Paisiblement couchée dans le petit lit de la

chambre d'amis, Tina respirait doucement et régulièrement, sans pouvoir trouver le sommeil.

Elle pensait à Mrs Argyle, sans gratitude et sans ressentiment — avec amour, tout simplement. Grâce à Mrs Argyle, elle avait eu le boire et le manger, de la chaleur, des jouets et du confort. Elle avait beaucoup aimé Mrs Argyle. Elle était désolée de sa mort...

Mais ce n'était pas aussi simple que cela.

Cela n'avait pas eu d'importance tant que l'on avait cru que c'était Jacko qui...

Mais maintenant ?...

13

Le superintendant Huish parcourut son auditoire d'un regard aimable et courtois. Il prit la parole sur un ton convaincant, en s'excusant :

— Je sais qu'il doit être très douloureux, pour vous tous, d'avoir à reprendre les événements depuis le début. Mais, en réalité, nous n'avons pas le choix. Vous avez vu l'annonce officielle, je suppose ? C'était dans tous les journaux, ce matin.

— Une grâce, dit Leo Argyle.

— Cette phraséologie agace toujours, concéda le policier. C'est un anachronisme, comme il y en a tant dans le vocabulaire juridique. Mais sa signification est parfaitement claire.

— Cela signifie que vous aviez commis une erreur, releva Leo.

— Oui, reconnut Huish avec simplicité. Nous avons commis une erreur.

Il marqua une pause de quelques secondes, puis :

— Evidemment, privés comme nous l'étions du témoignage du Dr Calgary, c'était malheureusement inévitable.

— Mon fils vous avait pourtant dit, lorsque vous

l'aviez arrêté, qu'il avait été pris en auto-stop ce soir-là, répliqua Leo, très froid.

— Oh ! oui. Il nous l'avait dit. Et nous avions fait de notre mieux pour vérifier ses dires — sans pour autant pouvoir découvrir aucune confirmation de sa version. Je comprends tout à fait, Mr Argyle, que toute cette affaire puisse vous inspirer une amertume infinie. Je ne suis pas en train de faire amende honorable. Notre mission, à nous autres policiers, se limite à réunir des éléments de preuve et des dépositions. Tout cela est transmis au parquet qui décide s'il y a matière à poursuites. Dans le cas présent, le parquet a choisi de poursuivre. Si cela vous est possible, je vous demanderai d'écarter, autant que vous en serez capables, l'amertume de vos esprits et de revoir, encore une fois, les faits et leur déroulement.

— A quoi bon, maintenant ? lança aigrement Hester. Quel qu'ait été le coupable, il est aujourd'hui à des kilomètres, et vous ne le retrouverez jamais.

Le superintendant Huish se tourna vers elle pour la dévisager :

— Peut-être que oui — et peut-être que non, répondit-il avec douceur. Vous seriez surprise du nombre de fois où nous attrapons notre gibier — parfois après des années. C'est le résultat de la patience... de la patience et de la persévérance.

Hester se détourna, tandis que Gwenda Vaughan frissonnait brièvement, comme si une brise froide avait soufflé sur elle. Sa vive imagination lui montrait une menace derrière ces mots anodins.

— Maintenant, si cela vous convient, Mr Argyle, reprit Huish à l'intention de Leo, nous commencerons par vous.

— Que voulez-vous savoir, au juste ? Vous devez avoir conservé la déposition que j'avais faite à l'époque ? Je serai probablement moins précis aujourd'hui. Les heures exactes ont une certaine propension à s'échapper de la mémoire.

— Oh ! nous le comprenons bien. Mais il existe toujours une chance que revienne à la surface quelque petit fait, quelque détail que l'on aurait pu laisser passer.

— Et, même, ne serait-il pas concevable, interrogea Philip Durrant, que l'on puisse mieux mettre les éléments en perspective avec le recul des années ?

— C'est une possibilité, en effet, confirma Huish en scrutant Philip d'un œil intéressé.

« Un garçon intelligent, pensa-t-il. Je me demande s'il n'aurait pas quelques idées de son cru sur tout ceci... »

— Maintenant, Mr Argyle, enchaîna le superintendant, si nous reprenions la chronologie des événements... Vous aviez pris le thé ?

— Oui, le thé avait été servi dans la salle à manger, à 5 heures, comme de coutume. Nous y avions tous pris part, à l'exception de Mr et de Mrs Durrant. Mrs Durrant avait monté un plateau pour son mari et pour elle-même dans leur propre petit salon.

— J'étais bien davantage handicapé que je ne le suis aujourd'hui, précisa Philip. Je sortais tout juste de l'hôpital.

— Certes.

Huish en revint à Leo :

— Tous... cela comprend...

— Mon épouse et moi-même, ma fille Hester, miss Vaughan et miss Lindstrom.

— Et ensuite ? Dites-le-moi dans vos termes à vous.

— Après le thé, je suis remonté ici, dans la bibliothèque, avec miss Vaughan. Nous travaillions sur l'un des chapitres de mon livre sur l'économie médiévale, dont je corrigeais les épreuves. Ma femme s'est installée dans son boudoir-bureau, au rez-de-chaussée. Mon épouse était, comme vous ne l'ignorez pas, une femme très active. Elle revoyait les plans d'un terrain de jeux pour les enfants dont elle avait l'intention de faire don à la municipalité.

— Avez-vous entendu arriver votre fils Jack ?

— Non. Plus précisément, je ne savais pas que c'était lui. J'ai entendu, nous avons entendu tous les deux, la sonnette de la porte d'entrée. Nous ne savions pas de qui il s'agissait.

— Qui croyiez-vous que c'était, Mr Argyle ?

Leo esquissa un sourire amusé :

— A cet instant-là, j'étais en plein XVe siècle, non au XXe. Je n'ai rien cru du tout. Ç'aurait pu être n'importe qui, ou n'importe quoi. Ma femme, miss Lindstrom, Hester, et peut-être l'une ou l'autre de nos domestiques à la journée devaient toutes se trouver en bas. Personne n'a jamais attendu de *moi* que j'aille ouvrir, conclut-il tout uniment.

— Et après cela ?

— Rien. Jusqu'à ce que mon épouse ne monte, un bon moment plus tard.

— Un bon moment ?

Leo fronça les sourcils :

— Je ne pourrais plus maintenant vous le préciser. J'avais dû, naguère, vous donner une estimation. Une demi-heure... non, davantage... trois quarts d'heure.

— Nous avions fini de prendre le thé à 5 heures et demie, lui rappela Gwenda. Je pense qu'il était 7 heures moins 20 quand Mrs Argyle est entrée dans la bibliothèque.

— Et elle a dit ? continua Huish.

Leo soupira.

— Nous avions déjà connu cela bien des fois, répondit-il d'une voix accablée. Elle m'a dit que Jacko était venu la voir, qu'il avait des ennuis, qu'il s'était montré violent et grossier qu'il avait exigé de l'argent, en affirmant que si elle ne lui donnait pas, il irait en prison. Elle m'a dit aussi qu'elle avait refusé tout net de lui remettre le moindre sou. Elle s'inquiétait de savoir si elle avait eu raison ou non.

— Mr Argyle, puis-je vous poser une question ? Pourquoi, lorsque votre fils lui a présenté ses exigences, votre épouse ne vous a-t-elle pas appelé ? Pourquoi ne vous en a-t-elle fait part qu'ensuite ? Cela ne vous a pas semblé étonnant ?

— Non, pas du tout.

— Il me paraît, à moi, que ç'aurait été une

démarche naturelle. Vous n'étiez pas... pas en mauvais termes ?

— Oh ! non. Tout simplement, ma femme avait l'habitude de résoudre seule tous les problèmes pratiques. Elle me consultait souvent, avant, pour connaître mon opinion — et, en général, nous discutions de ses décisions, après. Dans ce cas particulier, nous avons parlé très sérieusement du problème de Jacko — de ce qui serait le mieux pour lui. Jusque-là, nous avions rencontré, en ce qui le concernait, un singulier insuccès. A de nombreuses reprises, elle avait payé de gros montants pour le protéger des conséquences de ses actes. Nous avions décidé que, s'il devait y avoir une fois suivante, il vaudrait mieux que Jacko apprenne sa leçon à la dure.

— Néanmoins, elle était bouleversée ?

— Oui. Elle était bouleversée. Si Jacko avait été moins violent, moins menaçant, je pense qu'elle aurait cédé, et qu'elle lui aurait porté secours une fois encore. Mais l'attitude de notre fils a renforcé sa résolution.

— Jacko était-il reparti de chez vous à ce moment-là ?

— Oh ! oui.

— L'aviez-vous vu partir vous-même, ou bien Mrs Argyle vous l'avait-elle dit ?

— Elle me l'avait dit. Elle m'avait dit qu'il était reparti en jurant et en menaçant de revenir, et qu'il lui avait conseillé de tenir l'argent à sa disposition pour son retour.

— Etiez-vous... c'est important... étiez-vous inquiet à l'idée que Jacko puisse revenir ?

— Non, bien entendu. Nous étions très habitués à ce que je ne peux appeler que les coups d'esbroufe de Jacko.

— Il ne vous était jamais venu à l'esprit qu'il puisse revenir pour l'agresser ?

— Non. Je vous l'ai dit, il y a deux ans. J'en ai été abasourdi.

— Et il apparaît que vous aviez raison, glissa

Huish avec douceur. Ce n'était pas *lui* qui s'en était pris à elle. Mrs Argyle vous a quitté... quand cela ?

— Ça, je m'en souviens. Nous avons souvent abordé ce point. Peu avant 7 heures — à 7 heures moins 7, à peu près.

Huish se tourna vers Gwenda Vaughan :

— Vous confirmez ?

— Oui.

— Et la conversation s'est déroulée ainsi que Mr Argyle vient de la rapporter ? Vous n'avez rien à ajouter ? Il n'y a rien qu'il ait oublié ?

— Je n'en ai pas entendu la totalité. Lorsque Mrs Argyle nous a eu mis au courant des exigences de Jacko, j'ai pensé qu'il valait mieux que je m'éclipse, de peur qu'ils ne se sentent gênés pour en parler librement devant moi. Je suis allée là (elle désignait une porte au fond de la bibliothèque), dans la petite pièce où je tape à la machine. Quand j'ai entendu Mrs Argyle s'en aller, je suis revenue.

— Et il était 7 heures moins 7 ?

— Juste avant 7 heures moins 5, oui.

— Et ensuite, miss Vaughan ?

— J'ai demandé à Mr Argyle s'il souhaitait poursuivre notre travail, mais il m'a répondu que l'enchaînement de ses idées avait été interrompu. Y avait-il autre chose de plus que je puisse faire ? ai-je ajouté. Mais il m'a dit que non. Alors, j'ai rangé mes affaires, et je suis partie.

— A quelle heure ?

— A 7 h 5.

— Vous avez descendu l'escalier et vous êtes passée par la grande porte ?

— Oui.

— Le bureau de Mrs Argyle était bien situé juste à gauche de cette porte-là ?

— Oui.

— La porte en était-elle ouverte ?

— Elle n'était pas fermée — non, largement entrouverte.

— Vous y êtes entrée, ou lui avez-vous dit bonsoir ?

— Non.
— Le faisiez-vous d'habitude ?
— Non. Il aurait été stupide de la déranger dans ce qu'elle était en train de faire, simplement pour lui dire au revoir.
— Si vous étiez entrée... vous auriez pu découvrir son cadavre.
Gwenda haussa les épaules :
— Je suppose que oui... Mais j'imagine — je veux dire que nous avions tous imaginé, alors, qu'elle avait été tuée plus tard que cela. Jacko n'aurait pas pu...
Elle s'interrompit.
— Vous raisonnez encore comme si Jacko l'avait tuée. Mais c'est terminé, maintenant. Donc, elle *aurait pu* être là, morte.
— Oui — je suppose.
— Vous êtes partie et vous êtes rentrée directement chez vous ?
— Oui. Ma logeuse m'a parlé quand je suis arrivée chez moi.
— Certes. Et vous n'avez rencontré personne en chemin... près de la maison ?
— Je ne crois pas, non, répondit-elle en fronçant les sourcils. Je ne m'en souviens pas vraiment... Il faisait froid et sombre, et cette route est un cul-de-sac. Je ne pense pas avoir croisé quiconque avant le *Red Lion*. Là, il y avait plusieurs personnes.
— Vous avez croisé des voitures ?
Gwenda sursauta :
— Oh ! oui, c'est vrai que je me rappelle maintenant une voiture. Elle a éclaboussé ma jupe. Il a fallu que je nettoie la boue en rentrant.
— Quel genre de voiture ?
— Je ne m'en souviens pas. Je n'ai pas remarqué. Elle m'a frôlée juste à l'entrée de notre route. Elle aurait pu se diriger vers n'importe laquelle des propriétés.
Huish en revint à Leo Argyle :
— Vous dites que vous avez entendu un coup de

sonnette quelque temps après que votre femme eut quitté la bibliothèque ?

— Eh bien... je pense que j'en ai entendu un. Je n'en ai jamais été tout à fait certain.

— A quelle heure était-ce ?

— Je n'en ai pas la moindre idée. Je n'y ai pas prêté attention.

— N'avez-vous pas pensé que c'était votre fils Jacko qui revenait ?

— Je n'ai pensé à rien. Je... je m'étais remis au travail.

— Un point encore, Mr Argyle. Saviez-vous le moins du monde que votre fils était marié ?

— Pas le moins du monde, non.

— Sa mère n'en savait rien, non plus ? Vous ne croyez pas qu'elle en était informée et qu'elle ne vous en avait rien dit ?

— Je suis persuadé qu'elle n'en savait rien. Elle m'en aurait parlé sur-le-champ. J'ai éprouvé le plus grand choc de ma vie quand la femme de Jacko est venue me voir le lendemain. Je ne pouvais pas y croire lorsque miss Lindstrom est entrée ici pour m'annoncer : « Il y a une jeune femme, en bas — une fille qui prétend qu'elle est la femme de Jacko. Ça ne peut pas être *vrai*. » Vous étiez sens dessus dessous, n'est-ce pas, Kirsty ?

— Je ne parvenais pas à y croire, confirma Kirsten Lindstrom. Je le lui ai fait répéter deux fois avant de monter chez Mr Argyle. Ça me paraissait incroyable.

— Vous avez été très bon pour elle, à ce que j'ai compris, reprit Huish à l'adresse de Leo.

— J'ai fait ce que j'ai pu. Elle s'est remariée, vous savez. J'en suis très heureux. Son second mari me semble un charmant garçon, qui a les pieds bien sur terre.

Huish hocha la tête, puis il se tourna vers Hester :

— Maintenant, vous, miss Argyle, dites-moi donc ce que vous avez fait après le thé, ce jour-là ?

— Je ne m'en souviens plus, bougonna-t-elle. Et

comment le pourrais-je ? C'était il y a deux ans. J'ai pu faire n'importe quoi.

— En fait, je crois que vous avez aidé miss Lindstrom à faire la vaisselle du thé.

— C'est exact, confirma Kirsten. Et puis après, Hester, tu es montée dans ta chambre. Tu es sortie plus tard, rappelle-toi. Tu es allée voir une représentation de *En attendant Godot*, par une troupe amateur, au théâtre de Drymouth.

Hester restait hostile, fermée :

— Vous aviez tout ça par écrit, lança-t-elle à Huish. Pourquoi y revenir ?

— Parce qu'on ne sait jamais ce qui pourra être utile. Maintenant, miss Argyle, à quelle heure avez-vous quitté cette maison ?

— A 7 heures — ou à peu près.

— Avez-vous entendu l'algarade entre votre mère et Jacko ?

— Non, rien. J'étais en haut.

— Mais vous avez vu Mrs Argyle avant de partir ?

— Oui, j'avais besoin d'un peu d'argent. J'étais fauchée. Et je m'étais souvenue que ma voiture n'avait presque plus d'essence. Qu'il faudrait que je fasse le plein sur la route de Drymouth. Donc, quand j'ai été prête, je suis passée chez mère et je lui ai demandé un peu d'argent — seulement quelques livres —, je n'avais pas besoin de davantage.

— Et elle vous les a données ?

— C'est Kirsty qui me les a données.

Huish manifesta un léger étonnement :

— Si je me rappelle bien, ça, ce n'était pas dans votre déposition.

— Eh bien, c'est comme cela que ça s'est passé, riposta Hester d'un air de défi. Je suis entrée dans son bureau, et je lui ai demandé si je pouvais avoir quelques billets, mais Kirsten était dans le hall. Elle m'a entendue, et elle a dit qu'elle en avait sur elle et qu'elle allait m'en donner. Elle-même était sur le point de sortir. Et mère a dit : « Oui, demande à Kirsty. »

— Je partais précisément pour le club féminin,

pour leur apporter des livres sur la composition des bouquets, expliqua Kirsten Lindstrom. Je savais que Mrs Argyle était occupée et qu'elle ne voulait pas être dérangée.

— Qu'importe qui m'a donné de l'argent ? lança Hester d'un ton agacé. Vous vouliez savoir quand j'ai vu mère en vie pour la dernière fois. C'est à ce moment-là. Elle était assise à son bureau, et elle examinait une liasse de plans. Je lui ai dit que je voulais un peu d'argent, sur quoi Kirsten m'a appelée pour me dire qu'elle allait m'en donner. Je l'ai pris, puis je suis revenue dire bonsoir à mère. Elle m'a dit qu'elle espérait que je passerais une bonne soirée, et elle m'a recommandé de conduire prudemment. C'est ce qu'elle disait toujours. Je suis allée au garage, et j'ai sorti ma voiture.

— Et miss Lindstrom ?

— Oh ! elle est partie aussitôt après m'avoir donné l'argent.

— Hester m'a dépassée juste au bout de notre route, ajouta vivement Kirsten Lindstrom. Elle devait être partie presque immédiatement après moi. Elle a suivi la route de la colline pour rejoindre la grand-route, tandis que j'ai tourné à gauche vers le village.

Hester ouvrit la bouche comme si elle voulait parler, mais elle la referma à l'instant même.

Huish s'interrogeait. Kirsten Lindstrom était-elle en train de tenter de lui faire accroire que Hester n'aurait pas eu, matériellement, le temps de commettre le crime ? Etait-il envisageable qu'au lieu que Hester ait dit gentiment bonsoir à Mrs Argyle, elle se soit querellée avec sa mère — que Hester ait tué Rachel Argyle ?

D'un mouvement souple, il se pencha vers Kirsten :

— Eh bien, miss Lindstrom, voyons un peu de quoi vous vous souvenez.

Elle était nerveuse, et se tordit les mains :

— Nous avons pris le thé. On l'a débarrassé. Hester m'a aidée. Elle est montée dans sa chambre. Et puis Jacko est arrivé.

— Vous l'avez entendu ?

— Oui. C'est moi qui lui ai ouvert. Il m'a dit qu'il avait perdu sa clef. Il est allé directement chez sa mère. Il lui a dit tout de suite : « Je suis dans la panade. Il faut que vous me sortiez de là. » Je n'ai rien entendu de plus. Je suis retournée dans la cuisine. Il y avait des choses à préparer pour le souper.

— Vous l'avez entendu partir ?

— Oui, certes. Il criait. Je suis sortie de la cuisine. Il était dans le hall — très en colère — et il hurlait qu'il reviendrait, que sa mère ferait mieux de lui préparer l'argent. Ou sinon ! C'est ce qu'il a dit : « Ou sinon ! » C'était une menace.

— Et puis ?

— Il est parti en claquant la porte. Mrs Argyle est venue dans le hall. Elle était très pâle, bouleversée. Elle m'a dit : « Vous avez entendu ? » J'ai répondu : « Il a des problèmes ? » Elle a hoché la tête. Et alors elle est montée chez Mr Argyle, dans la bibliothèque. J'ai mis la table pour le souper, et puis je suis montée chez moi pour m'habiller pour sortir. Le club féminin avait un concours de bouquet le lendemain. Nous leur avions promis quelques livres sur le sujet.

— Vous avez donc apporté ces livres au club... A quelle heure êtes-vous revenue ici ?

— Ce doit avoir été vers 7 heures et demie. Je suis rentrée avec ma propre clef. Je suis allée tout de suite dans le bureau de Mrs Argyle — pour lui donner une note de remerciements et un message. Elle était à sa table, la tête en avant sur ses mains. Et il y avait le pique-feu, par terre... et les tiroirs de la table renversés. J'ai pensé qu'il y avait eu un cambrioleur. Qu'on l'avait agressée. Et j'avais raison. *Maintenant*, vous voyez bien que j'avais raison ! C'était *bien* un cambrioleur — quelqu'un de l'extérieur !

— Quelqu'un que Mrs Argyle avait fait entrer ?

— Pourquoi pas ? claironna Kirsten. Elle était bonne... Toujours trop bonne. Et elle n'avait pas peur — ni des choses ni des gens. En plus, ce n'était pas comme si elle avait été seule dans la maison. Il y avait les autres — son mari, Gwenda, Mary. Elle n'avait qu'à appeler à l'aide.

— Mais elle n'a pas appelé à l'aide, fit valoir Huish.

— Non. Parce que, qui que ce soit, on lui a raconté une histoire plausible. Elle l'a écoutée, comme toujours. Et alors, elle s'est remise à sa table — peut-être pour y prendre son chéquier — ainsi, il a eu la possibilité de saisir le pique-feu et de la frapper. Il n'avait peut-être même pas l'intention de la tuer. Il voulait seulement l'étourdir, chercher l'argent et les bijoux, et filer.

— Il n'a pas cherché bien loin — à peine quelques tiroirs renversés.

— Peut-être qu'il a entendu du bruit dans la maison — ou que ses nerfs l'ont lâché. Ou bien il s'est aperçu qu'il l'avait tuée. Et alors, pris de panique, il s'est enfui.

Kirsten Lindstrom se pencha en avant.

Ses yeux étaient, à la fois, apeurés et suppliants.

— Ça *doit* s'être passé comme ça — ça doit ! acheva-t-elle.

Huish nota avec intérêt son insistance. Avait-elle peur pour elle-même ? Elle *aurait pu* avoir tué sa patronne à ce moment-là et renversé elle-même les tiroirs pour donner quelque vraisemblance à la thèse du rôdeur. En ce qui concernait l'heure de la mort, le légiste n'avait pu faire mieux que de donner un intervalle entre 7 heures et 7 heures et demie.

— Il semblerait qu'il en ait bien été ainsi, concéda le superintendant en souriant.

Kirsten Lindstrom émit un faible soupir de soulagement. Le policier passa aux Durrant :

— Vous n'aviez rien entendu, aucun de vous deux ?

— Rien du tout, dit Philip.

— J'avais monté chez nous un plateau pour le thé, compléta Mary. C'est assez isolé du reste de la maison. Nous y sommes restés jusqu'à ce que nous entendions crier. C'était Kirsten. Elle venait de trouver mère morte.

— Jusque-là, vous n'étiez pas sortie de la pièce ?

Mary fixa un regard limpide sur Huish :

— Non. Nous jouions au piquet.

Philip Durrant se demandait pourquoi il se sentait légèrement déconcerté. Polly faisait ce qu'il lui avait dit de faire. Peut-être était-ce dû à la perfection de son comportement : calme, placide, totalement convaincant. « Polly, ma chérie, tu mens merveilleusement ! » pensa-t-il.

— Et moi, superintendant, dit-il tout haut, j'étais alors, et je le suis toujours, incapable d'aller et de venir.

— Mais vous vous portez beaucoup mieux, Mr Durrant, non ? répliqua Huish, cordial. L'un de ces quatre matins, nous vous verrons marcher de nouveau.

— C'est une tâche de longue haleine.

Le policier se tourna enfin vers les deux autres membres de la famille qui, jusque-là, n'avaient pas pipé mot. Micky était demeuré bras croisés, un sourire ironique aux lèvres. Tina, petite et gracieuse, s'appuyait au dossier de sa chaise et, de temps en temps, ses yeux scrutaient l'un ou l'autre des visages.

— Aucun de vous deux n'était dans la maison, je le sais, dit Huish. Mais peut-être voudriez-vous rafraîchir ma mémoire sur ce que vous faisiez ce soir-là ?

— Votre mémoire a-t-elle vraiment besoin d'être rafraîchie ? ricana Micky, narquois. Je connais toujours mes répliques. J'essayais une voiture. Des problèmes d'embrayage. J'ai fait un long essai de route. Drymouth, Minchin Hill, la chaussée du marais, et retour par Ipsley. Malheureusement, les voitures sont muettes. Elles ne peuvent pas témoigner sous serment.

Tina avait enfin tourné la tête. Les traits toujours impassibles, elle fixait Micky bien en face.

— Et vous, miss Argyle ? continua le superintendant. Vous travaillez à la bibliothèque du comté, à Redmyn ?

— Oui. Elle ferme à 5 heures et demie. J'ai fait quelques courses dans High Street. Et puis je suis rentrée chez moi. J'ai un appartement, un grand studio en réalité, dans les Morecombe Mansions. Je me suis préparé à souper, et j'ai passé une soirée tranquille à écouter des disques.

— Vous n'êtes pas sortie du tout ?

Il y eut un bref silence, avant que Tina ne réponde :

— Non, je ne suis pas sortie.

— Vous en êtes bien sûre, miss Argyle ?

— Oui, j'en suis sûre.

— Vous avez une voiture, n'est-ce pas ?

— Oui.

— Elle a une bulle, un pot-de-yaourt, chantonna Micky. Une bulle, c'est ridicule, un pot-de-yaourt laid comme une tourte...

— J'ai une bulle, oui, répéta Tina, grave et tranquille.

— Où la garez-vous ?

— Dans la rue. Je n'ai pas de garage. Il y a une petite rue près de l'immeuble. Elle sert de parking.

— Et vous n'avez... rien d'utile à nous dire ?

Huish ignorait lui-même pourquoi il insistait tant.

— Je ne pense pas qu'il y ait quoi que ce soit que je puisse vous dire.

Micky lui lança un bref coup d'œil.

Huish soupira.

— Je crains que tout cela ne vous ait guère aidé, superintendant, dit Leo.

— On ne sait jamais, Mr Argyle. Vous saisissez, je suppose, ce qu'il y a de plus étrange dans toute cette affaire ?

— Moi ? Je ne suis pas certain de bien vous suivre.

— L'argent, martela Huish. L'argent que Mrs Argyle avait retiré de la banque, y compris le billet de cinq livres avec l'inscription « Mrs Bottleberry — 17 Bangor Road » au dos. L'un des points forts du dossier, c'était que ce billet ainsi que d'autres avaient été retrouvés sur Jack Argyle lors de son arrestation. Il avait juré que Mrs Argyle les lui avait donnés, mais Mrs Argyle vous avait clairement indiqué, à vous et à miss Vaughan, qu'elle n'avait rien donné à Jacko... Donc, d'où provenaient ces cinquante livres ? Il n'a pas pu revenir ici. Le témoignage du Dr Calgary l'établit sans contestation. Par conséquent, il devait les avoir déjà sur lui en repartant d'ici. Qui les lui avait donnés ? Vous ?

Huish s'était brusquement tourné vers Kirsten Lindstrom, qui rougit d'indignation :

— Moi ? Non, bien sûr que non. Comment aurais-je pu ?

— Où était l'argent que Mrs Argyle avait retiré de la banque ?

— En général, elle le mettait dans un tiroir de son bureau, répondit la Suédoise.

— Fermé à clef ?

Kirsten Lindstrom réfléchit :

— Elle l'aurait probablement fermé à clef avant d'aller se coucher.

— Avez-vous pris cet argent dans le tiroir pour le donner à votre frère ? demanda Huish à Hester.

— Je ne savais même pas qu'il était là. Et comment aurais-je pu le prendre sans que mère le sache ?

— Vous auriez pu vous en emparer très facilement pendant que votre mère était montée à la bibliothèque pour s'entretenir avec votre père.

Huish se demandait si elle verrait le piège et l'éviterait.

Elle y donna tête baissée :

— Mais Jacko était déjà parti, à ce moment-là. Je...

Elle s'interrompit, désemparée.

— Je constate que vous savez *quand* votre frère est parti, releva Huish.

Hester s'indigna, véhémente :

— Je... je... je le sais maintenant... Je ne le savais pas, il y a deux ans. J'étais montée dans ma chambre, je vous l'ai dit. Je n'ai rien entendu du tout. Et, de toute façon, je n'aurais jamais voulu donner un sou à Jacko.

— Et moi, ajouta Kirsten Lindstrom, hérissée et cramoisie, si j'avais donné de l'argent à Jacko... ç'aurait été le mien ! Il ne l'aurait pas volé !

— J'en suis persuadé, répliqua Huish. Mais vous voyez où cela nous conduit. Mrs Argyle, en dépit de ce qu'elle vous avait dit, doit lui avoir donné cet argent *elle-même*, ajouta-t-il pour Leo.

— Je ne peux pas le croire. Pourquoi ne me l'aurait-elle pas dit ?

— Elle n'aurait pas été la première mère à se montrer plus indulgente à l'égard de son fils qu'elle ne l'aurait admis.

— Vous vous trompez, Huish. Ma femme ne s'autorisait jamais de faux-fuyants.

— Je crois que si, cette fois-là, intervint Gwenda Vaughan. En fait, elle doit avoir cédé... Comme le faisait remarquer le superintendant, c'est la seule hypothèse possible.

— Après tout, reprit Huish d'une voix douce, il nous faut maintenant considérer tout cela sous un angle complètement différent. A l'époque de son arrestation, nous pensions que Jack Argyle mentait. Nous savons maintenant, grâce à Calgary, qu'il disait la vérité lorsqu'il affirmait avoir été pris en stop. Donc nous pouvons présumer qu'il disait vrai, aussi, à propos de l'argent. Il disait que sa mère le lui avait donné. Par conséquent, elle le lui a sans doute donné.

Le silence tomba — un silence inconfortable.

Huish se leva :

— Eh bien, merci. Je crains bien que la piste ne soit aujourd'hui complètement froide. Mais on ne sait jamais.

Leo Argyle accompagna le policier à la porte. En revenant, il déclara en soupirant :

— Eh bien, c'est fini. Pour le moment.

— Pour toujours, enchaîna Kirsten. Ils ne sauront jamais.

— Quel bien cela peut-il nous faire à tous ? s'écria Hester.

Leo vint à elle :

— Ma chérie... Calme-toi, mon enfant. Ne t'énerve pas autant. Le temps guérit tout.

— Pas certaines choses. Qu'allons-nous faire ? Oh ! Qu'allons-nous *faire* ?

— Hester, viens avec moi, lui dit Kirsten en lui enlaçant les épaules.

— Je n'ai besoin de personne.

Hester se précipita hors de la bibliothèque. Un peu plus tard, la porte de l'entrée claqua.

— Tout ça ! Ça n'est pas bon pour elle, commenta Kirsten Lindstrom.

— Je ne pense d'ailleurs pas que cela soit vrai, intervint Philip Durrant, songeur.

— Qu'est-ce qui n'est pas vrai ? s'enquit Gwenda.

— Que nous ne connaîtrons jamais la vérité... Je me sens comme un fourmillement dans les pouces.

Le visage de Philip, faunesque et presque espiègle, s'éclairait d'un sourire étrange.

— Je vous en prie, Philip, soyez prudent ! lança Tina.

Il la regarda, surpris :

— La petite Tina... Et qu'est-ce que tu sais de tout ça, toi ?

— J'espère, riposta Tina d'une voix nette et bien posée, que je ne sais rien.

14

— Je n'imagine pas que vous en ayez tiré quoi que ce soit ? ronchonna le chef de la police.

— Rien de concret, monsieur, confirma Huish. Et pourtant... ça n'a pas été tout à fait du temps gâché.

— Voyons cela.

— Eh bien, pour l'essentiel, les heures et les lieux demeurent les mêmes. Mrs Argyle était encore en vie peu avant 7 heures : elle a parlé avec son mari et avec Gwenda Vaughan — et elle a été vue ensuite au rez-de-chaussée par Hester. Ces trois-là ne peuvent pas être de mèche. Jacko Argyle a été maintenant mis hors de cause, ce qui signifie qu'elle peut avoir été tuée par son mari, n'importe quand entre 7 heures et 7 heures et demie, par Gwenda Vaughan, qui rentrait chez elle, vers 7 h 5, ou par Kirsten Lindstrom, lorsqu'elle est revenue un peu plus tard, avant 7 heures et demie, disons. La paralysie de Durrant lui donne un alibi, mais sa seule parole constitue tout ce qui fournit un alibi à sa femme. Mary pourrait être descendue entre 7 heures et 7 heures et demie pour tuer sa mère si elle l'avait voulu, au cas où son mari aurait été disposé à appuyer ses dires. Mais je ne vois pas pourquoi elle aurait fait ça. En fait, pour autant que je puisse en juger, il n'y a que deux personnes qui auraient eu un mobile solide pour le crime : Leo Argyle et Gwenda Vaughan.

— Vous croyez que c'est l'un des deux — ou tous les deux ensemble ?

— Je ne crois pas qu'ils aient été tous les deux dans le coup. Moi, je considère qu'il s'agissait d'un meurtre commis sous l'effet d'une impulsion subite — pas d'un crime prémédité. Mrs Argyle arrive dans la bibliothèque, pour leur parler des menaces de Jacko et de ses exigences financières. Supposons que, peu après, Leo Argyle descende pour discuter avec elle de Jacko, ou de Dieu sait quoi. La maison est tranquille, il n'y a personne dans le coin. Il pénètre dans son boudoir. Assise devant son bureau, elle lui tourne le dos. Et voilà le pique-feu, peut-être même encore là où Jacko l'a jeté après en avoir menacé sa mère. Ces hommes calmes et refoulés craquent parfois. Il prend un mouchoir pour ne pas laisser ses empreintes, se saisit du pique-feu, il la frappe à la tête, et c'est fini. Il renverse deux ou trois tiroirs pour faire croire qu'on a cherché de l'argent. Et il remonte, en attendant que quelqu'un la découvre. Ou bien supposons que Gwenda Vaughan, sur le point de sortir, entre dans le boudoir et soit prise d'une bouffée meurtrière. Jacko sera un bouc émissaire parfait, et ça dégagera la route pour son mariage avec Leo.

Le major Finney hocha la tête, pensif :

— Oui. Peut-être. Et, naturellement, ils ont pris

soin de ne pas annoncer trop tôt leurs fiançailles. Pas avant que ce pauvre diable de Jacko n'ait été dûment condamné pour assassinat. Oui, ça me paraît coller assez bien. Les crimes se suivent et se ressemblent. Le mari et sa maîtresse, ou la femme et son amant — toujours la même vieille histoire. Mais que *pouvons-nous* y faire, Huish, hein ? Que pouvons-nous y faire ?

— Je ne vois pas, monsieur, répondit le superintendant avec lenteur, ce que nous pouvons y faire. Nous *pouvons* avoir des certitudes — mais où sont les preuves ? Nous n'avons rien qui puisse tenir devant un tribunal.

— Non... non. Mais avez-vous des certitudes, Huish ? Des certitudes en votre âme et conscience ?

— Pas autant que je le voudrais, concéda Huish avec tristesse.

— Ah ! Pourquoi ?

— A cause du genre d'homme qu'il est. Mr Argyle, j'entends.

— Pas le genre à assassiner ?

— Ce n'est pas tellement de ça qu'il s'agit — pas du meurtre lui-même. C'est du garçon. Je ne vois pas Argyle piégeant délibérément ce gamin.

— Ce n'était pas son propre fils, rappelez-vous. Il peut ne pas l'avoir aimé beaucoup, le Jacko — il peut même lui avoir tenu rancune... de l'affection débordante que sa femme lui manifestait.

— Il pourrait en avoir été ainsi. Et, cependant, Leo Argyle semble avoir adoré tous ses enfants. Il semble encore les adorer.

— Naturellement, releva Finney, pensif, il savait que Jacko ne serait pas pendu... Cela fait une différence.

— Là, vous voyez peut-être juste, monsieur. Il peut avoir pensé que les dix années en prison qu'entraîne, en fait, une condamnation à perpétuité ne feraient pas de mal au gamin.

— Et la jeune femme — Gwenda Vaughan ?

— Si c'est elle la coupable, répliqua Huish, j'imagine qu'elle ne s'est pas souciée une seconde de Jacko. Les femmes sont dépourvues de scrupules.

— Quoi qu'il en soit, vous êtes raisonnablement persuadé que ça se joue entre ces deux-là ?

— Raisonnablement persuadé, oui.

— Pas davantage ? insista le chef de la police.

— Non. Il se passe *quelque chose*. Il y a anguille sous roche, comme on dit.

— Expliquez-vous, Huish.

— Ce que je voudrais réellement savoir, c'est ce qu'ils pensent eux-mêmes. Ce qu'ils pensent les uns des autres.

— Oh ! je vois. Je vous suis, maintenant. Vous vous demandez s'ils savent eux-mêmes qui a tué ?

— Oui. Là-dessus, je n'arrive pas à me faire une religion. Est-ce qu'ils savent *tous* ? Est-ce qu'ils sont d'accord pour garder le silence ? Je ne le pense pas. Je pense qu'il est même possible qu'ils aient tous des hypothèses différentes. Il y a cette Suédoise — c'est un paquet de nerfs. Elle est tendue à craquer. Peut-être bien parce que c'est elle qui a fait le coup. Elle a atteint l'âge où, d'une manière ou d'une autre, les femmes débloquent légèrement. Elle peut avoir peur pour elle-même, ou pour quelqu'un d'autre. Moi, j'ai l'impression — je peux me tromper — que c'est pour quelqu'un d'autre.

— Pour Leo ?

— Non, je ne crois pas que ce soit pour Leo qu'elle se fait des cheveux. Je pense que c'est pour la petite — pour Hester.

— Hester ?... Des chances que ç'ait été Hester ?

— Pas de mobile évident. Mais elle est du genre passionné, peut-être un peu déséquilibrée.

— Et la Lindstrom en sait probablement bien davantage que nous sur cette gamine.

— Oui. Et puis il y a la petite noiraude qui travaille à la bibliothèque du comté.

— Elle n'était pas dans la maison ce soir-là, n'est-ce pas ?

— Non. Mais je crois qu'elle sait quelque chose. Qu'elle sait *qui*, peut-être.

— Elle suppose ? Ou elle sait ?

— Elle s'inquiète. Je ne pense pas que ce soit seulement à cause d'une devinette... Et puis il y a encore l'autre fils, Micky. Il n'était pas là, lui non plus, *mais* il était en vadrouille, dans une voiture, tout seul. Il prétend qu'il était en train d'essayer cette bagnole dans la lande et sur Minchin Hill. Nous n'avons que sa parole. Il peut avoir fait un saut à Sunny Point, l'avoir tuée, et être reparti. Gwenda Vaughan a dit ce matin quelque chose qui ne figurait pas dans sa première déposition. Elle a dit qu'elle a croisé une voiture, juste à l'entrée de la route. La route dessert quatorze maisons, donc la voiture pouvait se diriger vers n'importe laquelle d'entre elles, et personne ne s'en souviendra deux ans après — mais cela signifie qu'il existe une possibilité pour que cette voiture ait été celle de Micky.

— Pourquoi aurait-il pu vouloir tuer sa mère adoptive ?

— Il n'y a aucune raison, à notre connaissance — mais il peut y en avoir une.

— Qui le saurait ?

— Ils le savent tous, répondit Huish. Mais ils ne nous le diront pas. Pas s'ils en sont conscients, j'entends.

— Je discerne chez vous des intentions diaboliques, sourit le major Finney. A qui allez-vous vous attaquer ?

— A la Lindstrom, je crois. Si je peux rompre ses défenses. J'espère aussi découvrir si elle avait elle-même une dent contre Mrs Argyle... Et il y a enfin ce type paralysé. Philip Durrant...

— Eh bien ?

— Eh bien, je pense qu'il commence à avoir ses petites idées sur tout ça. Je n'imagine pas qu'il sera disposé à m'en faire profiter, mais je pourrai peut-être avoir un aperçu de la manière dont son cerveau fonctionne. C'est un garçon intelligent, et, à mon avis, un observateur doué. Il peut avoir noté deux ou trois choses intéressantes.

*

— Viens, Tina. Allons prendre l'air.

— Prendre l'air ? rétorqua Tina, dubitative. Mais il fait si froid, Micky.

Elle fut saisie d'un bref frisson.

— Je crois que tu détestes le grand air, Tina. C'est pour ça que tu supportes de rester cloîtrée toute la journée dans ta bibliothèque.

Tina sourit :

— Ça m'est égal d'être enfermée pendant l'hiver. C'est très agréable et chaud, dans la bibliothèque.

— Et tu te tapis là-bas, comme un petit chaton douillet devant le feu. Mais ça te ferait du bien de sortir dehors, tout de même. Viens, Tina. Je veux te parler. Je veux... oh ! me mettre un peu d'air dans les poumons, et oublier toute cette histoire de police.

Tina se leva, d'un mouvement gracieux et nonchalant, qui évoquait assez le chaton auquel Micky venait de la comparer.

Dans le hall, elle s'enveloppa dans un manteau de tweed à col de fourrure, et ils sortirent ensemble.

— Tu ne ne prends même pas un pardessus, Micky ?

— Non. Je n'ai jamais froid.

— Brrr, fit-elle. Comme je hais l'hiver dans ce pays ! Je voudrais partir pour l'étranger. J'aimerais être quelque part où le soleil brillerait toujours, et où l'air serait doux, humide et chaud.

— On vient tout juste de me proposer un job dans le golfe Persique, lui apprit Micky. Pour une compagnie pétrolière. Il s'agirait de s'occuper des transports.

— Tu vas y aller ?

— Non, je ne pense pas... A quoi bon ?

Ils contournèrent la maison pour s'engager dans un sentier en zigzag qui menait, à travers les arbres, jusqu'à la plage, au bord de la rivière. A mi-chemin s'élevait une serre, abritée du vent. Ils ne s'assirent pas tout de suite, mais demeurèrent devant, à contempler les eaux.

— C'est beau, ici, n'est-ce pas ? dit Micky.

Tina regardait le panorama avec des yeux dénués de curiosité :

— Oui. Oui, peut-être.

— Mais en réalité, tu ne le sais pas au juste, non ? rétorqua Micky avec tendresse. Tu ne sais pas voir la beauté, Tina, tu n'as jamais su.

— Je ne me souviens pas que pendant toutes les années où nous avons vécu ici, riposta-t-elle, tu aies jamais profité de la beauté de cet endroit. Tu te rongeais toujours de ta nostalgie de Londres.

— C'était différent, trancha-t-il. Je ne me sentais pas d'ici.

— Ça, c'est ton problème, n'est-ce pas ? Tu n'es de nulle part.

— Je ne suis de nulle part, répéta Micky d'une voix stupéfaite. Peut-être est-ce vrai. Mon Dieu, Tina, quelle idée effrayante ! Tu te rappelles cette vieille chanson ? Kirsten nous la chantait toujours, je crois. *Ô ma blanche colombe, ô ma douce colombe, ô ma colombe aux yeux d'argent*. Tu t'en souviens ?

Tina secoua la tête :

— Peut-être te chantait-elle cela à toi, mais... non, je ne m'en souviens pas.

Micky reprit, mi-parlé, mi-chantonné :

— *Ô mon amour chéri, je ne suis pas d'ici et ne possède rien en ce monde. Ma seule demeure est dans ton cœur, et non dans la mer que voilà.*

Il fixa Tina :

— Je suppose que ça pourrait être vrai.

Tina posa sa petite main sur son bras :

— Viens, Micky, asseyons-nous. C'est protégé du vent. Il ne fait pas trop froid.

Il obtempéra et elle lui sourit :

— Faudra-t-il toujours que tu sois aussi malheureux ?

— Mon petit, tu ne comprends pas le premier mot de tout ça.

— Je comprends beaucoup de choses, répondit-elle. Pourquoi ne peux-tu pas l'oublier, elle, Micky ?

— L'oublier, elle ? De qui parles-tu ?

— De ta mère.

— L'oublier ! lança-t-il, amer. Quelles chances aurais-je de l'oublier après ce matin ? Après cet interrogatoire ? Quand quelqu'un a été assassiné, on ne te laisse pas « l'oublier » !

— Je ne pensais pas à cela. Je pensais à ta vraie mère.

— Pourquoi donc penserais-je à elle ? Je ne l'ai plus jamais revue depuis que j'avais six ans.

— Mais, Micky, tu pensais à elle. Tout le temps.

— Je t'en ai jamais parlé ?

— Parfois, on sent ces choses.

Micky lui fit face :

— Tu es une petite créature si douce et si tranquille, Tina. Comme un petit chat noir. Je veux te caresser dans le sens du poil. Gentil minet ! Joli petit minet !

De la main, Micky effleurait la manche de son manteau.

Tina, presque immobile, lui souriait.

— *Toi*, Tina, tu ne la détestais pas, hein ? reprit Micky. Nous autres, oui.

— C'était très injuste, répliqua Tina en secouant la tête avec énergie. Réfléchis à ce qu'elle vous a donné, à vous tous. Un foyer, de la chaleur, de la tendresse, une bonne nourriture, des jouets pour s'amuser, des gens pour veiller sur vous et vous assurer la sécurité, et...

— Oui, oui, coupa Micky, impatienté. Des soucoupes de lait et beaucoup de caresses. C'était tout ce qu'il te fallait, non, mon petit minet ?

— Je lui en étais reconnaissante. Pas vous.

— Tu ne comprends pas, Tina, qu'on ne peut pas être reconnaissant quand on y est obligé ? D'une certaine façon, c'est encore pire quand on ressent cette obligation de gratitude. Je n'avais *pas* voulu qu'on m'amène ici. Je n'avais pas voulu qu'on m'arrache à mon chez-moi.

— Tu aurais pu être bombardé, fit-elle valoir. Tu aurais pu être tué.

— Ça aurait eu quelle importance ? Être tué

m'aurait été égal. J'aurais été tué chez moi, avec les miens autour de moi. A l'endroit d'où j'étais. C'est là la vraie question, tu vois. Nous y revenons. Il n'est rien d'aussi dur que de n'être de nulle part. Mais toi, petit minet, tu te soucies seulement des biens matériels.

— Peut-être est-ce vrai, reconnut Tina. Peut-être est-ce pour cela que je ne réagis pas comme vous autres. Je n'ai pas cette rancune bizarre que vous semblez tous éprouver — toi, surtout, Micky. Pour moi, c'était facile d'être reconnaissante, parce que, vois-tu, je ne voulais *pas* être moi-même. Je voulais échapper à moi-même. Je voulais être quelqu'un d'autre. Et elle m'a transformée en quelqu'un d'autre. Elle a fait de moi Christina Argyle, avec un foyer et de l'amour. En sécurité. Sans peur. J'aimais mère parce qu'elle m'avait donné tout ça.

— Et ta propre mère ? Tu n'y penses jamais ?

— Pourquoi y penserais-je ? A peine si je me souviens d'elle. Rappelle-toi que je n'avais que trois ans quand je suis venue ici. Avec elle, j'étais toujours effrayée — terrifiée. Toutes ces disputes violentes avec des marins, et elle-même... Je suppose, aujourd'hui que je suis assez vieille pour comprendre mes souvenirs, qu'elle devait être ivre à longueur de journée.

Tina s'exprimait d'un ton détaché, un peu rêveur.

— Non, reprit-elle, je ne pense pas à elle, et je ne m'en souviens pas. Mrs Argyle était ma mère. Ici, c'était ma maison.

— C'est si facile pour toi, Tina.

— Et pourquoi est-ce difficile pour toi ? Parce que tu l'as voulu. Ce n'était pas Mrs Argyle que tu haïssais, Micky. C'était ta véritable mère. Oui, je sais que ce que je dis est vrai. Et si tu avais tué Mrs Argyle, comme tu l'aurais pu, ç'aurait été ta vraie mère que tu aurais voulu tuer.

— Tina !... Qu'est-ce que tu racontes, bon Dieu ?

— Et maintenant, poursuivit-elle impassible, tu n'as plus personne à haïr. Et cela te rend très solitaire, n'est-ce pas ? Mais tu dois apprendre à vivre sans haine, Micky. Ce sera sans doute difficile, mais c'est possible.

— Je ne sais pas de quoi tu parles. Qu'est-ce que ça signifie, que j'aurais pu la tuer ? Tu sais parfaitement que je n'étais pas ici, ce jour-là. J'essayais la voiture d'un client sur la lande, derrière Minchin Hill.

— C'est vrai ? interrogea-t-elle.

Elle se leva pour s'avancer jusqu'au point de vue d'où l'on découvrait toute la rivière. Micky la rejoignit :

— Où veux-tu en venir, Tina ?

Du doigt, elle désigna la plage :

— Qui sont ces deux-là ?

Micky lança un rapide coup d'œil :

— Hester et son médecin de petit ami, je crois. Mais, Tina, qu'est-ce que tu veux dire ?... Pour l'amour de Dieu, ne t'approche pas aussi près du bord !

— Pourquoi ? Tu veux me pousser par-dessus le parapet ? Tu pourrais. Je suis très petite, tu sais.

— Pourquoi disais-tu que j'aurais pu être ici ce soir-là ? questionna-t-il d'une voix rauque.

Tina ne répondit pas. Elle se détourna et commença de remonter le sentier.

— Tina !

Elle dit, d'un ton doux et tranquille :

— Je m'inquiète, Micky. Je m'inquiète beaucoup pour Hester et pour Don Craig.

— On se fiche de Hester et de son petit ami !

— Moi, je ne me fiche pas d'eux. J'ai peur que Hester ne soit très malheureuse.

— Ce n'est pas d'eux que nous parlons.

— Moi, je parle d'eux. Ils comptent pour moi, vois-tu.

— Tina, tu as cru, depuis le début, que j'étais là le soir où mère a été tuée ?

Elle s'abstint de lui répondre. Il poursuivit :

— Tu n'as rien dit, à ce moment-là.

— Pourquoi aurais-je dit quoi que ce soit ? Ce

n'était pas nécessaire. Il était tellement évident que c'était Jacko qui l'avait tuée.

— Et, maintenant, il est tout aussi évident que Jacko ne l'a pas tuée.

Encore une fois, elle hocha la tête.

— Et alors ? jeta Micky. Et alors ?

Sans prononcer une parole, elle continua de remonter vers la maison.

*

Sur la petite plage, en bas de la pointe, Hester labourait le sable du bout de sa chaussure.

— Je ne vois pas de quoi il y aurait lieu de parler, dit-elle.

— Il *faut* que vous en parliez, rétorqua Don Craig.

— Je ne vois pas pourquoi... Parler de quelque chose ne fait jamais de bien... ça n'arrange jamais rien.

— Vous pourriez au moins me dire ce qui s'est passé ce matin.

— Rien, affirma Hester.

— Qu'entendez-vous par *rien* ? La police est venue, n'est-ce pas ?

— Oh ! oui, elle est venue.

— Eh bien, vous ont-ils tous interrogés ?

— Oui, ils nous ont interrogés.

— Quel genre de questions ?

— Toutes les questions habituelles. Exactement les mêmes qu'avant. Où nous étions, et ce que nous faisions, et quand nous avions vu mère vivante pour la dernière fois. Franchement, Don, je ne veux plus en parler. C'est terminé, maintenant.

— Mais non, ce n'est pas terminé, chérie. C'est bien le problème.

— Je ne vois pas pourquoi vous, vous éprouvez le besoin de faire tant d'histoires. Vous n'êtes pas mêlé à ça.

— Chérie, je ne veux que vous aider. Vous ne le comprenez pas ?

— Eh bien, en parler ne m'aide pas. Je veux seulement oublier. Si vous m'aidiez à oublier, ce serait différent.

— Hester chérie, il ne sert à rien de fuir la réalité. Vous devez l'affronter.

— Je l'ai affrontée, comme vous dites, toute la matinée.

— Hester, je vous aime. Vous le savez, non ?

— Je suppose que oui.

— Vous le *supposez* ?

— Pourquoi revenir sans cesse là-dessus ?

— Parce que je le dois.

— Je ne vois pas pourquoi. Vous, vous n'êtes pas policier.

— Qui était la dernière personne à avoir vu votre mère en vie ?

— Moi.

— Je sais. C'était juste avant 7 heures, n'est-ce pas ? Avant que vous ne veniez me retrouver ?

— Juste avant que je ne parte pour Drymouth — pour le théâtre.

— Eh bien, j'étais au théâtre, non ?

— Oui, vous y étiez, naturellement.

— Et vous saviez déjà que je vous aimais, Hester ?

— Je n'en étais pas sûre. Je n'étais même pas sûre que je commençais, moi, à vous aimer.

— Vous n'aviez aucune raison... aucune raison au monde... pour tuer votre mère ?

— Non, pas vraiment.

— Que signifie ce *pas vraiment* ?

— Je pensais souvent à la tuer, répliqua-t-elle d'une voix unie. J'avais l'habitude de répéter : « Je voudrais qu'elle soit morte. Je voudrais qu'elle soit morte. » Parfois, je rêvais que je la tuais.

— De quelle manière la tuiez-vous dans vos rêves ?

Un instant, il ne fut plus un homme amoureux, mais un jeune médecin possédé par l'intérêt professionnel.

— Quelquefois, je lui tirais dessus, répondit gaiement Hester. D'autres fois, je l'assommais.

Le Dr Craig émit un grognement.

— Ce n'étaient que des rêves, ajouta-t-elle. Je suis souvent *très* violente dans mes rêves.

— Ecoutez-moi, Hester, dit-il en lui prenant la main. Vous devez me dire la vérité. Vous devez me faire confiance.

— Je ne comprends pas ce que vous entendez par là.

— La vérité, Hester. Je veux *la vérité*. Je vous aime — et je ne vous abandonnerai pas. Si... si vous l'avez tuée... je pense que je peux en découvrir les raisons. Je ne crois pas que ç'aurait été exactement de votre faute. Le comprenez-vous ? Je n'irai certainement jamais en parler à la police. Cela restera entre vous et moi. Personne d'autre n'en souffrira. Toute cette affaire s'éteindra, faute de preuves. Mais je dois *savoir*.

Il avait mis l'accent sur le mot *savoir*.

Hester le fixait, les yeux élargis, presque vagues :

— Que voulez-vous que je vous dise ?

— Je veux que vous me disiez la vérité.

— La vérité, vous êtes persuadé que vous la connaissez déjà, non ? Vous êtes persuadé... que je l'ai tuée.

— Hester chérie, ne me regardez pas comme ça.

Il la saisit aux épaules pour la secouer avec douceur :

— Je suis médecin. Je connais les motifs de ces faits. Je sais que les gens ne peuvent pas toujours être tenus pour responsables de leurs actes. Vous, je vous connais telle que vous êtes — douce, adorable, et fondamentalement saine. Je vous aiderai. Je veillerai sur vous. Nous nous marierons, et nous serons heureux. Vous ne vous sentirez jamais perdue, jamais rejetée, jamais tyrannisée. Nos actions viennent souvent de motifs que la plupart des gens ne comprennent pas.

— C'est à peu près ce que nous disions tous au sujet de Jacko, non ? releva Hester.

— Peu importe Jacko. C'est à vous que je pense.

Je vous aime comme un fou, Hester, mais je dois savoir la vérité.

— La vérité ? répéta-t-elle, tandis qu'un sourire moqueur fleurissait doucement sur ses lèvres.

— Je vous en prie, chérie.

Hester détourna la tête, le regard vers la maison :

— Gwenda m'appelle. Ce doit être l'heure du déjeuner.

— Hester !

— Me croiriez-vous si je vous disais que je ne l'ai pas tuée ?

— Naturellement que je... que je vous croirais.

— Je pense que non.

Elle s'écarta brusquement et s'élança en courant sur le sentier. Il fit un mouvement pour la suivre, mais il renonça.

— Ah ! nom de Dieu ! jura Donald Craig. *Nom de Dieu !*

15

— Mais je ne veux pas rentrer tout de suite à la maison, se plaignit Philip Durrant sur un ton irrité.

— Réellement, Philip, il n'y a aucune raison pour que nous restions ici davantage, expliqua Mary. Nous sommes venus voir Mr Marshall et discuter du problème avec lui, et puis nous avons attendu l'interrogatoire de la police. Mais, maintenant, rien ne nous empêche plus de rentrer immédiatement chez nous.

— Je pense que ton père est très heureux que nous séjournions un peu ici. Il apprécie d'avoir quelqu'un pour jouer avec lui aux échecs le soir. Ma parole, c'est un sorcier de l'échiquier. Je croyais que je n'étais pas mauvais, mais je n'ai jamais réussi à le battre.

— Père peut trouver quelqu'un d'autre pour jouer aux échecs avec lui, trancha Mary, sèchement.

— Quoi — faire venir quelqu'un du club féminin ?

— Et puis, de toute façon, nous devons rentrer chez nous. Demain, c'est le jour où Mrs Carden fait les cuivres.

— Polly, la parfaite ménagère ! rit Philip. En tout cas, Mrs Je-ne-sais-trop-quoi peut s'occuper des cuivres sans toi, non ? Et, si elle ne peut pas, envoie-lui donc un télégramme pour lui dire de les laisser se ternir jusqu'à la semaine prochaine.

— Tu ne connais rien aux choses du ménage, Philip, et tu ne sais pas à quel point elles sont compliquées.

— Je ne vois pas qu'aucune d'elles soit complexe, sauf si tu décides de la compliquer. Quoi qu'il en soit, *je* veux rester ici.

— Oh ! Philip, rétorqua Mary, exaspérée, je hais tellement cet endroit.

— Mais pourquoi ?

— C'est tellement sinistre, tellement lugubre et puis... et puis il y a tout ce qui s'est passé ici. Ce meurtre et ainsi de suite.

— Allons, allons, Polly. Ne me dis pas que ce genre de choses te mettent les nerfs en boule. Je suis convaincu que tu peux supporter tous les assassinats qu'on voudra sans bouger un cil. Non, tu veux rentrer parce que tu veux être sûre que les cuivres ont été faits, qu'on a passé le balai, qu'il n'y a pas de mites dans ton manteau de fourrure, que...

— Les mites n'attaquent pas les fourrures en hiver, riposta Mary.

— Voyons, tu sais ce que je veux dire, Polly. C'est l'idée générale. Mais, entre nous, de mon point de vue, ici, c'est bien plus intéressant.

— Plus intéressant que d'être chez nous ?

Mary paraissait, à la fois, scandalisée et blessée.

Il se hâta de l'apaiser :

— Je suis désolé, chérie. Je ne me suis pas très bien exprimé. Rien ne peut être plus agréable que notre propre foyer, que tu as su rendre si délicieux. Confortable, net, séduisant. Vois-tu, ce serait différent si... si j'étais comme autrefois. Je veux dire que j'aurais à penser à une foule de choses tout au long du jour. Je serais plongé jusqu'au cou dans mes projets. Et ce serait parfait de te retrouver, d'être enfin chez nous, et de parler avec toi de tout ce qui se serait passé pendant la journée. Mais, tu vois, aujourd'hui, c'est différent.

— Oh ! je sais que c'est différent sur ce plan-*là*. Ne crois pas que je l'oublie jamais, Phil. Je m'en soucie. Je m'en soucie extrêmement.

— Oui, riposta Philip, presque entre ses dents. Oui, tu t'en soucies trop, Mary. Tu t'en soucies tant que, parfois, moi, je m'ennuie un peu. Tout ce que je veux, c'est me distraire et... Non !

Il levait la main :

— Ne viens pas me dire que je peux trouver des distractions en faisant des puzzles, grâce aux gris-gris de la thérapie occupationnelle, avec des gens qui viennent pour mes traitements, et en lisant des livres interminables. Quelquefois, je voudrais tellement avoir quelque chose à faire pour de bon ! Et ici, dans cette maison, j'ai quelque chose à accomplir, pour de bon.

Mary retenait son souffle :

— Philip, tu n'es pas *encore* en train de... de me rabâcher ta théorie ?

— Jouer à la chasse au criminel ? Le meurtre, le meurtre, qui a commis le meurtre ? Si, Polly, tu n'es pas tombée loin. Je veux désespérément savoir qui est le coupable.

— Mais pourquoi ? Et comment le pourrais-tu ? Si quelqu'un est entré par effraction, ou s'il a trouvé la porte entrouverte...

— Toi, tu continues à rabâcher la thèse du rôdeur, Mary ? Ça ne fonctionne pas. Le vieux Marshall lui a donné bonne figure. Mais, en fait, il nous aidait seulement à *garder la face*. Personne ne croit à cette magnifique théorie. Ce n'est tout bonnement pas vrai.

— Alors, coupa Mary, si ce n'est pas vrai... si ce n'est pas vrai... Si c'était, comme tu le dis, l'un de nous — alors, je ne veux pas le savoir. Pourquoi devrions-nous le savoir ? Ne nous portons-nous pas cent fois mieux en ne le sachant pas ?

Philip Durrant lança à sa femme un regard interrogateur :

— Tu te caches la tête dans le sable, hein, Polly ? Ne posséderais-tu donc aucune curiosité naturelle ?

— Je te dis que je ne veux pas le savoir ! Je pense que tout cela est horrible. Je veux l'oublier et ne plus jamais y penser.

— Aimais-tu si peu ta mère que tu ne veuilles pas savoir qui l'a tuée ?

— A quoi cela servirait-il, de savoir qui l'a tuée ? Pendant deux ans, nous avons été parfaitement convaincus que c'était Jacko qui l'avait tuée.

— Certes, ricana Philip, c'est formidable, la façon dont nous avons tous été convaincus.

Elle le fixait, dubitative :

— Je ne... je ne comprends pas ce que tu veux dire, Philip.

— Polly, ne vois-tu pas que, pour moi, il s'agit, en quelque sorte, d'un défi ? D'un défi à mon intelligence ? Je ne prétends pas que la mort de ta mère m'a causé beaucoup de chagrin, ni que je l'aimais beaucoup. Je ne l'aimais pas. Elle avait fait tout son possible pour t'empêcher de m'épouser, mais je ne lui en gardais pas rancune parce que j'avais admirablement réussi à te séduire. N'est-ce pas, mon petit ? Non, ça n'est pas un désir de vengeance, ni même une passion pour la justice. Je pense que c'est... oui, principalement, c'est de la curiosité, encore qu'il y ait peut-être là-dedans quelque chose d'un peu plus avouable.

— C'est le genre de choses dont tu ne devrais pas te mêler, lui reprocha Mary. Il ne peut rien en sortir de bon. Oh ! Philip, je t'en prie, ne t'en mêle *pas*. Rentrons chez nous et oublions tout cela.

— Eh bien, Polly, tu es tout à fait à même de me voiturer où bon te semblera, non ? Mais je veux rester ici. Ne consentirais-tu pas, une fois de temps en temps, à ce que je fasse ce dont, *moi*, j'ai envie ?

— Je veux que tu aies tout ce que tu peux vouloir dans ce monde.

— Pas vraiment, chérie. Tu veux seulement me pouponner comme un nourrisson, et décider tous les jours de ce qu'il y a de mieux pour moi dans tous les domaines imaginables.

Il rit.

— Je ne sais jamais si tu es sérieux ou non, dit Mary, mi figue mi-raisin.

— Toute curiosité mise à part, reprit Philip, il faut que quelqu'un découvre la vérité, tu sais.

— Pourquoi ? Cela servirait à quoi ? A envoyer quelqu'un d'autre en prison. Je juge cette idée épouvantable.

— Tu ne comprends pas du tout. Je n'ai pas dit que, si je perçais le coupable à jour, je le dénoncerais à la police. Je ne pense pas que je le ferais. Cela dépendrait, naturellement, des circonstances. Il serait d'ailleurs probablement inutile de le dénoncer, parce que je persiste à croire qu'il n'y aura pas de preuve tangible.

— Mais s'il n'y a pas de preuve tangible, comment feras-tu pour trouver quoi que ce soit ?

— Parce qu'il existe des tas de moyens de découvrir les choses, d'en avoir la certitude une bonne fois pour toutes. Et j'estime, vois-tu, que cela devient absolument nécessaire. Dans cette maison, ça ne tourne pas très rond et, bientôt, ce sera pire encore.

— Qu'est-ce que tu entends par là ?

— Tu n'as rien remarqué, Polly ? Rien à propos de ton père et de Gwenda Vaughan ?

— Quoi, à leur propos ? La raison pour laquelle mon père veut se remarier à son âge...

— Je peux comprendre ça. Après tout, durant son mariage, il en a vu de dures. Maintenant, il a une chance de trouver le vrai bonheur. Un bonheur d'arrière-saison, si tu veux, mais il l'a. Ou plutôt, dirons-nous, il l'avait. Ça ne va plus très bien entre eux deux.

Mary restait dans le vague :

— Je suppose qu'avec toute cette histoire...

— Absolument. Toute cette histoire. Ça les éloigne chaque jour un peu plus l'un de l'autre. Et il peut y avoir deux raisons à cela. Le soupçon, ou la culpabilité.

— Le soupçon de qui ?

— Eh bien, disons qu'ils se soupçonnent mutuellement. Ou qu'il y a soupçon d'un côté et culpabilité de l'autre, ou vice versa, ou comme tu voudras.

— Arrête, Philip, tu m'embrouilles.

Soudain, elle parut un peu s'animer :

— Ainsi, tu penses que c'est Gwenda ? Tu as peut-être raison. Oh ! quelle bénédiction si c'était Gwenda.

— Pauvre Gwenda. Parce que c'est la seule qui n'appartienne pas à la famille, tu veux dire ?

— Oui, confirma Mary. Ce ne serait pas l'un de *nous*.

— C'est tout ce que cela t'inspire, hein ? Comment cela *nous* touche ?

— Naturellement, dit Mary.

— Naturellement, naturellement, répéta Philip, agacé. Le problème avec toi, Polly, c'est que tu n'as aucune imagination. Tu es incapable de te mettre à la place de quelqu'un d'autre.

— Pourquoi faudrait-il le faire ?

— Oui, pourquoi, en effet ? Je suppose que, si je suis honnête, je devrais dire que c'est pour passer le temps. Mais je peux me mettre à la place de ton père, ou à celle de Gwenda, et s'ils sont innocents, quel enfer ce doit être. Quel enfer pour Gwenda, de se trouver brusquement repoussée. De savoir, au fond de son cœur, qu'elle ne pourra pas épouser l'homme qu'elle aime. Et mets-toi un peu à la place de ton père. Il sait — il ne peut pas s'interdire de savoir — que la femme qu'il aime a eu la possibilité de commettre le crime, et qu'elle avait aussi un mobile pour tuer. Il *espère* qu'elle ne l'a pas commis, il *pense* qu'elle ne l'a pas commis, mais il n'en est pas *certain*. Et, qui plus est, il n'en sera jamais certain.

— A son âge...

— Oh ! à son âge, à son âge, lança Philip avec agacement. Tu ne comprends pas que c'est pire encore pour un homme de son âge ? C'est le dernier amour de sa vie. Il n'a guère de chances d'en connaître un autre. Cela va loin. Et, maintenant, si tu adoptes l'angle inverse, imagine que Leo ait échappé aux brumes et aux ombres du monde renfermé sur lui-même où il a réussi à survivre aussi longtemps. Suppose que ce soit lui qui ait tué sa femme. On pourrait presque se sentir désolé pour le pauvre diable, n'est-ce pas ? Non, que je puisse, une seule seconde, l'imaginer en train de faire une chose pareille. Mais je ne doute pas que la police, elle, peut très bien l'imaginer. Maintenant, Polly, écoutons tes vues. Qui donc a fait ça, crois-tu ?

— Comment pourrais-je bien le savoir ?

— Eh bien, tu ne peux peut-être pas le savoir, mais tu peux en avoir une assez bonne idée — si tu creuses un tantinet la question.

— Je t'ai dit que je refusais absolument d'y penser.

— Je me demande pourquoi... Est-ce seulement par dégoût ? Ou est-ce, peut-être, parce que tu *sais* ? Peut-être, dans ton cerveau calme et froid, as-tu une certitude... Une certitude si affreuse que tu ne veuilles plus y penser, que tu ne veuilles même pas *me* la confier ? C'est Hester que tu as à l'esprit ?

— Pourquoi, seigneur, Hester aurait-elle voulu tuer mère ?

— Pas de vraie raison, hein ? dit Philip, méditatif. Mais, tu sais, on lit ce genre de choses dans les journaux. Une fille bien élevée, gâtée, et puis, un jour, des petits incidents idiots surviennent. Le parent si aimant refuse de raquer pour le cinéma, ou d'acheter une nouvelle paire de chaussures, ou ordonne à sa progéniture de rentrer à 10 heures le soir où on sort avec son petit ami. Cela peut très bien n'avoir aucune réelle importance, mais il semble que cela déclenche quelque chose de latent, et, brusquement, l'adolescente en question a un transport au cerveau. Et hardi petit ! Avec un marteau ou une hache, ou — pourquoi pas — un pique-feu, et l'affaire est faite. C'est toujours difficile à expliquer, mais cela arrive.

C'est le point culminant d'une rébellion longuement refoulée. Ce scénario-là pourrait s'appliquer à Hester. Tu comprends, en ce qui concerne Hester, le problème, c'est que l'on ne sait jamais ce qui se passe dans sa jolie petite tête. Elle est faible, bien entendu, et elle en a honte. Ta mère, de son côté, était femme à lui faire sentir cette faiblesse. Oui, je crois que je pourrais monter un bon dossier contre Hester, conclut-il en s'animant.

— Oh ! arrête de parler de ça, cria Mary.

— Certes, je vais m'arrêter. En parler ne me mènera nulle part. Ou bien ?... Après tout, il faut décider à quel schéma le crime a obéi, et appliquer ce schéma à chacune des personnes en cause. Et alors, lorsque vous avez bien compris comment cela a dû se passer, vous n'avez plus qu'à tendre vos embûches pour voir qui va s'y laisser prendre.

— Il n'y avait que quatre personnes dans la maison, releva Mary. Et toi, tu parles comme s'il y en avait eu une douzaine, ou davantage. Je t'accorde que père ne peut pas raisonnablement avoir fait ça, et qu'il est absurde de penser que Hester ait pu avoir un vrai motif pour commettre quoi que ce soit de ce genre. Restent Kirsty et Gwenda.

— A laquelle des deux accordes-tu la préférence ? interrogea Philip d'un ton à peine ironique.

— Je ne peux vraiment pas concevoir Kirsty faisant une chose pareille. Elle a toujours été si patiente et de bonne humeur. Et réellement très dévouée à mère. Je suppose qu'elle *pourrait* devenir subitement cinglée. On apprend des choses de ce genre, mais elle n'a jamais *paru* cinglée.

— Certes, approuva Philip, songeur. Je dirais que Kirsty est une femme très normale, le genre de femme qui aurait aimé avoir une vie de femme classique. Dans un sens, elle est assez du même type que Gwenda, à la différence que Gwenda est belle et séduisante, alors que cette pauvre Kirsty est laide comme le péché. Je ne crois pas qu'aucun homme l'ait jamais regardée deux fois de suite. Mais cela lui aurait plu. Elle aurait aimé tomber amoureuse et se marier. Ce doit être abominable d'être née femme et, en même temps, laide et pas attirante, en particulier si ça n'est pas compensé par un talent ou un cerveau remarquables. A la vérité, elle est demeurée ici bien trop longtemps. Elle aurait dû partir après la guerre et reprendre son métier de masseuse. Elle aurait pu se soulever un vieux patient plein aux as.

— Tu es comme tous les hommes, riposta Mary. Tu t'imagines que les femmes ne pensent à rien d'autre qu'à se marier.

Philip sourit :

— Je persiste à croire que c'est ce que les femmes préfèrent. A propos, Tina a-t-elle un petit copain ?

— Pas que je sache. Mais elle ne parle guère d'elle-même.

— Oui, c'est une petite souris silencieuse, non ? Pas exactement jolie, mais très gracieuse. Je me demande ce qu'elle sait de cette affaire.

— Je suppose qu'elle ne sait rien.

— Ah bon ? Moi pas.

— Tu t'imagines des choses, répliqua Mary.

— Ça, je ne l'ai pas imaginé. Sais-tu ce que la petite a dit ? Elle a dit qu'elle espérait ne rien savoir. C'est une drôle de manière de voir. Je parie qu'elle *sait* bel et bien quelque chose.

— De quel genre ?

— Peut-être quelque chose qui est en rapport avec cette histoire, sans qu'elle comprenne elle-même où se situe ce rapport. J'espère vivement le lui faire sortir.

— Philip !

— Allons, Polly. J'ai une mission, dans cette vie. Je me suis persuadé moi-même qu'il est absolument de l'intérêt général que je vienne à bout de tout ça. Maintenant, par où vais-je commencer ? Je crois que je m'en prendrai d'abord à Kirsty. Par bien des aspects, c'est une âme simple.

— Je voudrais... oh ! comme je voudrais que tu abandonnes cette idée stupide et que nous rentrions chez nous. Nous étions si heureux. Tout allait si bien et...

Elle se détourna et se tut.

— Polly ! lança Philip avec inquiétude. Tu te fais donc tant de souci ? Je n'avais pas compris que tu étais à ce point troublée.

Mary le fixa à nouveau, une lueur d'espoir dans les yeux :

— Alors, tu vas rentrer, et oublier tout ?

— Je ne pourrais pas oublier. Je continuerais à m'inquiéter, à m'interroger, à me poser des questions. Restons ici, en tout cas, jusqu'à la fin de la semaine, Mary. Et ensuite, eh bien, nous verrons.

16

— Ça vous ennuierait si je restais un peu ici, papa ?

— Non, bien entendu que non. Je suis ravi. Ta société est d'accord ?

— Oui, dit Micky. Je leur ai téléphoné. Ils n'ont pas besoin de moi avant lundi. Ils ont été très chics. Tina va rester pour le week-end, elle aussi.

Il alla à la fenêtre et y jeta un coup d'œil avant d'arpenter la bibliothèque, mains dans les poches, contemplant les rayonnages de livres.

— Vous savez, papa, reprit-il d'une voix étrange et saccadée, j'apprécie vraiment tout ce que vous avez fait pour moi. Ces derniers jours, j'ai compris... euh, j'ai vu à quel point j'avais été ingrat.

— Il n'a jamais été question d'attendre de la gratitude de ta part, répliqua Leo Argyle. Tu es mon fils, Micky. Je t'ai toujours considéré comme tel.

— Bizarre manière de traiter un fils. Vous ne m'avez jamais donné d'ordres.

Leo Argyle sourit, de son sourire lointain et détaché :

— Tu crois vraiment que c'est là la seule fonction d'un père ? Donner des ordres à ses enfants ?

— Non, peut-être bien que non. Je me suis conduit comme un fichu crétin, ajouta Micky en toute hâte. Oui, comme un fichu crétin. Vous savez ce que j'aimerais faire ? Ce que j'envisage de faire ? Prendre un job dans une compagnie pétrolière, dans le golfe Persique. C'était par ça que mère aurait voulu que je commence dans la vie — par une compagnie pétrolière. Mais, à ce moment-là, je n'en voulais absolument pas. Il me fallait voler de mes propres ailes.

— Tu étais à un âge où tu avais la volonté de décider pour toi-même, et où tu détestais l'idée que l'on choisisse à ta place. Tu as toujours eu un certain esprit de contradiction, Micky. Si nous avions envie de t'acheter un sweater rouge, tu affirmais mordicus que tu en voulais un bleu, mais, en réalité, c'était probablement un sweater rouge que tu n'avais pas cessé de désirer.

— C'est bien vrai, concéda Micky avec un rire bref. J'ai toujours été du genre insatisfait, récalcitrant.

— Tu n'étais qu'un jeune poulain qui ruait. Qui refusait la bride, la selle, les rênes. Cela, nous le ressentons tous à un moment quelconque de notre existence, mais, en fin de compte, il nous faut plier.

— Oui, je l'imagine.

— Je suis très heureux que tu aies ces perspectives-là pour ton avenir. Vois-tu, je ne crois pas qu'un travail de vendeur de voiture soit assez bien pour toi. Il n'y a rien à y redire, mais cela ne te mènerait nulle part.

— J'aime les voitures, répliqua Micky. J'aime en tirer le meilleur. Je sais aussi jouer les bonimenteurs lorsqu'il le faut. Jacasser, faire l'article, convaincre — mais c'est une vie qui ne me plaît pas, foutre non. De toute manière, le job dont je vous parle a un rapport avec ça. Diriger l'entretien et la réparation des véhicules. C'est un assez gros poste.

— Tu sais que n'importe quand, si tu as besoin de te financer, ou que tu veuilles te lancer dans une affaire qui te paraîtra en valoir la peine, l'argent est là, disponible. Tu connais l'existence de notre fidéicommis discrétionnaire. Je suis tout à fait disposé à engager les montants nécessaires, à condition, bien entendu, que le projet soit bien monté, et acceptable. Nous pouvons demander là-dessus l'avis d'experts. Mais l'argent est à ta disposition si tu le désires.

— Merci, papa, mais je ne veux pas vivre à vos crochets.

— Il ne s'agit pas de vivre à mes crochets, Micky. C'est *ton* argent. Il t'a été dévolu à titre définitif, en commun avec les autres. Je n'ai que le pouvoir de décider si, quand et comment il doit t'être versé. Mais ce n'est pas mon argent, et je ne t'en fais pas don. Il est *à toi*.

— En réalité, c'est l'argent de mère, releva Micky.

— Le fidéicommis a été créé il y a de longues années déjà.

— Je n'en veux pas un sou ! Je ne veux pas y toucher ! Je ne le peux pas ! Tel que c'est, *je ne peux pas* !

Il rougit soudain, incertain, en croisant le regard de son père :

— Je n'avais pas... pas l'intention de dire ça comme ça.

— Pourquoi ne pourrais-tu pas y toucher ? Nous t'avons adopté. Plus exactement, nous avons assumé une pleine responsabilité en ce qui te concerne, sur le plan financier comme sur les autres plans. Le contrat était que tu serais élevé comme notre fils, et convenablement pourvu pour la vie.

— Je ne veux rien devoir qu'à moi-même, insista Micky.

— Oui, je le vois, en effet... Très bien, Micky. Mais si tu changes d'avis, souviens-toi que l'argent est là à t'attendre.

— Merci, papa. C'est gentil à vous de comprendre. Ou, au moins, non pas de comprendre, mais de me laisser suivre mon propre chemin. Je voudrais pouvoir mieux m'expliquer. Voyez-vous, je ne veux pas profiter de... je ne peux pas tirer profit... Ah ! sacré nom, c'est trop difficile d'en parler.

On frappa — ou, plutôt, on heurta — à la porte.

— C'est Philip, je pense, dit Leo. Ouvre-lui, Micky, je te prie.

Micky alla ouvrir la porte. Philip, poussant sur les roues de son fauteuil, entra. Il salua Leo et Micky d'un sourire chaleureux :

— Vous êtes occupé, père ? Si c'est le cas, dites-le-moi. Je me tiendrai tranquille pour ne pas vous déranger, et je me contenterai de parcourir des yeux les étagères.

— Non, le rassura Leo, je n'ai rien à faire ce matin.

— Gwenda n'est pas là ? s'enquit Philip.

— Elle a téléphoné pour dire qu'elle avait la migraine et qu'elle ne viendrait pas aujourd'hui, répondit Leo d'un ton neutre.

— Eh bien, je m'en vais essayer de dénicher Tina, annonça Micky. Je vais l'emmener en promenade. Cette petite déteste le grand air.

Il sortit de la bibliothèque d'un pas léger, chaloupé.

— Fais-je erreur, ou Micky a bel et bien changé ces derniers temps ? lança Philip. Il ne porte plus sur le monde le même regard hostile que naguère.

— Il a mûri, expliqua Leo. Il lui a fallu longtemps pour y parvenir.

— Eh bien, il a choisi une période étonnante pour retrouver le sourire. Notre concile d'hier avec la police n'avait rien de très encourageant, ne croyez-vous pas ?

— Il est douloureux, naturellement, que tout ce dossier soit rouvert, concéda Leo avec calme.

Philip progressait le long des rayonnages, tirant ici ou là un volume au hasard :

— Un garçon comme Micky, par exemple, diriez-vous qu'il a beaucoup de conscience ?

— Voilà une question bizarre, Philip.

— Non. En réalité, non. Je m'interrogeais seulement à son sujet. C'est comme d'être incapable de chanter. Certains individus sont dans l'incapacité d'éprouver la moindre culpabilité, le plus petit remords, ou même de regretter leurs actes. Jacko était de ceux-là.

— Oui, Jacko en faisait certainement partie.

— Et je me posais la question pour Micky.

Philip marqua un temps d'arrêt, avant de reprendre, d'un ton détaché :

— Me permettez-vous d'être indiscret, père ? Que savez-vous réellement des origines de toute votre famille d'adoptés ?

— Pourquoi voulez-vous le savoir, Philip ?

— Pure curiosité, je suppose. Mais je me demande toujours quelle est la part de l'hérédité.

Leo ne répondit pas. Philip le scrutait avec un intérêt passionné.

— Je vous ennuie peut-être avec mes questions, enchaîna-t-il.

— Eh bien, lâcha Leo en se levant, après tout, pourquoi ne les poseriez-vous pas ? Vous appartenez à notre famille. On ne peut cacher qu'en ce moment précis, elles sont parfaitement pertinentes. Mais notre famille, ainsi que vous le disiez, n'a pas été adoptée au plein sens juridique du terme. Si Mary, votre épouse, a fait l'objet d'une adoption régulière et légale, les autres sont arrivés chez nous de manière bien moins formelle. Jacko était orphelin, et c'était une de ses vieilles grand-mères qui nous l'avait amené. Elle a été tuée durant le Blitz, et il est resté avec nous. C'est aussi simple que cela. Micky était fils illégitime. Sa mère ne s'intéressait qu'aux hommes. Elle a voulu cent livres, et elle les a eues. Nous n'avons jamais su ce qu'il était advenu de la mère de Tina. Elle n'a jamais écrit à sa fille, elle ne l'a jamais réclamée à la fin de la guerre. Il nous a été impossible de retrouver sa trace.

— Et Hester ?

— Hester est une enfant illégitime, elle aussi. Sa mère était une jeune infirmière irlandaise. Elle a épousé un G.I. peu après l'arrivée de Hester chez nous. Elle nous a suppliés de la garder. Elle n'avait pas l'intention de parler de la fillette à son mari. A la fin de la guerre, elle est partie avec lui pour les Etats-Unis, et nous n'avons plus jamais eu de ses nouvelles.

— En un sens, rien que des histoires tragiques, commenta Philip. Tous des pauvres gosses dont personne ne voulait.

— Oui, approuva Leo. Et c'est pour cela que Rachel nourrissait de telles passions à leur égard. Elle était déterminée à ce qu'ils se sentent désirés, à leur donner un vrai foyer, à devenir pour eux une véritable mère.

— Ce qui était tout à fait méritoire.

— Malheureusement... malheureusement, cela n'a jamais marché comme elle l'avait espéré. Pour elle, c'était un article de foi que d'estimer que les liens du sang n'ont aucune influence. Mais les liens du sang *ont* une influence, vous savez. En général, chez ses propres enfants, il y a un type de caractère, une manière de sentir, que l'on reconnaît et que l'on comprend sans avoir besoin de l'exprimer explicitement. On n'a pas ce lien-là avec les enfants que l'on adopte. On n'a pas de perception *instinctive* de ce qui se passe dans leurs esprits. On les juge, cela va de soi, à l'aune de soi-même, de ses propres pensées et de ses propres sentiments. Mais il est sage d'admettre que ces pensées et ces sentiments peuvent différer grandement des leurs.

— J'imagine que vous avez compris cela depuis le début, dit Philip.

— J'avais mis Rachel en garde, mais, naturellement, elle n'y croyait pas. Elle ne voulait pas y croire. Elle voulait qu'ils soient tous ses propres enfants.

— De mon point de vue, Tina est toujours le mystère incarné. Peut-être est-ce là la moitié d'elle-même qui n'est pas blanche. Savez-vous qui était son père ?

— Un marin, je crois. Peut-être un matelot malais. Sa mère, précisa Leo avec un sourire, était incapable de le dire.

— On ne sait ni comment elle réagit ni ce qu'elle pense. Elle parle si peu.

Philip marqua un temps avant de jeter son pavé dans la mare :

— Que sait-elle, qu'elle ne veut pas dire, au sujet de cette affaire ?

Il vit la main de Leo, qui fourrageait dans des papiers, s'immobiliser. Il y eut une pause, avant que Leo ne relève :

— Pourquoi pensez-vous qu'elle ne dit pas tout ce qu'elle sait ?

— Allons, père, c'est tout à fait évident, non ?

— Ce n'est pas évident pour moi.

— Elle sait quelque chose, affirma Philip. Quelque chose qui pourrait avoir des conséquences fâcheuses pour une personne en particulier, diriez-vous ?

— Je pense, Philip, si vous me pardonnez de vous le signaler, qu'il est parfaitement déraisonnable de se livrer à des spéculations dans ce domaine. On peut si facilement laisser son imagination s'emballer.

— Me mettez-vous en garde, père ?

— Est-ce réellement votre affaire, Philip ?

— Vous entendez par là que je ne suis pas policier ?

— Oui, c'est bien là le fond de ma pensée. C'est aux policiers d'accomplir leur devoir. C'est à eux d'enquêter.

— Et vous, vous ne voulez pas savoir ?

— Peut-être ai-je peur de ce que je découvrirais.

D'excitation, les mains de Philip se crispaient sur son fauteuil. Il reprit doucement :

— Peut-être savez-vous, vous, qui a commis le crime. Le savez-vous, père ?

— Non.

La sécheresse et la vigueur de la réponse stupéfièrent Philip.

— Non, répéta Leo, en frappant son bureau du plat de la main.

Soudain, il n'avait plus rien de l'homme frêle, effacé, réservé, que Philip connaissait si bien.

— Je ne sais pas qui est le meurtrier ! martela-t-il. Vous entendez ? Je ne le sais pas ! Je n'en ai pas la moindre idée. Je... *je ne veux pas* le savoir.

17

— Et qu'est-ce que tu fais là, Hester, mon cher ange ? s'enquit Philip.

Dans son fauteuil roulant, il se propulsait le long du corridor. Hester se penchait à la fenêtre qui s'ouvrait à mi-chemin. Elle sursauta et rentra la tête à l'intérieur.

— Oh ! c'est vous, souffla-t-elle.

— Es-tu en train d'observer l'univers, ou bien d'envisager un suicide ?

Elle lui lança un regard de défi :

— Qu'est-ce qui vous fait dire une chose pareille ?

— A l'évidence, tu y pensais. Mais, Hester, si tu te prépares à une telle extrémité, cette fenêtre ne vaut rien. La distance qui la sépare du sol n'est pas suffisante. Songe à quel point il te serait désagréable de te retrouver avec, disons, un bras et une jambe cassés, au lieu de sombrer dans l'oubli miséricordieux auquel tu aspires.

— Micky avait l'habitude de passer par là pour sauter dans le magnolia avant d'en dégringoler de branche en branche. C'était son chemin secret pour entrer ou pour sortir. Mère ne l'a jamais su.

— Tout ce que les parents ignorent ! Il y aurait de quoi écrire un livre. Mais si tu penses à te suicider, Hester, il y a, près de la serre, un bien meilleur endroit pour faire le grand saut.

— Le surplomb au-dessus de la rivière ? Oui, on s'écraserait sur les rochers en contrebas.

— Le problème avec toi, Hester, c'est que tes fantasmes sont par trop mélodramatiques. La plupart des gens se contentent de se glisser bien proprement la tête dans le four à gaz, ou d'absorber une quantité gigantesque de comprimés de somnifère.

— Je suis heureuse que vous soyez ici, répliqua la jeune fille tout à trac. Ça ne vous ennuie pas de parler des événements, n'est-ce pas ?

— Eh bien, en fait, je n'ai pas grand-chose d'autre

à faire, ces temps-ci. Viens chez moi, et nous pourrons bavarder davantage.

Hester hésitait. Il reprit :

— Mary est en bas, pour me préparer une délicieuse collation du matin de ses propres et blanches mains.

— Mary ne comprendrait pas, dit Hester.

— Non, approuva Philip, Mary n'y comprendrait rien de rien.

Il se propulsa en avant, tandis que Hester marchait à ses côtés. Elle lui ouvrit la porte du petit salon. Il entra. Elle le suivit.

— Vous, vous comprenez. Pourquoi ? demanda la jeune fille.

— Eh bien, vois-tu, il vient un temps où l'on médite sur ce genre de problèmes... Lorsque cette sale histoire m'est arrivée, par exemple, et que j'ai compris que je serais paralysé à vie...

— Oui. Ça a dû être terrible. Et, en plus, vous étiez pilote, n'est-ce pas ? Vous voliez.

— Oui, je volais, j'avais des ailes, comme un grand cornichon dans le ciel immense.

— Je suis terriblement désolée. Vraiment. J'aurais dû y réfléchir davantage et vous manifester plus de sympathie.

— Tu ne l'as pas fait, Dieu merci. Quoi qu'il en soit, cette phase-là est finie, et bien finie. On s'habitue à tout, tu sais. C'est quelque chose que tu ne peux pas comprendre en ce moment, Hester. Mais tu y viendras. Sauf si tu fais d'abord quelque chose de très stupide et de très radical. Maintenant, vas-y, raconte-moi tout. Quel est le problème ? Je suppose que tu t'es disputée avec ton petit ami, le solennel jeune docteur en médecine. C'est cela ?

— Ce n'était pas une dispute. C'était bien pire que ça.

— Ça s'arrangera, commenta Philip.

— Non, ça ne s'arrangera pas. Ce n'est pas possible — jamais.

— Tu emploies des termes extravagants. Avec toi,

tout est tout blanc ou tout noir, hein, Hester ? Pas de demi-teintes.

— Je ne peux pas m'en empêcher. J'ai toujours été comme ça. Tout ce que je croyais pouvoir faire, ou vouloir faire, a toujours mal tourné. Je voulais avoir ma vie à moi, être quelqu'un, faire quelque chose. Tout a raté. Je n'étais bonne *à rien*. J'ai souvent pensé à me tuer. Depuis mes quatorze ans.

Philip l'observait, intéressé. Il répliqua, d'une voix calme et détachée :

— C'est vrai que beaucoup de jeunes se suppriment entre quatorze et dix-neuf ans. Il s'agit là d'une étape de la vie où l'on perd le sens des proportions. Des collégiens se donnent la mort parce qu'ils croient qu'ils ne pourront pas réussir leurs examens, et des filles mettent fin à leurs jours parce que leur mère ne leur permet pas d'aller au cinéma avec un petit ami qui ne lui plaît pas. C'est une période éclairée de couleurs très contrastées. La joie ou le désespoir. La tristesse ou le bonheur sans égal. On s'en sort. Pour toi, Hester, la difficulté, c'est qu'il t'a fallu plus de temps pour t'en sortir qu'à la plupart des gens.

— Mère avait toujours raison, enchaîna la jeune fille. Tout ce qu'elle ne me permettait pas et que je voulais faire. Elle, elle savait et moi, j'avais tort. Je ne pouvais pas le supporter. Je ne pouvais tout simplement pas le supporter ! Alors, j'ai cru qu'il me fallait être courageuse. Qu'il me fallait partir seule. Que je devais me mettre à l'épreuve. Et tout a échoué. J'étais une actrice détestable.

— Evidemment que tu l'étais. Tu n'as aucune discipline. Tu ne peux pas, comme on dit dans les milieux du spectacle, assurer la production. Tu te consacres trop à te mettre en scène toi-même, mon petit. C'est ce que tu fais en ce moment.

— Et puis j'ai pensé que j'allais vivre une grande histoire d'amour, continuait Hester. Pas une historiette à l'eau de rose, pas une amourette d'adolescente. Avec un homme mûr. Il était marié, et il avait eu une existence très malheureuse.

— Une situation du répertoire. Qu'il a su exploiter, sans aucun doute.

— Je croyais que ce serait... oh ! une grande passion. Vous ne vous moquez pas de moi ?

Elle se tut pour dévisager Philip d'un œil soupçonneux.

— Non, je ne me moque pas de toi, Hester, dit-il avec douceur. Je saisis très bien que cela a dû être épouvantable pour toi.

— Ce n'était pas une grande passion, reprit Hester, amère. C'était seulement une petite liaison médiocre. Rien de ce qu'il m'avait dit de sa femme, ou de sa vie, n'était vrai. Je... je m'étais juste jetée à sa tête. Je me suis conduite comme une idiote, une stupide et ridicule petite idiote.

— Il y a des choses que l'on n'apprend que par l'expérience. Rien de tout cela ne t'a fait de mal, Hester. Cela t'a probablement aidée à grandir. Ou ça t'y aiderait, si tu te laissais aller.

— Mère a réglé tout ça avec... avec tant de compétence, raconta-t-elle sur un ton de rancune. Elle est arrivée, elle a tout arrangé, et elle m'a dit que si je voulais vraiment devenir actrice, je devais aller dans une école d'art dramatique et apprendre ce métier comme il faut. Mais, en réalité, je n'avais pas l'intention d'être comédienne, et je savais déjà que je n'étais pas douée. Alors, je suis rentrée à la maison. Que pouvais-je faire d'autre ?

— Une foule de choses, vraisemblablement. Mais, celle-là, c'était la plus facile.

— Oh ! oui, approuva-t-elle avec ferveur. Comme vous comprenez bien. Je suis affreusement faible, voyez-vous. Je préfère toujours ce qui est facile. Et si je me révolte contre cela, c'est toujours d'une manière plus ou moins stupide, qui ne peut pas marcher.

— Tu es horriblement peu sûre de toi, n'est-ce pas ? dit-il gentiment.

— C'est peut-être parce que je ne suis qu'une enfant adoptée. Vous savez que je n'en ai rien su avant d'avoir presque seize ans. Je savais que les autres l'étaient et puis, un jour, j'ai posé la question et... et j'ai découvert que je l'étais, moi aussi. Pour moi, ç'a été affreux. J'avais l'impression que je n'étais *de nulle part*.

— Comme tu aimes à dramatiser ce qui te concerne !

— Elle n'était pas ma mère. Elle n'a jamais compris le premier mot de ce que je ressentais. Elle se contentait de me regarder avec indulgence et gentillesse, et de dresser des plans pour mon avenir. Oh, comme je la haïssais ! C'est horrible de ma part, je sais que c'est horrible, mais je la haïssais !

— En fait, la plupart des filles passent par une courte période durant laquelle elles haïssent leur mère, tu sais. Il n'y avait réellement rien d'extraordinaire là-dedans.

— Je la haïssais parce qu'elle avait raison. C'est tellement odieux quand quelqu'un a toujours raison. On se sent soi-même de plus en plus insuffisant. Oh ! Philip, tout est tellement épouvantable. Qu'est-ce que je vais faire ? Qu'est-ce que je peux faire ?

— Epouser ton charmant soupirant, et t'installer. Devenir la bonne petite compagne d'un généraliste. Ou bien cela n'est pas assez grandiose pour toi ?

— Il ne veut plus m'épouser, maintenant, dit-elle tristement.

— Tu en es sûre ? Il te l'a dit ? Ou c'est seulement ton imagination ?

— Il pense que j'ai tué mère.

— Oh ! lâcha Philip.

Il marqua une pause. Puis :

— Tu l'as tuée ?

Elle pivota tout d'une pièce :

— Pourquoi me demandez-vous ça ? Pourquoi ?

— Je pensais qu'il serait intéressant de le savoir. En vue du bien de la famille, pour ainsi dire. Pas pour en informer les autorités.

— Si je l'avais tuée, vous croyez que je vous le dirais ?

— Il serait plus sage de ne pas le dire, concéda-t-il.

— Il m'a dit qu'il savait que je l'avais tuée. Il m'a dit que si seulement je le lui disais, que si je le lui avouais, ça irait très bien, que nous nous marierions, qu'il veillerait sur moi. Que... qu'il ne laisserait pas cela peser entre nous.

Philip siffla :

— Eh bien, eh bien, eh bien...

— A quoi bon ? jeta Hester. A quoi bon dire à Donald que je ne l'ai pas tuée ? Je ne l'ai pas tuée, je ne l'ai pas tuée, je ne l'ai pas tuée...

Sa voix se brisa :

— Ça n'a même pas l'air convaincant.

— La vérité a souvent l'air peu convaincante, l'encouragea-t-il.

— Nous ne savons pas. Personne ne sait. Nous nous surveillons les uns les autres. Mary m'épie. Kirsten aussi. Elle si gentille avec moi, si protectrice. Elle croit que c'est moi, elle aussi. Quelle chance me reste-t-il ? Il vaudrait mieux, beaucoup mieux, que je descende vers la pointe pour me jeter...

— Pour l'amour de Dieu, ne fais pas la folle, Hester. Il y a d'autres solutions.

— Lesquelles ? Comment pourrait-il y en avoir ? J'ai tout perdu. Comment puis-je continuer à vivre jour après jour ? Vous pensez que je suis cinglée, déséquilibrée. Eh bien, je l'ai peut-être tuée. Peut-être que c'est le remords qui me ronge. Peut-être ne puis-je oublier — *ici*.

D'un geste grandiloquent, elle montrait son cœur.

— Ne te conduis pas comme une dinde, lança Philip.

Il tendit la main et l'attira à lui.

Hester s'écroula à moitié sur son fauteuil roulant. Il l'embrassa.

— Ce qu'il te faut mon petit, c'est un mari, dit-il. Mais pas ce jeune crétin pompeux de Donald Craig, avec sa tête farcie de psychiatrie et de jargon. Tu es stupide et idiote, Hester — et absolument adorable.

La porte s'ouvrit. Mary Durrant s'immobilisa sur le seuil. Hester se redressa en hâte, tandis que Philip lançait à sa femme un regard de chien battu :

— Je remontais seulement le moral de Hester, Polly.

— Oh ! souffla Mary.

Elle entra à pas mesurés et posa son plateau sur une table qu'elle roula à côté de lui. Elle ne leva pas les yeux sur Hester dont le regard, incertain, passait du mari à l'épouse.

— Bon, eh bien, balbutia Hester, je ferais peut-être mieux de partir et... de partir pour...

Elle n'acheva pas.

Elle sortit, fermant la porte derrière elle.

— Hester va mal, expliqua Philip. Elle pense au suicide. J'essayais de l'en dissuader.

Mary ne répondit pas.

Il tendit le bras dans sa direction. Elle s'écarta de lui.

— Polly, tu es fâchée ? Très fâchée ?

Elle persista à ne pas répondre.

— Parce que je l'embrassais, j'imagine ? reprit Philip. Allons, Polly, ne me reproche pas un unique petit baiser ridicule. Elle était si adorable et si sotte — et, moi, j'ai pensé tout à coup... eh bien j'ai pensé que ce serait amusant de redevenir un joyeux luron et de flirter de temps en temps. Viens, Polly, embrasse-moi. Embrassons-nous et oublions ça.

Mary Durrant répliqua seulement :

— Ton potage va refroidir si tu ne le bois pas.

Et elle passa dans la chambre en refermant la porte derrière elle.

18

— Il y a ici en bas une jeune personne qui demande à vous voir, monsieur.

— Une jeune personne ?

Calgary parut surpris. Qui pouvait bien être sa visiteuse ? Il contempla les documents qui jonchaient sa table de travail en fronçant les sourcils. Le portier du hall reprit, d'une voix étouffée dans un souci de discrétion :

— Une vraie jeune dame, monsieur, une personne très charmante.

— Bon, eh bien... Dites-lui de monter.

Calgary ne put retenir un demi-sourire. Le ton du portier, ses airs entendus l'amusaient. Il se demandait qui pouvait chercher à le rencontrer. Il fut abasourdi lorsque, la sonnette ayant retenti, il ouvrit la porte de son bureau et se trouva face à Hester Argyle.

— Vous ! s'écria-t-il au comble de l'étonnement. Venez, venez.

Il la fit entrer et referma le battant.

Etrangement, l'impression qu'elle produisait sur lui était presque la même que celle qu'il avait éprouvée la première fois qu'il l'avait vue. Hester était vêtue au mépris de toutes les conventions londoniennes. Elle ne portait pas de chapeau, et sa chevelure encadrait son visage dans un désordre frisé qui évoquait un lutin. Sous son lourd manteau de tweed, elle arborait une jupe vert foncé et un sweater. On aurait pu croire qu'elle revenait à l'instant même, un peu essoufflée, d'une promenade sur les landes.

— Je vous en prie, dit-elle, je vous en prie, il faut que vous m'aidiez.

— Vous aider ? s'étonna-t-il. De quelle manière ? Naturellement, je vous aiderai si je le puis.

— Je ne sais pas quoi faire. Je ne savais pas à qui m'adresser. Mais il faut que quelqu'un m'aide. Je ne peux pas continuer comme ça, et vous êtes l'homme tout désigné. C'est vous qui avez tout commencé.

— Vous avez des ennuis ? De gros ennuis ?

— Nous avons tous des ennuis, répondit-elle. Mais je suis tellement égoïste. Je veux dire que je ne pense qu'à moi.

— Asseyez-vous, mon petit, lui ordonna-t-il avec gentillesse.

Il dégagea un fauteuil des papiers qui l'encombraient et l'y installa avant de se diriger vers un placard d'encoignure.

— Vous avez besoin d'un verre de vin, décida-t-il. Un verre de sherry sec. Cela vous convient ?

— Si vous voulez. Peu importe.

— Il fait froid et humide. Vous devez prendre quelque chose.

Il se retourna, flacon et verre à la main. Hester s'était effondrée dans le fauteuil, avec une sorte de grâce anguleuse qui l'émut par son total abandon.

— Ne vous inquiétez pas, lui dit-il avec douceur en posant le verre à côté d'elle pour le remplir. Les choses ne sont jamais aussi graves qu'il y paraît, vous savez.

— C'est ce qu'on dit, mais ce n'est pas vrai. Parfois, elles sont pires qu'elles en ont l'air.

Elle but son sherry à petites gorgées, puis elle reprit, sur un ton accusateur :

— Nous allions très bien jusqu'à ce que vous veniez. Très bien. Et, voilà, tout a commencé.

— Je ne prétendrai pas, répondit Calgary, que je ne comprends pas ce que vous entendez par là. Je suis resté stupéfait quand vous avez tenté de m'expliquer cela, mais, maintenant, je saisis mieux ce que... ce que la révélation que j'apportais a pu vous faire à tous.

— Tant que nous croyions que Jacko...

Elle n'acheva pas.

— Je sais, Hester, je sais. Mais il vous faut aller plus loin, vous savez. Vous ne viviez que dans une fausse sécurité. Cela n'avait rien de réel, c'était du carton-pâte, un faux-semblant — une sorte de décor de théâtre. Quelquefois, cela vous donnait l'illusion de la sécurité, mais ça n'était pas, et ça n'aurait jamais pu être, la vraie sécurité.

— Vous êtes en train de m'expliquer, n'est-ce pas, que je dois avoir du courage, qu'il ne sert à rien de se précipiter sur une solution parce qu'elle est facile, mais fausse ?

Elle se tut un instant. Puis :

— *Vous*, vous avez du courage ! Cela, je le vois.

Venir nous parler. Sans savoir ce que nous ressentirions, comment nous réagirions. C'était très brave de votre part. J'admire la bravoure, parce que, vous savez, je ne suis pas très courageuse moi-même.

— Dites-moi, lui demanda-t-il avec douceur, dites-moi seulement quels sont vos ennuis. Il s'agit de quoi, au juste ?

— J'ai fait un rêve, raconta Hester. Il y a quelqu'un — un jeune homme — un médecin...

— Je vois. Vous êtes amis, ou, peut-être, un peu plus qu'amis ?

— Je croyais que nous étions un peu plus qu'amis... Et il le croyait aussi. Mais, voyez-vous, depuis que tout cela a surgi...

— Oui ?

— Il croit que je suis la coupable, lança-t-elle comme en torrent. Ou peut-être ne le croit-il pas, mais il n'en est pas certain. Il ne peut pas en être certain. Il pense... je vois bien qu'il le pense... que c'est moi la personne la plus suspecte. Peut-être que je le suis. Peut-être que nous en pensons tous autant les uns des autres. Moi, je me suis dit que quelqu'un devait nous venir en aide dans la situation terrible que nous traversons, et j'ai songé à vous à cause de mon rêve. Voyez-vous, j'ai rêvé que j'étais perdue et que je ne pouvais plus retrouver Don. Il m'avait abandonnée, et il y avait devant moi comme une sorte d'énorme ravin — un abîme. Oui, c'est le mot. Un abîme. C'est très profond, non ? Si profond et si... si infranchissable. Mais vous étiez de l'autre côté, vous m'avez tendu les mains et vous avez dit : « Je veux vous aider. » Alors, je viens à vous. Je me suis enfuie de la maison et je suis venue ici parce que vous devez nous aider. Si vous ne nous aidez pas, je ne sais pas ce qui arrivera. Vous *devez* nous aider. Vous êtes la cause de tout. Vous direz, peut-être, que cela ne vous regarde pas. Qu'après nous avoir dit... après nous avoir dit la vérité sur ce qui était réellement arrivé... cela ne vous regarde plus. Vous direz...

— Non, coupa Calgary. Je ne dirai rien de ce genre. C'est bien mon affaire, Hester. Je suis d'accord avec vous. Quand on entame une partie, il faut la jouer jusqu'au bout. J'en ai la conviction aussi profondément que vous.

— Oh !

Le rouge montait aux joues de la jeune fille. Soudain, elle devint belle, comme il lui arrivait parfois de l'être.

— Ainsi, je ne suis pas seule, dit-elle. Il y a *quelqu'un*.

— Oui, mon petit, il y a quelqu'un — pour ce qu'il vaut. Jusqu'à présent, je n'ai pas valu grand-chose, mais, j'essaie — et je n'ai jamais cessé d'essayer — de me rendre utile.

Il s'assit et rapprocha son fauteuil du sien :

— Maintenant, racontez-moi tout. Cela s'est vraiment mal passé ?

— C'est l'un de nous, répliqua Hester. Nous le savons tous. Quand Mr Marshall est venu, nous avons en chœur fait semblant de croire que c'était quelqu'un de l'extérieur, mais il savait que ce n'était pas vrai. C'est l'un de nous.

— Et votre jeune soupirant — comment s'appelle-t-il, déjà ?

— Don. Donald Craig. Il est médecin.

— Don croit que c'est vous ?

— Il a peur que ce soit moi.

Elle se tordit les mains d'une manière théâtrale, en relevant les yeux :

— Vous aussi, peut-être, vous croyez que c'est moi.

— Oh ! non, riposta Calgary. Oh ! non. Je sais parfaitement que vous êtes innocente.

— Vous dites cela comme si vous en étiez convaincu.

— J'en suis convaincu, en effet.

— Mais pourquoi ? Comment pouvez-vous en avoir la certitude ?

— A cause de ce que vous m'avez dit lorsque je suis parti de chez vous, après vous avoir annoncé à tous ce que j'avais à vous révéler. Vous vous en souvenez ? De ce que vous m'avez dit à propos de l'innocence ? Vous n'auriez pas pu me dire cela — vous n'auriez pas pu éprouver un tel sentiment — si vous n'aviez pas été innocente.

— Oh ! s'écria-t-elle. Oh... quel soulagement ! Savoir qu'il existe quelqu'un qui pense ainsi !

— Donc, maintenant, nous pouvons discuter de tout cela dans le calme, n'est-ce pas ?

— Oui, reconnut Hester. Maintenant, cela paraît... cela paraît tout différent.

— Uniquement pour ma gouverne — et en gardant à l'esprit que vous savez ce que j'en pense —, pour quelle raison quiconque pourrait-il penser, ne serait-ce qu'une seconde, que vous avez tué votre mère adoptive ? interrogea Calgary.

— J'aurais pu le faire, reconnut Hester. J'en avais souvent envie. Quelquefois, je devenais folle de rage. Je me sentais si sotte, si... si impuissante. Mère, elle, était toujours tellement sereine, et tellement supérieure, et elle savait tout, et elle avait raison sur tout. Parfois, je me disais : « Oh ! Je voudrais la tuer ! »

Elle le fixa :

— Vous comprenez ? Vous est-il jamais arrivé de ressentir cela lorsque vous étiez jeune ?

Ses derniers mots donnèrent à Calgary un choc soudain, le même, peut-être, que celui qu'il avait éprouvé lorsque Micky lui avait lancé, dans son hôtel de Drymouth : « Trente-huit ans ? Vous faites plus ! » Lorsqu'il était jeune ? Cela paraissait-il si ancien à Hester ? Son esprit le ramenait en arrière. Il se souvint de lui-même, à neuf ans, discutant avec un autre petit garçon dans les jardins de l'école primaire alors qu'ils s'interrogeaient ingénument tous deux sur les meilleurs moyens de mettre fin aux jours de Mr Warborough, leur instituteur. Il se rappelait la fureur impuissante qui l'avait saisi quand Mr Warborough s'était laissé aller à des commentaires particulièrement sarcastiques. Cela, songeait-il, c'était ce que Hester avait éprouvé, elle aussi. Mais quoi que lui-même et le jeune... Allons bon, comment s'appelait-il donc ? Porch, oui, Porch, c'était son nom... bien que le jeune Porch et lui-même se soient consultés et aient échafaudé des plans, ils n'avaient jamais accompli le moindre geste concret pour hâter le trépas de Mr Warborough.

— Vous savez, dit-il à Hester, vous auriez dû venir à bout de ces sentiments-là depuis de longues années déjà. Mais je les comprends, bien entendu.

— C'était seulement là l'effet que mère produisait sur moi. Voyez-vous, je commence à voir que c'était de ma propre faute. Que si elle avait pu seulement vivre un peu plus, que si elle avait pu vivre jusqu'à ce que je sois un peu plus vieille, un peu plus mûre — que, bizarrement, nous serions devenues amies. Que j'aurais été heureuse de profiter de son aide et de ses conseils. Mais... mais, là, je ne pouvais pas les supporter. Parce que, comprenez-vous, ils me donnaient l'impression d'être tragiquement velléitaire, indécrottablement stupide. Tout ce que je faisais échouait, et je voyais bien que ce que je faisais était idiot. Que je ne l'avais fait que par souci de révolte, par volonté de prouver que j'existais par moi-même. Mais je n'étais *personne*. J'étais inconsistante. Oui, c'est le mot qui convient. C'est ce mot-là, exactement. Inconsistante. Incapable d'avoir une personnalité. Mais imitant... oui, imitant... la personnalité apparente des gens que j'admirais. J'ai cru, vous savez, que si je prenais la fuite, que je montais sur les planches et que j'avais une liaison avec un homme, je...

— Que vous vous sentiriez enfin vous-même, ou, au moins, que vous vous sentiriez quelqu'un ?

— Oui, c'est tout à fait ça. Et, naturellement — je le vois bien, aujourd'hui —, je me comportais seulement comme une gamine turbulente. Mais vous ne pouvez pas savoir, Dr Calgary, combien je souhaiterais que mère soit encore en vie. Parce que c'est si injuste — injuste pour elle, j'entends. Elle a tant fait pour nous, et elle nous a tant donné. Nous ne lui avons rien donné en retour. Et, maintenant, il est trop tard...

Elle s'interrompit un temps avant de poursuivre avec plus d'énergie encore :

— C'est pour ça que je suis déterminée à cesser de me conduire d'une manière idiote et infantile. Et vous m'y aiderez, n'est-ce pas ?

— Je vous ai déjà dit que je ferai n'importe quoi au monde pour vous aider.

Elle lui sourit brièvement, d'un sourire délicieux.

— Dites-moi exactement ce qui s'est passé, lui demanda-t-il.

— Exactement ce que j'avais prévu, répondit Hester. Nous n'arrêtons plus de nous surveiller les uns les autres, de nous poser des questions, et nous ne savons rien. Père épie Gwenda en pensant que c'est peut-être elle. Elle, elle regarde père et elle s'interroge. Maintenant, je ne crois plus qu'ils vont se marier. Pour eux, tout est gâché. Et Tina pense que Micky a quelque chose à voir là-dedans. Je ne sais pas pourquoi, puisqu'il n'était pas à la maison ce soir-là. Et puis il y a Kirsten, qui croit que c'est moi et qui essaie de me protéger. Quant à Mary — c'est ma sœur aînée, vous ne l'avez pas rencontrée —, elle estime que c'est Kirsten.

— Et vous, Hester, que croyez-vous ?

— Moi ? lâcha-t-elle, perplexe.

— Oui, vous. Je pense, comprenez-vous, qu'il est très important de savoir cela.

Hester leva les bras au ciel.

— Je ne sais pas, se lamenta-t-elle. Je ne sais pas du tout. J'ai peur... c'est horrible à dire... j'ai peur de tout le monde. Comme si, derrière chaque visage, se dissimulait un autre visage. Une... une espèce de visage sinistre que je ne connais pas. Je ne suis plus assurée que père est bien père. Kirsten n'arrête pas de me répéter que je ne dois plus faire confiance à personne — même plus à elle. Quand je regarde Mary, il me semble que je ne sais rien d'elle. Et Gwenda... j'ai toujours beaucoup aimé Gwenda. J'étais heureuse que père veuille l'épouser. Mais, maintenant, je ne suis plus sûre de Gwenda. Je la vois comme quelqu'un de différent. Quelqu'un de sans scrupules et... et animée par la vengeance. Je ne sais plus qui sont réellement les autres. C'est une affreuse impression de malheur.

— Oui, approuva Calgary. Je peux très bien l'imaginer.

— L'atmosphère est telle que je ne peux m'empêcher de penser que l'assassin est malheureux lui aussi. Et que son malheur pourrait être le pire de tous... Vous croyez que c'est vraisemblable ?

— J'imagine que c'est possible, mais je doute cependant que... Je ne suis pas expert, cela va de soi, mais... je doute néanmoins qu'un assassin soit jamais traumatisé par l'horreur de son geste.

— Mais pourquoi pas ? Moi, je penserais volontiers qu'il n'y a rien de pire que de savoir que l'on a tué quelqu'un.

— Oui, ce doit être atroce. Et je crois par conséquent qu'un meurtrier ne peut qu'appartenir à l'une ou l'autre des deux catégories que je vais tenter de vous décrire. Ou bien, c'est une personne pour laquelle il n'a *pas* été terrible de tuer l'un de ses semblables. Le genre d'individu qui se dit à lui-même : « Bah ! naturellement, c'était regrettable d'avoir à faire ça, mais c'était nécessaire pour mon bien. Après tout, ce n'est pas ma faute. Je l'ai fait parce qu'il fallait que je le fasse. » Ou bien...

— Oui ? insista Hester. Quelle est votre seconde catégorie d'assassins ?

— Je ne fais que conjecturer, notez-le bien, mais je crois que si vous apparteniez à cette seconde catégorie, vous ne pourriez supporter le poids de vos remords. Il vous faudrait soit avouer votre crime, soit récrire en quelque sorte l'histoire à votre propre usage. Faire porter la responsabilité à quelqu'un d'autre, en vous répétant : « Je n'aurais jamais fait une monstruosité pareille si... si tel ou tel événement n'était pas survenu. Je ne suis pas réellement un assassin, parce que je n'avais pas l'intention de tuer. C'est arrivé, mais, en réalité, ç'a été la main du destin, et non pas la mienne. » Comprenez-vous un peu ce que j'essaie de vous dire ?

— Oui, répondit Hester, et je pense que c'est très intéressant.

Elle ferma à demi les yeux :

— J'essaie seulement de réfléchir et de...

— Oui, Hester, réfléchissez. Réfléchissez aussi intensément que vous le pouvez parce que, pour être jamais en mesure de vous aider, il faudra que je voie les choses par le truchement de votre regard.

— Micky haïssait mère, dit-elle avec lenteur. Je ne sais pas pourquoi. Tina l'adorait, je crois. Gwenda ne l'aimait pas. Kirsten s'était toujours montrée loyale à l'égard de mère, même si elle pensait qu'elle n'avait pas toujours raison en tout ce qu'elle faisait. Père...

Elle s'interrompit.

— Oui ? l'encouragea Calgary.

— Père est, de nouveau, reparti très loin. Après la mort de mère, vous savez, il était complètement différent. Pas si... comment dirais-je ?... Pas si lointain. Il était plus humain, plus animé. Mais, maintenant, il est retourné dans... dans je ne sais quel endroit sombre où on ne peut pas l'atteindre. Je ne sais pas ce qu'il éprouvait, en réalité, vis-à-vis de mère. Je suppose qu'il l'aimait lorsqu'il l'a épousée. Ils ne se disputaient jamais, mais je ne sais rien de ses vrais sentiments à son égard. Oh ! gémit-elle en levant de nouveau les bras au ciel, on ne sait jamais ce que quelqu'un d'autre pense, n'est-ce pas ? J'entends qu'on ne sait pas ce qu'il y a derrière les visages des autres, derrière leurs gentillesses banales. Ils peuvent être en proie à la haine, à l'amour, ou au désespoir, et on n'en sait *rien* ! C'est effrayant... Oh ! Dr Calgary, que c'est effrayant !

Il lui prit les deux mains dans les siennes :

— Vous n'êtes plus une enfant. Seuls les enfants sont effrayés. Vous, vous êtes une adulte, Hester. Vous êtes une femme.

Il lui lâcha les mains et reprit, du ton le plus terre à terre :

— Y a-t-il, quelque part à Londres, un endroit où vous puissiez séjourner ?

Elle afficha une légère perplexité :

— Je suppose que oui. En général, mère descendait au *Curtis*.

— Parfait, c'est un charmant hôtel tranquille. Si j'étais vous, j'irais vite y retenir une chambre.

— Je ferai tout ce que vous me direz de faire.

— Très bien. Quelle heure est-il ?

Il lança un coup d'œil à sa montre :

— Holà ! déjà presque 7 heures. Supposons que vous alliez là-bas et que vous y preniez une chambre, et que je vienne vous chercher à 8 heures moins le quart pour vous emmener dîner. Cela vous conviendrait-il ?

— Cela me semble merveilleux. Vous parlez sérieusement ?

— Oui. Très sérieusement.

— Mais après cela ? Qu'est-ce qui se passera ensuite ? Je ne peux quand même pas rester au *Curtis* pour l'éternité, non ?

— Votre horizon paraît toujours s'étendre à l'infini, commenta Calgary.

— Vous vous moquez de moi ? demanda-t-elle, méfiante.

— Rien qu'un peu, sourit-il.

Elle se détendit pour sourire, elle aussi :

— J'imagine qu'en réalité, je me mettais de nouveau en scène, confia-t-elle.

— Je soupçonne fort que, chez vous, ce soit une habitude.

— C'est pour cela que je pensais réussir sur les planches. Mais pas du tout. J'étais très mauvaise. Oh ! j'étais ce qu'en termes de métier on appelle une vraie ringarde.

— Vous trouverez à mon avis toute la comédie que vous voulez dans la vie de tous les jours. Maintenant, je vais vous mettre dans un taxi, mon petit, et en avant pour le *Curtis*. N'oubliez pas de vous laver la figure et de vous brosser les cheveux. Vous avez des bagages ?

— Oh ! oui. J'ai une sorte de sac de nuit... oh ! et puis, après tout, ça s'appelle un baise-en-ville.

— Excellent, sourit-il. Ne vous en faites pas, Hester. Nous allons réfléchir à une solution.

19

— Je veux vous parler, Kirsty, dit Philip Durrant.

— Oui, bien sûr, Philip.

Kirsten Lindstrom interrompit sa tâche. Elle rangeait dans la commode du linge propre qu'elle venait d'apporter.

— Je veux vous parler de toute cette histoire, expliqua Philip. Cela ne vous ennuie pas, n'est-ce pas ?

— On a déjà trop parlé. La voilà, mon opinion.

— Mais ce serait aussi bien de parvenir, entre nous, aux mêmes conclusions, non ? Vous savez où nous en sommes aujourd'hui, j'imagine ?

— Ça tourne mal de partout.

— Pensez-vous que Leo et Gwenda pourront jamais se marier, maintenant ?

— Pourquoi pas ?

— Pour plusieurs raisons. Avant tout, peut-être, parce que Leo Argyle, en homme intelligent, comprend qu'un mariage entre Gwenda et lui donnerait aux policiers ce qu'ils veulent : un excellent mobile pour l'assassinat de sa femme. Ou, au choix, parce que Leo soupçonne Gwenda d'être l'assassin et que, en homme sensible, cela ne lui plaît guère de prendre pour seconde épouse celle qui a tué la première. Qu'est-ce que vous en dites ?

— Rien, répondit Kirsten. Qu'est-ce que j'en dirais ?

— Vous restez très en arrière de la main, n'est-ce pas, Kirsty ?

— Je ne vous comprends pas.

— Qui cherchez-vous à couvrir, Kirsten ?

— Je ne « cherche à couvrir », comme vous dites, personne. Je pense qu'il devrait y avoir moins de bavardages, et je pense que les gens ne devraient pas rester dans cette maison. Ce n'est pas bon pour eux. Je pense que vous, Philip, vous devriez regagner votre propre foyer avec votre propre femme.

— Vous le pensez, hein ? Et pourquoi, en particulier ?

— Vous n'arrêtez pas de poser des questions. Vous essayez de découvrir des choses. Et votre femme ne veut pas que vous fassiez ça. Elle est plus raisonnable que vous. Vous pourriez bien dénicher quelque chose que vous ne vouliez pas dénicher, ou qu'elle ne voudrait pas que vous dénichiez. Vous devriez rentrer chez vous, Philip. Vous devriez rentrer chez vous très bientôt.

— Je ne veux pas rentrer chez moi.

Philip Durrant s'était exprimé comme un petit garçon récalcitrant.

— C'est ce que disent les enfants, répliqua Kirsten Lindstrom. Ils disent « je ne veux pas ceci » et « je ne veux pas cela », mais ceux qui connaissent mieux la vie, qui voient mieux ce qui se passe, doivent les forcer gentiment à faire ce qu'ils refusent de faire.

— Forcer gentiment, dites-vous ? En me donnant des ordres.

— Non, je ne vous donne pas des ordres, je vous donne seulement des conseils, soupira-t-elle. Je vous donnerais à tous les mêmes conseils. Micky devrait retourner à son travail, comme Tina à sa bibliothèque. Je suis heureuse que Hester soit partie. Il lui fallait être quelque part où rien ne lui rappelle en permanence tout ceci.

— Certes. Sur ce point, je suis en accord avec vous. Vous voyez juste, en ce qui concerne Hester. Mais qu'en est-il pour vous-même, Kirsten ? Ne devriez-vous pas partir, vous aussi ?

— Si, concéda-t-elle avec un soupir, je devrais partir.

— Pourquoi ne le faites-vous pas ?

— Vous ne comprendriez pas. Pour moi, il est trop tard pour m'en aller.

Philip la regardait, songeur.

— Il y a tant de variations, n'est-ce pas ? dit-il enfin. Des variations sur un thème unique. Leo croit Gwenda coupable, Gwenda croit Leo coupable. Tina sait quelque chose qui lui permet de soupçonner quelqu'un. Micky connaît l'auteur du crime, mais il s'en fiche. Mary croit que c'est Hester...

Il marqua un temps, puis :

— Mais à la vérité, Kirsty, il ne s'agit, comme je vous l'ai dit, que de variations sur un unique thème. Nous connaissons parfaitement le coupable, n'est-ce pas, Kirsty ? Vous et moi ?

Elle lui lança un bref coup d'œil horrifié.

— Je le pensais bien, exulta Philip.

— Qu'est-ce que vous voulez dire ? lança-t-elle. Qu'est-ce que vous essayez de me dire ?

— Moi, *je ne sais pas vraiment* qui est le coupable, répondit-il. *Mais vous, si.* Vous ne croyez pas seulement que vous connaissez le coupable, *vous le connaissez bel et bien*. J'ai raison, n'est-ce pas ?

Kirsten se dirigea vers la porte. Elle l'ouvrit et se retourna :

— Ça n'est pas poli à dire, mais je le dirai quand même. Vous êtes un imbécile, Philip. Ce que vous essayez de faire est dangereux. Vous, vous ne comprenez qu'un seul type de danger. Vous avez été pilote. Vous avez affronté la mort, là-haut dans le ciel. Ne voyez-vous pas que, si vous vous approchez de la vérité, vous serez en aussi grand danger que vous l'avez jamais été pendant la guerre.

— Et vous alors, Kirsty ? Si vous connaissez la vérité, n'êtes-vous pas en danger, vous aussi ?

— Je sais prendre soin de moi-même, rétorqua-t-elle, lugubre. Je peux être sur mes gardes. Mais vous, Philip, vous êtes dans un fauteuil roulant, et vous ne pouvez pas vous défendre. Pensez à ça !... En plus, moi, je ne proclame pas mes idées à grand son de trompe. Je me contente de laisser les choses aller comme elles vont — parce que je crois honnêtement que c'est ce qu'il y a de mieux pour tout le monde. Si chacun s'en allait et se mêlait seulement de ses propres affaires, le problème s'éteindrait de lui-même. Et si on m'interroge, j'ai un point de vue avoué. Je persiste à dire que Jacko était coupable.

— Jacko ?

Philip en était abasourdi.

— Pourquoi pas ? enchaîna Kirsten. Jacko était malin. Jacko a toujours su monter ses coups en s'assurant qu'il n'en subirait pas les conséquences. Il faisait ça souvent, lorsqu'il était enfant. Après tout, là, il s'agissait seulement de se forger un alibi. Ça se fait tous les jours, non ?

— Il n'aurait pas pu inventer celui-là. Le Dr Calgary...

— Le Dr Calgary... le Dr Calgary, coupa Kirsten avec impatience. Parce qu'il est célèbre, parce qu'il porte un nom connu, vous dites « le Dr Calgary » comme s'il s'agissait du bon Dieu ! Mais laissez-moi vous dire ceci : quand on subit une commotion comme celle dont il a souffert, on peut confondre les jours... les heures... les lieux !

Philip la scruta, la tête légèrement inclinée sur le côté :

— Donc, c'est là votre version. *Et* vous n'en démordrez pas. Voilà un effort bien méritoire. Mais vous n'y croyez pas vous-même, n'est-ce pas, Kirsty ?

— Je vous aurai mis en garde. Je ne peux pas faire plus.

Elle tourna les talons mais s'arrêta une dernière fois, pour indiquer, de son ton de tous les jours :

— Vous direz à Mary que j'ai rangé son linge dans le deuxième tiroir.

Devant ce retour au quotidien, Philip Durrant esquissa un sourire qui s'éteignit bientôt...

Son sentiment d'excitation s'accrut. Il avait l'intuition qu'il brûlait. L'expérience à laquelle il s'était livré sur Kirsten s'était révélée on ne peut plus satisfaisante, mais il doutait de pouvoir tirer davantage de la Suédoise. La sollicitude qu'elle lui avait manifestée l'irritait : ce n'était pas parce qu'il était paralysé qu'il était aussi vulnérable qu'elle le lui avait affirmé. Lui aussi, il pouvait se tenir sur ses gardes — et, par Dieu, ne veillait-on pas sans cesse sur lui ? Mary ne le quittait pratiquement jamais.

Il prit une feuille de papier et commença d'écrire. De brèves annotations, des noms, des interrogations... un point vulnérable à mettre à l'épreuve...

Soudain, il hocha la tête, et il écrivit : *Tina...*
Il y réfléchit...
Puis il attira à lui une autre feuille.
Lorsque Mary entra, il leva à peine les yeux.
— Qu'est-ce que tu fais, Philip ?
— J'écris une lettre.
— A Hester ?
— A Hester ? Non. Je ne sais même pas où elle est. Kirsty vient juste de recevoir une carte postale d'elle, datée de Londres, c'est tout.
Il sourit à sa femme :
— Je crois que tu es jalouse, Polly. Tu l'es ?
— Peut-être.
Il éprouva un certain malaise.
Elle s'approcha d'un pas :
— A qui écris-tu ?
— Au parquet, répondit-il avec entrain.
Mais il sentait monter en lui une colère froide : un homme ne pouvait-il même pas écrire une lettre sans qu'on lui pose des questions ?
Puis il vit son expression, et il s'apaisa :
— Je plaisantais, Polly. J'écris à Tina.
— A Tina ? Pourquoi ?
— Elle constitue mon prochain front d'attaque. Où vas-tu, Polly ?
— Aux toilettes, répondit-elle en sortant.
Philip éclata de rire : aux toilettes, comme le soir du meurtre... Il rit encore au souvenir de leur conversation sur ce sujet.

*

— Allons-y, fiston ! lança le superintendant Huish d'un ton encourageant. Voyons donc un peu ça.
Le jeune Cyril Green prit sa respiration. Mais avant qu'il ait pu parler, sa mère intervint :
— Comme vous diriez, Mr Huish, je n'y avais guère prêté attention, à l'époque. Vous savez comment sont ces gosses. Toujours à parler et à penser vaisseaux spatiaux et je ne sais trop quoi. Et alors, il rentre à la maison, et il me fait : « M'man, j'ai vu un spoutnik, même qu'il a atterri. » Bon, je veux dire

qu'avant, c'étaient les soucoupes volantes. Il y a toujours eu quelque chose et il y en aura toujours. Ce sont ces Russes qui leur mettent des idées comme ça dans la tête.

Le superintendant Huish soupira en songeant à quel point la vie serait plus facile si les mères n'insistaient pas pour accompagner leurs rejetons et pour s'exprimer à leur place.

— Bon, Cyril, reprit-il, tu es donc rentré chez toi, et tu as dit à ta maman... c'est bien ça, n'est-ce pas ?... que tu avais vu un spoutnik russe... quoi que ç'ait pu être.

— J'savais pas trop, à c'moment-là, répondit le garçon. J'étais qu'un môme, en c'temps-là. C'était y a deux ans. Sûr qu'aujourd'hui, j'suis plus ferré sur la question.

— Ces voitures bulles — ces pots-de-yaourt, comme on les appelle —, précisa Mrs Green, c'était tout nouveau en ce temps-là. Ça ne courait pas les rues. Alors, naturellement, quand il en a vu une — et rouge vif, qu'elle était, en plus —, il n'a pas compris que ça n'était qu'une voiture comme une autre. Et quand il a appris comme quoi Mrs Argyle avait été tuée, Cyril, il m'a fait comme ça : « M'man, c'est ces Russes, qu'il m'a fait, ils sont descendus avec leur spoutnik, et ils ont dû entrer chez elle et lui faire la peau. » « Ne me raconte pas de sornettes », que je lui ai dit. Et puis alors, bien sûr, plus tard dans la journée, on a appris que son propre fils, il avait été arrêté pour l'avoir assassinée.

Avec patience, le superintendant s'adressa une fois encore à Cyril :

— C'était dans la soirée que tu avais vu ton spoutnik, si j'ai bien compris ? A quelle heure ? Tu t'en souviens ?

— J'avais eu mon thé, répondit Cyril, respirant lourdement dans son effort de mémoire. Et m'man, elle était au club féminin. Alors, j'suis ressorti un peu avec les copains, et on est parti rigoler un peu par là-bas, du côté de la nouvelle route.

— Et ce que tu fabriquais là, je voudrais bien le savoir ! grinça sa mère.

Le constable Good, qui avait mis au jour cette piste prometteuse, s'interposa. Il savait parfaitement ce que le jeune Cyril et ses camarades avaient fabriqué le long de la nouvelle route. Plusieurs propriétaires s'étaient amèrement plaints de la disparition de leurs chrysanthèmes. Il n'ignorait pas non plus que les mauvais sujets du village avaient poussé subrepticement la jeune génération à les fournir en fleurs qu'ils revendaient ensuite au marché. Mais le moment ne se prêtait pas, le constable Good le savait aussi, à l'évocation des délits passés.

— Les gosses sont les gosses, Mrs Green, fit-il valoir. Ils aiment bien rigoler un peu.

— Oui, approuva Cyril, on jouait à des petits jeux. Et c'est comme ça que je l'ai vue. « Mince, que j'ai dit, c'est quoi c'machin ? » Sûr que, maintenant, j'suis au parfum. J'suis plus un connard de môme. C'était juste une de ces voitures bulles. Rouge vif, qu'elle était.

— Et l'heure ? insista Huish, patient.

— Eh bien, comme j'disais, j'avais eu mon thé, et puis on est sortis, et j'ai entendu la pendule sonner et j'me suis dit comme ça : « Mince, m'man, elle va être rentrée et qu'est-ce qu'elle va m'passer si j'suis pas là ! » Alors, je suis rentré à la maison. J'lui ai dit que j'pensais qu'j'avais vu un satellite russe qu'il avait atterri. M'man, elle m'a dit qu'c'était qu'des menteries, mais c'en était pas. Seulement, maintenant, j'sais bien sûr c'que c'était. J'étais qu'un môme, en c'temps-là, vous voyez.

Le superintendant Huish affirma qu'il voyait. Après avoir encore un peu poursuivi l'interrogatoire, il libéra Mrs Green et son rejeton. Le constable Good, resté en arrière-garde, arborait l'expression satisfaite du jeune policier qui a fait preuve d'intelligence et qui espère que cela sera compté en sa faveur.

— Ça m'est juste revenu, ce que le garçon avait raconté, se rengorgea-t-il. Comme quoi les Russes, ils avaient tué Mrs Argyle. Je me suis pensé comme ça : « Eh bien, ça doit vouloir dire quéqu'chose. »

— Ça veut dire quelque chose, martela le superintendant. Miss Tina Argyle a un pot-de-yaourt rouge, et on dirait bien que je vais avoir à lui poser encore quelques questions.

*

— Vous étiez là le soir dont il s'agit, miss Argyle ?

Tina fixait le superintendant. Ses mains reposaient mollement sur ses genoux. Ses yeux sombres, qui ne cillaient pas, ne disaient rien.

— C'était il y a longtemps, répondit-elle. Réellement, je ne me souviens pas.

— On a vu votre voiture là-bas, insista Huish.

— Ah bon ?

— Allons, miss Argyle. Lorsque nous vous avons interrogée sur vos mouvements ce soir-là, vous nous avez dit que vous aviez seulement soupé chez vous et que vous aviez écouté des disques. Eh bien, ça n'est pas vrai. Peu avant 7 heures, votre voiture a été repérée sur la route, tout près de Sunny Point. Que faisiez-vous là ?

Elle s'abstint de répondre. Huish attendit un peu avant de poursuivre :

— Avez-vous pénétré dans la maison, miss Argyle ?

— Non.

— Mais vous étiez là ?

— C'est vous qui le dites.

— Là n'est pas la question. Nous avons la preuve que vous étiez là.

Tina émit un soupir :

— Oui, je suis venue par ici, ce soir-là.

— Mais vous prétendez que vous n'êtes pas entrée dans la maison ?

— Non, je ne suis pas entrée dans la maison.

— Qu'avez-vous fait ?

— Je suis retournée à Redmyn. Et puis, comme je vous l'ai dit, je me suis préparé mon souper, et j'ai écouté des disques.

— Pourquoi avez-vous conduit jusqu'ici, si vous n'êtes pas entrée dans la maison ?

— J'ai changé d'avis.

— Qu'est-ce qui vous a fait changer d'avis, miss Argyle ?

— Quand je suis arrivée, je n'ai plus eu envie d'entrer.

— A cause de quelque chose que vous aviez vu, ou entendu ?

Tina ne répondit pas.

— Ecoutez-moi, miss Argyle, reprit Huish. C'était le soir où votre mère a été assassinée. Elle a été tuée entre 7 heures et 7 heures et demie. Vous étiez là, votre voiture était là, peu avant 7 heures. Combien de temps elle y est restée, nous ne le savons pas. Il est possible, voyez-vous, qu'elle y soit restée un certain temps. Peut-être parce que vous aviez bien pénétré dans la maison... Vous avez la clef, je suppose.

— Oui, reconnut Tina, j'ai la clef.

— Peut-être êtes-vous entrée dans la maison. Peut-être êtes-vous entrée dans le bureau de votre mère et l'avez-vous trouvée morte. Ou, peut-être...

Tina releva la tête :

— Ou, peut-être, je l'ai tuée ? C'est cela que vous vouliez me dire, superintendant ?

— C'est une possibilité, concéda Huish, mais j'estime plus probable, miss Argyle, que l'auteur du crime ait été quelqu'un d'autre que vous. S'il en est bien ainsi, je crois que vous savez qui était l'assassin — ou que vous en avez un fort soupçon.

— Je ne suis pas entrée dans la maison, répéta Tina.

— Alors, vous avez vu ou entendu quelque chose. Vous avez vu quelqu'un entrer dans la maison, ou quelqu'un qui en sortait. Quelqu'un, peut-être, dont on ignorait la présence sur les lieux. S'agissait-il de votre frère Michael, miss Argyle ?

— Je n'ai vu personne.

— Mais vous avez entendu quelque chose, enchaîna habilement Huish. Qu'avez-vous donc entendu, miss Argyle ?

— Je vous l'ai dit, répliqua Tina. J'ai simplement changé d'avis.

— Vous me pardonnerez, miss Argyle, mais je ne peux pas croire ça. Pourquoi auriez-vous fait la route depuis Redmyn afin de rendre visite à votre famille, puis seriez-vous repartie sans avoir vu les vôtres ? Quelque chose vous a fait changer d'avis là-dessus. Quelque chose que vous avez vu ou entendu.

Il se pencha en avant :

— Je pense, miss Argyle, que vous savez qui a tué votre mère.

Très lentement, elle secoua la tête.

— Vous savez *quelque chose*, reprit Huish. Quelque chose que vous êtes déterminée à ne pas nous dire. Mais réfléchissez, miss Argyle, réfléchissez bien. Saisissez-vous que c'est votre famille tout entière que vous condamnez à demeurer suspecte ? Voulez-vous qu'ils restent tous soumis aux soupçons — car c'est ce qui va se passer, sauf si nous parvenons à la vérité ? L'assassin de votre mère, quel qu'il soit, ne mérite pas d'être couvert. Puisque c'est de cela qu'il s'agit, n'est-ce pas ? Vous couvrez quelqu'un.

Une fois encore, le regard sombre, opaque, de Tina croisa celui du policier.

— Je ne sais rien, dit-elle. Je n'ai rien entendu, et je n'ai rien vu. J'ai seulement... seulement changé d'avis.

20

Calgary et Huish s'observaient mutuellement. Le superintendant paraissait à Calgary l'un des hommes les plus déprimés et les plus lugubres de physionomie qu'il ait jamais vus. Il semblait tellement dépourvu d'illusions que Calgary se sentit enclin à penser que la carrière du superintendant Huish n'avait été qu'une longue suite d'échecs. Dans le proche avenir, il serait surpris d'apprendre que, professionnellement, le superintendant avait connu une très belle réussite. Pour sa part, Huish contemplait, en face de lui, un homme mince, aux cheveux prématurément gris, aux épaules légèrement voûtées, doté d'un visage sensible et d'un sourire singulièrement séduisant.

— Vous ne savez pas qui je suis, j'en ai peur, commença Calgary.

— Oh ! nous savons tout de vous, Dr Calgary, répliqua Huish. Vous êtes le mistigri qui nous a gâché le dossier Argyle.

Un sourire inattendu releva les commissures de ses lèvres au pli attristé.

— Vous ne devez guère me regarder d'un œil favorable.

— C'est notre pain quotidien, répondit Huish. Ce dossier nous semblait parfaitement ficelé, et il n'y a pas à reprocher, à personne, d'avoir pensé ainsi. Mais, ajouta-t-il, des choses comme celle-ci arrivent. Elles nous sont envoyées pour nous mettre à l'épreuve, comme le disait souvent ma vieille mère. Nous ne voulons de mal à personne, Dr Calgary. Après tout, nous défendons la justice, non ?

— C'est ce que j'ai toujours cru, et que je continuerai de croire. A nul nous ne dénierons justice, murmura-t-il à mi-voix.

— La Grande Charte, releva le superintendant.

— Oui, confirma Calgary. La Grande Charte que m'a citée miss Tina Argyle.

Les sourcils de Huish se relevèrent :

— Allons, bon ! Vous m'étonnez. Cette jeune personne, dirais-je, n'a pas contribué activement au bon fonctionnement des rouages de la justice.

— Tiens donc ! Pourquoi me dites-vous cela ? s'enquit Calgary.

— Pour cause de rétention d'informations, très franchement. Il n'y a aucun doute là-dessus.

— Pourquoi ?

— Eh bien, c'est une affaire de famille. Les

familles se tiennent les coudes. Mais c'était à quel sujet que vous vouliez me voir ?

— Je veux des informations, répondit Calgary.

— Sur le dossier Argyle ?

— Oui. Je comprends bien que je dois vous sembler me mêler d'une histoire qui ne me regarde pas, mais...

— Eh ! cela vous regarde, dans un sens, non ?

— Ah ! vous saisissez cela. Oui. Je me sens responsable. Responsable d'avoir semé le trouble.

— On ne peut pas faire d'omelette sans casser des œufs, comme disent les Français.

— Il y a des choses que je veux savoir, reprit Calgary.

— Par exemple ?

— J'aimerais obtenir bien davantage de renseignements sur Jacko Argyle.

— Sur *Jacko* Argyle. Eh bien, ça alors, je ne m'y attendais pas.

— Je sais qu'il avait un casier chargé, ajouta Calgary. Ce que je voudrais, ce sont quelques détails.

— Oh ! c'est assez simple, dit Huish. Il avait été laissé deux fois en liberté conditionnelle. Et à une autre occasion, après un détournement de fonds, il s'en est sorti de justesse en arrivant à rembourser à la dernière limite.

— Un jeune criminel prometteur, en fait ? s'enquit Calgary.

— Exactement. Pas un assassin, comme vous nous l'avez démontré, mais pas mal d'autres délits. Rien de gros, remarquez bien. Il n'a jamais eu assez de cervelle, ou assez de cran, pour monter une grosse escroquerie. Non, juste un délinquant à temps partiel. Fauchant de l'argent dans les tiroirs-caisses, ou le soutirant aux bonnes femmes.

— Et il réussissait très bien, acquiesça Calgary. A soutirer de l'argent aux femmes, j'entends.

— Et c'était en plus une arnaque très tranquille, renchérit Huish. Les femmes lui tombaient très facilement dans les bras. En général, il jetait son dévolu sur des mémères entre deux âges, voire d'âge canonique. Vous seriez surpris de voir à quel point celles-là sont crédules. Il avait un numéro très au point. Il leur faisait croire qu'il était fou d'elles. Quand une femme veut gober un bobard, il n'y a rien qui puisse l'en empêcher.

— Et alors ? interrogea Calgary.

Le superintendant haussa les épaules :

— Eh bien tôt ou tard, elles perdaient leurs illusions. Mais elles ne portaient pas plainte, vous savez. Elles n'avaient aucune envie de proclamer au monde entier qu'elles s'étaient fait avoir. Oui, c'était un coup bien pépère.

— Y a-t-il jamais eu chantage de sa part ?

— Pas que nous sachions. Remarquez bien que ça ne m'aurait pas étonné de sa part. Pas du chantage pur et simple, à mon avis. Mais un sous-entendu par-ci, un sous-entendu par-là, peut-être. A propos de lettres. Des lettres compromettantes. Ou de détails que les maris n'auraient pas aimé apprendre. Ça lui permettait de faire taire ses victimes.

— Je vois.

— C'est tout ce que vous vouliez savoir ?

— Il y a un des membres de la famille Argyle dont je n'ai pas encore fait la connaissance, indiqua Calgary. La fille aînée.

— Ah ! Mrs Durrant.

— Je suis allé chez elle, mais tout était fermé. On m'a dit qu'elle et son mari étaient en voyage.

— Ils sont à Sunny Point.

— Encore ?

— Oui. Il a voulu rester. Mr Durrant, ajouta le superintendant, joue un peu au détective, à ce qu'on m'a dit.

— Il est paralysé, n'est-ce pas ?

— Oui, la polio. Très moche. Il n'a pas grand-chose à faire de son temps, le pauvre garçon. C'est pour ça qu'il s'intéresse tellement à cette histoire d'assassinat. Il croit qu'il tient une piste.

— Et c'est vrai ?

De nouveau, Huish haussa les épaules :

— Ça se pourrait bien. Il a de meilleures chances

que nous, vous savez. Il connaît sa famille et, en plus de son intelligence, il possède une bonne dose d'intuition.

— Pensez-vous que cela le mènera quelque part ?

— C'est possible. Mais s'il y arrive, ce n'est en tout cas pas à nous qu'il viendra le dire. Ils garderont ça pour eux.

— Vous-même, superintendant, vous savez qui est coupable ?

— Vous ne devez pas me poser des questions pareilles, Dr Calgary.

— Ce qui veut dire que vous savez ?

— On peut être persuadé de deux ou trois trucs, rétorqua Huish avec lenteur. Mais tant qu'on n'a pas de preuves solides, c'est comme si on n'avait rien, pas vrai ?

— Et vous pensez que vous n'obtiendrez pas les preuves dont vous avez besoin ?

— Bah ! nous sommes la patience même... Nous continuerons à essayer.

Calgary se pencha vers son interlocuteur :

— Et que se passera-t-il pour eux tous si vous ne réussissez pas ? Y avez-vous songé ?

Huish fixa Calgary :

— C'est cela qui vous inquiète, monsieur ?

— *Eux,* il faut qu'ils sachent. Quoi qu'il puisse advenir, il faut qu'ils *sachent* !

— Vous ne pensez pas qu'ils sont déjà fixés ?

Calgary secoua la tête.

— Non, dit-il lentement. Et c'est bien là le drame.

*

— Oh, c'est encore vous ! gloussa Maureen Clegg.

— Je suis désolé, absolument désolé, de vous importuner encore, s'excusa Calgary.

— Mais vous me dérangez pas du tout. Entrez donc. C'est mon jour de congé.

Cela, Calgary le savait déjà, et c'était l'une des raisons de sa présence.

— J'attends le retour de Joe d'une minute à l'autre, reprit Maureen. Dites donc, j'ai plus rien vu qui causait de Jacko, dans les journaux. J'veux dire... pas depuis qu'on disait qu'il avait obtenu une grâce et qu'il y avait eu une interpellation au Parlement comme quoi il était clair que c'était pas lui qu'avait fait le coup. Mais on dit plus rien sur ce que font les flics et sur qui c'est qu'est le vrai coupable. Ils vont lui mettre la main dessus, d'après vous ?

— Vous-même, vous n'avez toujours aucune idée ?

— Pas vraiment. Remarquez que je serais pas étonnée si c'était son autre frère. Très bizarre et lunatique, qu'il est, cet oiseau-là. Joe, il le voit quelquefois conduire des gens dans le coin. Il travaille pour le groupe Bence, vous savez. Il est assez beau gosse, mais difficile à vivre, à ce qu'il paraîtrait. Joe, il a entendu une rumeur comme quoi il allait partir pour la Perse, ou je sais pas, et ça sent mauvais, je trouve. Pas vous ?

— Je ne vois pas pourquoi ça sentirait mauvais, Mrs Clegg.

— Ben, c'est un de ces pays où la police, elle peut pas venir vous chercher, pas vrai ?

— Vous pensez qu'il s'apprête à prendre la fuite ? s'enquit Calgary.

— Il se dit peut-être bien qu'il y a, comme qui dirait, intérêt.

— Je veux bien croire que c'est le genre de ragots qui se colportent, convint Arthur Calgary.

— On jase beaucoup. On dit aussi que le mari et la secrétaire, ils étaient ensemble. Mais si l'assassin, c'était le mari, il l'aurait plutôt empoisonnée, non ? C'est ça qu'ils font, en général, n'est-ce pas ?

— Eh bien, vous voyez davantage de films que moi, Mrs Clegg.

— C'est pas que je regarde vraiment l'écran, se défendit Maureen. Vous savez, quand vous travaillez là-bas, les films, ils finissent par vous casser salement les pieds. Tiens ! voilà Joe.

Joe Clegg, lui aussi, parut étonné — et, peut-être, assez peu enchanté — de voir Calgary. Ils conversèrent encore quelques instants, puis Calgary en vint à l'objet de sa visite :

— Je me demandais si vous pourriez me communiquer un nom et une adresse.

Il les inscrivit avec soin sur son bloc-notes.

*

Elle avait la cinquantaine, estima-t-il. C'était une femme lourde, forte, qui n'avait jamais pu être jolie. Des yeux agréables, cependant, noisette et chauds.

Elle se montra dubitative, troublée :

— Eh bien, vraiment, Dr Calgary... Réellement, je ne suis pas sûre que...

Il se pencha en avant, faisant tout son possible pour venir à bout de ses réticences, pour lui prodiguer tous les apaisements, pour lui faire ressentir toute la force de sa sympathie.

— C'était il y a si longtemps, maintenant, reprit-elle. C'est... Je ne veux pas qu'on me rappelle... qu'on me rappelle ces choses-là.

— Je le comprends parfaitement. Et c'est, bien entendu, tout à fait différent que s'il s'agissait de rendre tout cela public.

— Mais vous dites que vous voulez quand même écrire un livre là-dessus ?

— Un livre destiné seulement à mettre en valeur certains types de personnalités, expliqua Calgary. C'est intéressant, voyez-vous, sous l'angle de la médecine ou de la psychologie. Mais pas de noms propres. Seulement Mr A. ou Mrs B. Ce genre d'anonymat.

— Vous avez été dans l'Antarctique, n'est-ce pas ? interrogea-t-elle tout à trac.

Calgary fut surpris de la brusquerie avec laquelle elle avait changé de sujet.

— Oui, confirma-t-il. Oui, j'ai participé à l'expédition Hayes Bentley.

Un peu de couleur lui vint aux joues. Elle parut plus jeune. Un instant, Calgary put entrevoir la jeune fille qu'elle avait été.

— Je lisais tout, raconta-t-elle. Tout ce qui concerne les pôles, ça m'a toujours fascinée, vous savez. C'est ce Norvégien, Amundsen, non, qui est arrivé là-bas le premier ? Je trouve que les pôles, c'est bien plus excitant que l'Everest, ou que tous ces satellites, ou que d'aller sur la lune, ou que n'importe quoi comme ça.

Il saisit la perche qu'elle lui tendait et commença à lui parler de l'expédition. Bizarre, songeait-il, que ses fantasmes romantiques se soient portés sur les explorations polaires.

— C'est merveilleux d'entendre tout ça de la bouche de quelqu'un qui est vraiment allé là-bas, soupira-t-elle enfin. Vous voulez tout savoir sur... sur Jackie ?

— Oui.

— Vous n'utiliserez pas mon nom, ni rien de ce genre ?

— Non, bien entendu. Je vous l'ai dit. Vous savez bien comment on fait en général. On écrit Mrs M., ou lady Y. Seulement l'initiale.

— Oui. Oui, j'ai déjà lu ce genre de livres — et je suppose que c'était comme vous le disiez pat... patho...

— Pathologique, compléta Calgary.

— Oui, Jackie était certainement un cas pathologique. Il était toujours si tendre, vous savez. Absolument merveilleux. Il disait des choses, et vous en croyiez le moindre mot.

— Il les croyait probablement lui-même, dit Calgary.

— « Je suis assez vieille pour être ta mère », j'avais l'habitude de lui dire, mais il répondait que les jeunesses ne l'intéressaient pas. Il disait toujours qu'elles étaient primaires. Il prétendait que c'étaient les femmes expérimentées et mûres qui l'attiraient.

— Il était très amoureux de vous ?

Les lèvres de la femme tremblaient :

— Il jurait qu'il l'était. Il paraissait l'être... Mais je suppose qu'en permanence, c'était à l'argent qu'il en voulait.

— Pas forcément, osa Calgary en travestissant la vérité autant qu'il le pouvait. Il peut avoir été également séduit, vous savez. Mais... mais, voyez-vous, il ne pouvait pas s'empêcher d'agir avec malhonnêteté.

Le visage pathétique de la femme mûrissante s'éclaira quelque peu :

— Oui, dit-elle, c'est bon de le penser. Enfin, c'était comme ça. Nous faisions toujours des plans. Nous partirions pour la France, ou bien pour l'Italie, si son projet aboutissait. Il lui fallait seulement un peu de capital.

Une tactique banale, pensa Calgary. Il se demanda combien de femmes, tout aussi pathétiques, s'y étaient laissé prendre.

— Je ne sais pas ce qui m'a pris, ajouta-t-elle. J'aurais fait n'importe quoi pour lui... *n'importe quoi*.

— J'en suis convaincu.

Elle acheva, amère :

— Et je n'aurais pas été la seule.

Calgary se leva :

— Vous avez été très aimable de me confier tout cela.

— Il est mort, aujourd'hui... Mais je ne l'oublierai jamais. Sa petite bouille de singe ! Sa façon d'avoir l'air si triste, et d'éclater de rire tout à coup. Oh ! il savait y faire. Il n'était pas si mauvais que ça, j'en suis sûre. Il n'était *pas* si mauvais que ça.

Elle regardait Calgary avec une sorte de regret.

Mais, à sa question implicite, il n'avait pas de réponse.

21

Rien n'était venu avertir Philip Durrant que ce jour-là serait différent de tous les autres jours.

Il ignorait que cette journée déciderait définitivement de son avenir.

Il s'éveilla en bonne forme, et de bonne humeur.

Le soleil, un pâle soleil d'automne, resplendissait à la fenêtre. Kirsten Lindstrom lui apporta un message téléphoné qui accrut son alacrité.

— Tina va venir pour le thé, annonça-t-il à Mary lorsqu'elle lui apporta son petit déjeuner.

— Ah bon ? Oh ! oui, naturellement, c'est son après-midi de congé, n'est-ce pas ?

Mary avait l'air préoccupée.

— Qu'est-ce qui ne va pas, Polly ?

Elle se mit en devoir de découper le bout de son œuf à la coque. Il s'en irrita immédiatement :

— Je peux encore me servir de mes mains, Polly.

— Oh ! je voulais t'éviter ce mal.

— Quel âge crois-tu donc que j'ai ? Six ans ?

Elle parut un peu surprise. Puis elle lâcha brusquement :

— Hester revient aujourd'hui.

— C'est vrai ?

Il avait posé la question machinalement, tant ses réflexions se concentraient sur ses plans pour s'attaquer à Tina. Mais il repéra vite l'expression de sa femme :

— Pour l'amour de Dieu, Polly, tu t'imagines que je nourris pour cette petite une passion coupable ?

Elle détourna la tête :

— Tu dis toujours qu'elle est tellement adorable.

— Elle l'est. Pour qui apprécie des attaches fines et un côté extra-terrestre. Mais je ne suis plus guère taillé pour jouer les séducteurs, non ? ironisa-t-il.

— Tu pourrais le souhaiter.

— Ne sois pas ridicule, Polly. Je n'aurais jamais cru que tu avais une telle propension à la jalousie.

— Tu ne sais rien de moi.

Il allait riposter, mais il se tut. Force lui était de constater, non sans un certain choc, qu'il ne savait sans doute pas grand-chose de Mary.

Elle poursuivit :

— Je te veux pour moi — rien que pour moi. Je voudrais qu'il n'y ait personne d'autre au monde que toi et moi.

— Nous serions bientôt à court de sujets de conversation, Polly.

Il avait parlé d'un ton léger, mais il éprouvait un certain malaise. Le matin radieux lui paraissait soudain avoir viré au glauque.

Elle supplia :

— Rentrons chez nous, Philip, je t'en prie, rentrons chez nous.

— Nous allons rentrer incessamment, mais pas à l'instant même. Ainsi que je te l'ai dit, Tina va venir cet après-midi. Je fonde de grands espoirs sur Tina, ajouta-t-il, soucieux de dériver les pensées de Mary vers un autre propos.

— Dans quel sens ?

— Tina sait quelque chose.

— Tu veux dire — à propos du meurtre ?

— Oui.

— Mais ce n'est pas possible. Elle n'était même pas ici, ce soir-là.

— Je n'en suis plus très persuadé, rétorqua Philip. Vois-tu, je pense qu'elle était au contraire bel et bien dans les parages. C'est amusant de constater comme des broutilles peuvent aider. Cette journalière, Mrs Narracott — oui, la grande —, m'a fourni un petit élément de réflexion.

— Qu'est-ce qu'elle t'a raconté ?

— Un joli cancan du village. L'Ernie... non, le Cyril... d'une Mrs Untel ou d'une Mrs Machinchouette... Il a fallu qu'il aille avec sa mère à la police. A propos de quelque chose qu'il avait vu « le soir où que c'te pauvre Mrs Argyle a été assassinée ».

— Et qu'avait-il donc vu ?

— Là-dessus, Mrs Narracott est restée dans le vague. Elle n'a pas encore tiré ça au clair avec Mrs Untel. Mais on peut tout de même deviner, n'est-ce pas, Polly ? Ce jeune Cyril n'était pas à l'intérieur de la maison, par conséquent il doit avoir vu quelque chose à l'extérieur. Ce qui nous conduit à deux hypothèses : ou bien il a vu Micky, ou bien il a vu Tina. Ma théorie, c'est que Tina est venue par ici ce soir-là.

— Elle l'aurait dit.

— Pas nécessairement. Je flaire à une lieue que Tina sait quelque chose qu'elle ne dit pas. Admettons qu'elle ait fait un saut en voiture ce soir-là. Peut-être est-elle entrée dans la maison et a-t-elle découvert le cadavre de ta mère.

— Et elle serait repartie sans avertir personne ? C'est absurde.

— Elle peut avoir eu ses raisons... Elle a peut-être vu ou entendu quelque chose qui lui aura donné à penser qu'elle connaissait le meurtrier.

— Elle n'a jamais particulièrement aimé Jacko. Je suis convaincue qu'elle n'aurait pas voulu le protéger.

— Dans ce cas, sans doute n'était-ce pas Jacko qu'elle soupçonnait... Plus tard, lorsque Jacko a été arrêté, elle a pensé que ses soupçons n'étaient pas du tout fondés. Et, ayant affirmé qu'elle n'était pas venue ici, il a bien fallu qu'elle s'y tienne. Mais aujourd'hui, cela va de soi, c'est différent.

— Tu imagines des choses, Philip, lança Mary avec agacement. Tu te laisses aller à des élucubrations qui n'ont pas le sens commun.

— Il est pourtant fort probable qu'elles reflètent la réalité. Je vais tenter d'amener Tina à me révéler ce qu'elle sait.

— Je ne crois pas qu'elle sache quoi que ce soit. Tu penses sérieusement qu'elle connaît le coupable ?

— Je n'irais pas aussi loin que cela. Je pense qu'elle a vu — ou entendu — quelque chose. Je veux découvrir en quoi consiste ce quelque chose.

— Tina ne dira rien si elle n'en a pas envie.

— Certes, j'en suis d'accord. Elle est très douée pour garder tout par-devers elle. Et c'est aussi un petit masque impassible. Elle ne montre jamais rien. Mais elle ne ment pas très bien — pas du tout aussi bien que toi, Polly, par exemple... Ma méthode va reposer sur mon hypothèse. De cette hypothèse, je ferai une question. A laquelle il faudra répondre par oui ou par non. Sais-tu ce qui se passera alors ? Il n'y a que trois éventualités. Ou bien elle dira oui —

et tout sera clair. Ou bien elle dira non — et comme Tina ment mal, je saurai si son *non* est véridique ou pas. Ou bien encore elle refusera de répondre et arborera sa petite figure fermée — et, cela, Polly, ce sera comme si elle avait dit *oui*. Allons, avoue que ma technique ouvre de belles possibilités.

— Oh ! ne te mêle pas de ça, Phil ! Ne te mêle pas de ça. Ça va se calmer, et on oubliera.

— Non. Il nous faut en avoir le cœur net. Sinon, Hester finira par se jeter par la fenêtre, et Kirsten nous fera une dépression nerveuse. Leo s'est d'ores et déjà figé comme une sorte de stalactite. Quant à la malheureuse Gwenda, elle est sur le point d'accepter un poste en Rhodésie.

— Quelle importance peut bien avoir ce qui leur arrive ?

— Rien n'est important, sauf nous — c'est cela que tu sous-entends ?

Le visage de Philip avait pris une expression fermée, coléreuse. Cela stupéfia Mary. Jamais encore elle n'avait vu son mari ainsi.

Elle l'affronta, d'un air de défi :

— Pourquoi devrais-je me soucier des autres ?

— Tu ne t'en es jamais souciée jusqu'ici, n'est-ce pas ?

— Je ne vois pas ce que tu veux dire.

Philip lâcha un soupir exaspéré. Il repoussa le plateau de son petit déjeuner :

— Enlève-moi ça. Je n'en veux plus.

— Mais Philip...

Il eut un mouvement d'impatience. Mary s'empara du plateau pour l'emporter dehors. Philip fit rouler son fauteuil jusqu'à la table à écrire. Le stylo à la main, il fixait la fenêtre. Il éprouvait une étrange oppression de l'intellect. Quelques minutes auparavant, il se sentait plein d'excitation. Désormais, il n'était plus que tension et nervosité.

Il finit par reprendre le contrôle de lui-même. Rapidement, il remplit deux feuillets. Puis il se laissa aller contre le dossier de son siège, et médita.

C'était plausible. C'était possible. Mais Philip ne

parvenait pas à s'en trouver entièrement convaincu. Suivait-il réellement la bonne route ? Il n'en avait pas la certitude. Un mobile. Le mobile lui faisait désespérément défaut. Un élément, quelque part, lui avait échappé.

Il soupira, impatienté. A peine pouvait-il se retenir en attendant l'arrivée de Tina. Si seulement cette affaire pouvait être éclaircie ! Uniquement entre eux. Rien de plus n'était nécessaire. Dès lors qu'ils *sauraient*... ils seraient tous libres. Libérés de cette atmosphère de soupçon et de désespérance. A l'exception d'une seule personne, ils pourraient tous reprendre le cours de leurs propres vies. Mary et lui rentreraient chez eux et...

Ses pensées se bloquèrent là. Son excitation, à nouveau, retomba. Il se retrouvait face à son problème personnel : *il ne voulait pas rentrer chez lui*. Il ne voyait plus que l'ordre parfait de leur foyer, ses chintz luisants, ses cuivres polis. Une cage impeccable, resplendissante, bien tenue ! Et lui, dans cette cage, attaché à son fauteuil, envahi par les soins trop attentifs de son épouse.

Son épouse... Lorsqu'il songeait à elle, il lui semblait voir deux personnes. La première était la jeune fille avec laquelle il s'était marié — une blonde aux yeux bleus, douce et réservée. Celle-là, c'était la jeune fille qu'il avait aimée, celle dont il se moquait lorsqu'elle le regardait en plissant un front perplexe. Celle-là, c'était sa Polly. Mais il existait une autre Mary — dure comme l'acier, passionnée mais incapable d'aimer —, une Mary à qui rien n'importait qu'elle-même. Lui, Philip, ne comptait que parce qu'il lui appartenait.

Un vers français traversa sa mémoire. Comment était-ce déjà ?

C'est Vénus tout entière à sa proie attachée...

Cette Mary-là, il ne l'aimait pas. Derrière les yeux d'un bleu glacé de cette Mary-là se cachait une étrangère — une étrangère qu'il ne connaissait pas...

Et puis Philip Durrant rit de lui-même : il était en train de céder à la nervosité et à la tension, comme tout le monde dans la maison. Il se souvenait de sa belle-mère lui parlant de sa femme. Lui décrivant la douce petite fille aux boucles d'or, à New York. Lui racontant le moment où elle s'était jetée à son cou en criant : « Je veux rester avec vous. Je ne veux plus vous quitter, *jamais* ! »

Cela, ç'avait été une démonstration d'affection, non ? Et cependant... et cependant, comme cela ressemblait peu à Mary ! De l'enfant à la femme, avait-elle pu changer à ce point ? Il était aujourd'hui si difficile, presque impossible, à Mary de manifester ses sentiments, de se montrer démonstrative...

Certes, en cette occasion-là... Mais était-ce vraiment aussi simple ? Non, pas de l'affection. Un calcul. Un moyen de parvenir à ses fins. Un moment de tendresse délibérément voulu, artificiel. De quoi Mary n'était-elle pas capable pour parvenir à ses fins ?

Presque de n'importe quoi, pensa-t-il — et il fut choqué de le penser.

Avec fureur, il reposa son stylo et fit rouler son fauteuil jusqu'à leur chambre. Il prit sa brosse pour repousser en arrière les cheveux qui lui couvraient le front. Son propre visage lui parut étranger.

Qui suis-je, se demanda-t-il, et où vais-je ? Des questions qu'il ne s'était jamais posées auparavant... Il approcha son fauteuil de la fenêtre pour regarder au-dehors. En dessous de lui, devant la fenêtre de la cuisine, l'une des femmes de journée discutait avec quelqu'un resté à l'intérieur. Leurs voix, marquées du doux accent du patois local, flottaient jusqu'à lui...

Les yeux agrandis, il demeura là, comme en transe.

Du bruit dans la pièce voisine l'arracha à ses préoccupations. Il fit rouler son fauteuil par la porte de communication.

Gwenda Vaughan se tenait debout devant la table à écrire. Elle se retourna. Il nota avec stupéfaction son visage hagard dans le soleil du matin.

— Salut, Gwenda !

— Salut, Philip ! Leo a pensé que vous aimeriez lire les *Illustrated London News*.

— Ah ! merci.

— Voilà une belle pièce, dit-elle en regardant autour d'elle. Je ne crois pas que je l'avais déjà vue avant.

— Ça fait assez suite royale, n'est-ce pas ? Loin de tout. Idéal pour les handicapés et pour les couples en lune de miel.

Une seconde trop tard, il regretta d'avoir utilisé ces quatre derniers mots. Les traits de Gwenda frémirent.

— Il faut que je continue, dit-elle sans préciser.

— La secrétaire modèle.

— Même plus cela, aujourd'hui. Je commets des erreurs.

— N'en commettons-nous pas tous ? Quand donc Leo et vous allez-vous vous marier ? ajouta-t-il délibérément.

— Jamais, probablement.

— Ça, ce serait une erreur.

— Leo croit que cela pourrait provoquer des commentaires défavorables — de la part de la police ! répliqua-t-elle, amère.

— Nom de Dieu, Gwenda, il faut parfois savoir prendre des risques.

— Moi, je suis prête à en prendre. Ça ne m'a jamais fait peur. Je suis prête, moi, à parier sur le bonheur. Mais Leo...

— Leo ? Oui ?

— Leo, enchaîna-t-elle, mourra sans doute comme il a vécu : en parfait mari de Rachel Argyle.

La colère et l'amertume que véhiculait la voix de la jeune femme le frappèrent.

— Elle pourrait tout aussi bien être encore en vie, dit Gwenda. Elle est *ici* — dans cette maison — en permanence...

22

Tina gara sa voiture dans l'herbe, devant le mur du cimetière. Elle ôta avec soin la cellophane du bouquet qu'elle avait apporté, puis elle franchit la grille et s'engagea dans l'allée principale. Elle n'aimait pas le nouveau cimetière. Elle regrettait qu'il n'ait pas été possible d'enterrer Mrs Argyle, pour son dernier sommeil, dans l'ancien, qui entourait l'église. Là, grâce aux ifs et aux stèles moussues, lui paraissait régner une paix venue de la nuit des temps. Dans le nouveau champ de repos, trop neuf, si bien conçu — une grande allée desservant les rangées de sépultures —, tout semblait aussi lisse et aussi impersonnel que les rayons d'un supermarché.

La tombe de Mrs Argyle — un cadre rectangulaire de marbre rempli de cailloux de granit, et une croix, de granit également — était bien entretenue.

Tina, ses œillets à la main, se pencha pour lire l'inscription « A la mémoire bien-aimée de Rachel Argyle », en dessous de laquelle était gravé un verset du livre des Proverbes :

A ses enfants de se lever et de la proclamer heureuse.

Elle entendit des pas derrière elle et se retourna, stupéfaite :

— Micky !

— J'ai vu ta voiture. Je t'ai suivie. Enfin... je venais ici, de toute façon.

— Tu venais ici ? Pourquoi ?

— Je ne sais pas. Seulement pour lui dire au revoir, peut-être.

— Lui dire au revoir à... à elle ?

Michael Argyle hocha la tête :

— Oui. J'ai accepté le job que m'offrait cette compagnie pétrolière dont je t'avais parlé. Je pars dans trois semaines environ.

— Et tu es d'abord venu ici pour dire au revoir à mère ?

— Oui. Peut-être aussi pour la remercier, et pour lui dire que je suis désolé.

— De quoi es-tu désolé, Micky ?

— Je ne suis pas désolé parce que je l'aurais tuée, si c'était à ça que tu voulais faire allusion. Tu as cru que je l'avais tuée, Tina ?

— Je n'en étais pas sûre.

— Tu ne peux pas en être plus sûre maintenant, non ? Je veux dire qu'il ne me servirait à rien de te dire que je ne l'ai pas tuée.

— Pourquoi es-tu désolé ?

— Elle a fait beaucoup pour moi, répondit Micky avec lenteur. Et je ne lui en ai jamais été le moins du monde reconnaissant. J'étais furieux de la moindre chose qu'elle faisait. Je n'ai jamais eu pour elle un mot gentil, ni un regard affectueux. Maintenant, j'aurais bien voulu en avoir, c'est tout.

— Quand as-tu cessé de la haïr ? Après sa mort ?

— Oui. Oui, je suppose.

— Mais ce n'était pas elle que tu haïssais, en réalité, n'est-ce pas ?

— Non... non. Tu avais raison. C'était ma propre mère. Parce que je l'aimais. Parce que je l'aimais, et qu'elle se souciait de moi comme d'une guigne.

— Et, aujourd'hui, cela ne te met même plus en colère ?

— Non. J'imagine qu'elle n'y pouvait rien. Après tout, on naît comme on est. Dans son genre, c'était une créature rayonnante et heureuse. Trop portée sur les hommes, et trop encline à la bouteille, et qui était gentille avec ses gosses quand ça lui chantait. Elle n'aurait jamais laissé personne d'autre qu'elle leur taper dessus. D'accord, elle ne m'aimait pas ! Pendant toutes ces années, j'ai refusé de vivre avec cette idée-là. Mais maintenant, je l'ai acceptée. Donne-moi seulement un de tes œillets, Tina, s'il te plaît.

Il prit la fleur et, penché, la déposa sur la tombe, en dessous de la croix :

— Voilà, maman. J'ai été pour vous un fils détestable, et je ne crois pas que vous ayez été une mère très avisée. Mais vous n'aviez que de bonnes intentions.

Il regarda Tina :

— Tu crois que ça peut aller, comme excuses ?

— Je pense que ça ira, répondit Tina.

Elle s'inclina pour déposer, à son tour, son bouquet.

— Tu viens souvent ici, pour mettre des fleurs ? demanda Micky.

— Une fois par an.

— Ma petite Tina.

Ils reprirent ensemble le chemin de la grille.

— Je ne l'ai pas tuée, Tina, dit Micky. Je te jure que je ne l'ai pas tuée. Je veux que tu me croies.

— J'étais présente, ce soir-là.

Il pivota d'un bloc :

— Tu étais là ? A Sunny Point ?

— Oui. Je pensais à changer de travail. Et je voulais consulter père et mère à ce sujet.

— Eh bien... Continue.

Elle resta silencieuse. Il lui prit le bras pour la secouer :

— Allez, Tina. Tu dois tout me dire.

— Jusqu'à présent, je n'en ai parlé à personne.

— Allez, répéta Micky.

— Je suis venue en voiture. Mais je ne me suis pas garée juste devant la barrière. Tu connais cet endroit, à mi-chemin sur la route, où il est facile de faire demi-tour.

Micky acquiesça.

— Je l'ai garée là, reprit Tina, et je me suis dirigée à pied vers la maison. Je ne me sentais pas très sûre de moi. Tu sais comme c'était difficile, par bien des côtés, de discuter avec mère. Elle avait toujours des vues bien arrêtées sur tout. Je voulais leur exposer le problème aussi clairement que je le pouvais. Et c'est comme ça que j'ai marché de la voiture à la maison, puis de la maison à la voiture, et retour. En réfléchissant à fond.

— C'était à quelle heure ?

— Je ne sais pas. Maintenant, je ne m'en souviens

plus. Je... Pour moi, le temps ne signifie pas grand-chose.

— Non, chérie. Tu as toujours l'air d'avoir un temps infini devant toi.

— J'étais sous les arbres, continua Tina, je marchais très doucement...

— Comme le petit chat que tu es, commenta Micky avec gentillesse.

— Lorsque je les ai entendus.

— Tu as entendu quoi ?

— J'ai entendu deux personnes qui chuchotaient.

Le corps de Micky se raidit :

— Oui ? Que disaient-elles ?

— Elles disaient... enfin, l'une d'elles : « Entre 7 heures et 7 heures et demie. C'est le moment. Maintenant, rappelez-vous ça, et ne bousillez pas le boulot. » L'autre a répondu : « On peut me faire confiance. Et après ça, mon trésor, tout sera merveilleux. »

Il y eut un silence, avant que Micky n'interroge :

— Bien... Pourquoi as-tu gardé ça pour toi ?

— Parce que je ne savais pas, se justifia Tina. Je ne savais pas qui parlait.

— Mais certainement que si ! C'était un homme, ou une femme ?

— Je ne sais pas. Comprends-tu, quand deux personnes chuchotent, tu n'entends pas leurs *voix*. Il n'y a... eh bien, il n'y a qu'un murmure. Je crois, naturellement, qu'il s'agissait d'un homme et d'une femme, à cause de...

— A cause de ce qu'ils disaient ?

— Oui. Mais je ne sais pas qui c'était.

— Tu crois que ç'aurait pu être père et Gwenda ?

— C'est possible, n'est-ce pas ? Ç'aurait pu vouloir dire que Gwenda devait quitter la maison et y revenir entre 7 heures et 7 heures et demie, ou bien c'était Gwenda qui donnait à père la consigne de descendre chez mère entre 7 heures et 7 heures et demie.

— S'il s'agissait bien de père et de Gwenda, tu ne voulais pas les dénoncer à la police. C'est bien cela ?

— Si j'en étais certaine, évidemment non. Mais je

n'en suis pas certaine. Ça peut avoir été d'autres personnes. Ça peut avoir été... Hester et quelqu'un ? Ça peut même avoir été Mary, mais pas Philip. Non, pas Philip, cela va de soi.

— Quand tu disais Hester et quelqu'un d'autre, tu pensais à qui ?

— Je ne sais pas.

— Tu ne l'as pas vu — l'homme, je veux dire ?

— Non, affirma Tina, je ne l'ai pas vu.

— Tina, je crois que tu mens. C'était bien un homme, non ?

— Je suis repartie en direction de ma voiture, et puis quelqu'un est arrivé de l'autre côté de la chaussée, marchant très vite. Il n'était qu'une ombre dans l'obscurité. Et je crois qu'alors... je crois que j'ai entendu une voiture démarrer au bout de la route.

— Tu as pensé que c'était *moi*...

— Je ne savais pas, répliqua Tina. Cela aurait pu être toi. Il avait à peu près ta taille et ta stature.

Ils arrivèrent à la voiture de la jeune femme.

— Vas-y, Tina, monte. Je viens avec toi. Nous rentrons à Sunny Point.

— Mais, Micky...

— Il est inutile de te dire que ça n'était pas moi, non ? Allez, conduis-nous à Sunny Point.

— Qu'est-ce que tu vas faire, Micky ?

— Pourquoi crois-tu que je vais faire quelque chose ? Tu n'allais pas à Sunny Point, de toute façon ?

— Si, reconnut-elle. J'y allais. J'ai reçu une lettre de Philip.

Elle démarra. Assis à côté d'elle, Micky était tendu, rigide :

— Ainsi, Philip t'a écrit ? Pour quoi te dire ?

— Il me demandait de venir. Il voulait me voir. Il savait que c'était ma demi-journée de congé.

— Oh ! Il te disait aussi pourquoi il voulait te voir ?

— Il disait qu'il voulait me poser une question, et qu'il espérait que je lui donnerais la réponse. Il ajoutait que je n'aurais pas besoin de lui parler — que ce serait lui qui parlerait. Que je n'aurais qu'à répondre par oui ou par non. Il précisait que, quoi que je réponde, cela resterait entre nous.

— Donc, il nous mijote quelque chose, hein ? Intéressant.

Le cimetière n'était situé qu'à peu de distance de Sunny Point. Lorsqu'ils y arrivèrent, Micky ordonna :

— Entre, Tina. Moi, je vais me promener un peu dans le jardin, pour réfléchir à tout ça. Va discuter avec Philip.

Tina s'inquiéta :

— Tu ne vas pas... Tu ne ferais pas...

Il éclata d'un rire bref :

— Un suicide du haut du Saut des Amants ? Allons, Tina, tu me connais mieux que ça.

— Parfois, releva-t-elle, je pense qu'on ne connaît vraiment personne.

Elle se détourna pour marcher lentement jusqu'à la maison. Micky la suivit des yeux, tête tendue en avant, mains dans les poches, un rictus aux lèvres. Puis il fit le tour du bâtiment tout en le contemplant d'un œil pensif. Tous ses souvenirs d'enfance lui revenaient. Ici, c'était le vieux magnolia : combien de fois n'y avait-il pas grimpé pour atteindre la fenêtre de l'étage. Et là, c'était le petit carré de terre qui avait été, en théorie, son propre jardin potager. Il n'avait jamais beaucoup apprécié le jardinage. Il avait toujours préféré démonter en mille morceaux tous ses jouets mécaniques. « J'étais un petit brise-fer, songea-t-il avec une pointe d'amusement. Le roi des casse-tout. »

Bah ! on ne change jamais vraiment.

*

Tina croisa Mary dans le hall. La sœur aînée parut stupéfaite de voir sa cadette.

— Tina ! Tu viens de Redmyn ?

— Oui. Tu ne savais pas que je devais venir ?

— Je l'avais oublié. Je crois que Philip m'en avait parlé.

Elle se retourna :

— Je vais à la cuisine, pour voir si nous avons reçu de l'ovaltine. Philip aime bien en boire une tasse avant de se coucher. Kirsten est justement en train de lui monter du café. Il préfère le café au thé. Il dit que le thé lui donne des maux d'estomac.

— Pourquoi le traites-tu comme un grand malade, Mary ? Il n'a rien d'un grand malade.

Une lueur de colère s'alluma dans les yeux de Mary :

— Quand tu auras un mari bien à toi, tu sauras mieux comment les maris apprécient qu'on les traite.

— Excuse-moi, dit gentiment Tina.

— Si seulement nous pouvions quitter cette maison, reprit Mary. C'est si *mauvais* pour Philip de rester ici. Et puis Hester revient aujourd'hui, ajouta-t-elle.

— Hester ? s'étonna Tina. Ah bon ? Pourquoi ?

— Comment le saurais-je ? Elle a téléphoné hier soir pour annoncer son retour. Je ne sais pas par quel train elle arrivera. Je suppose qu'elle prendra l'express, comme d'habitude. Il faudra que quelqu'un aille la chercher à Drymouth.

Mary disparut dans le couloir menant à la cuisine. Tina, après une courte hésitation, monta l'escalier. Au moment où elle parvenait à l'étage, la première porte sur la droite s'ouvrit et Hester apparut. Elle lança à Tina un regard surpris.

— Hester ! On m'avait dit que tu rentrais, mais je n'avais pas idée que tu étais déjà arrivée.

— Le Dr Calgary m'a accompagnée en voiture. Je suis allée droit à ma chambre — je ne pense pas que personne sache que je suis ici.

— Le Dr Calgary est là, lui aussi ?

— Non. Il m'a seulement déposée, et puis il est reparti pour Drymouth. Il voulait voir quelqu'un là-bas.

— Mary ne savait pas que tu étais arrivée.

— Mary ne sait jamais rien, rétorqua Hester. Philip et elle s'isolent de tout ce qui se passe. J'imagine que Gwenda et père sont dans la bibliothèque. La vie me semble se dérouler exactement comme à l'habitude.

— Pourquoi pas ?

— Je ne sais pas trop, dit Hester. J'avais vaguement à l'esprit que ce serait un peu différent.

Elle écarta Tina et descendit l'escalier. Tina, dépassant la bibliothèque, suivit le corridor au bout duquel se trouvait la suite occupée par les Durrant. Kirsten Lindstrom, qui se tenait devant la porte de Philip, un plateau à la main, tourna vivement la tête :

— Eh bien, Tina, tu m'as fait sursauter. J'apportais précisément à Philip du café et des biscuits.

Elle leva la main pour toquer au battant. Tina la rejoignit.

Après avoir frappé, Kirsten ouvrit la porte et entra. Elle marchait devant Tina, mais si sa haute silhouette anguleuse lui bouchait la vue, Tina perçut son haut-le-corps. Les mains tremblantes de la Suédoise lâchèrent le plateau qui tomba sur le plancher, tandis que la tasse et les assiettes se fracassaient contre le garde-feu.

— Oh ! non..., cria Kirsten. Oh ! *non*...

— Philip ? demanda Tina.

Elle s'avança jusqu'au fauteuil de Philip Durrant qui avait été roulé devant le bureau. Il devait avoir été en train d'écrire, supposa-t-elle. Un stylo à bille reposait à côté de sa main droite. Mais sa tête avait basculé en avant, dans une attitude bizarre. Et, à la base de sa nuque, elle vit quelque chose qui ressemblait à un losange d'un rouge brillant, et qui tranchait sur la blancheur de son col.

— Il a été tué, dit Kirsten. Il a été tué... poignardé. Ici, à l'arrière du cerveau. Un coup, un seul, et c'est mortel.

Sa voix s'enfla :

— Je l'avais averti. J'ai fait tout ce que j'ai pu. Mais il était comme un enfant — à s'amuser, en jouant avec des outils qui peuvent devenir dangereux — sans voir où cela le menait.

C'était comme un cauchemar, pensait Tina. Debout, presque immobile à côté de Philip, elle le contemplait pendant que Kirsten saisissait le bras inerte et posait ses doigts sur le poignet pour y chercher un pouls absent. Quelle était la question que Philip avait voulu lui poser ? Quelle qu'elle ait pu être, il ne la lui poserait jamais. Sans réellement réfléchir avec objectivité, l'esprit de Tina enregistrait divers détails. Philip écrivait, oui. Le stylo bille était là, mais il n'y avait plus de papier devant lui. Rien d'écrit. Quiconque l'avait tué avait enlevé ce qu'il avait pu noter.

— Nous devons prévenir les autres, dit-elle d'une voix douce et machinale.

— Oui, oui, il faut le leur dire. Nous devons avertir ton père.

Côte à côte, elles se dirigèrent vers la porte. Du bras, Kirsten enlaçait Tina. Le regard de la jeune fille se posa sur le plateau et la vaisselle brisée.

— Ça n'a pas d'importance, dit Kirsten. On nettoiera tout ça plus tard.

Tina faillit trébucher. Le bras de Kirsten la retint :

— Fais attention. Tu vas tomber.

Elles suivirent le corridor. La porte de la bibliothèque s'ouvrit. Leo et Gwenda sortirent. Tina annonça, de sa voix douce et claire :

— Philip a été tué. Poignardé.

Tout se passait vraiment comme dans un rêve, pensait Tina : l'exclamation de son père, très choqué. Gwenda l'écartant pour se précipiter chez Philip... chez Philip qui était mort. Kirsten l'abandonna pour descendre l'escalier quatre à quatre :

— Il faut que je le dise à Mary. Il faut l'avertir avec ménagement. Pauvre Mary. Ça va être un choc terrible.

Tina la suivit avec lenteur. Plus que jamais, elle se sentait étourdie, comme en rêve. Une douleur étrange lui poignait le cœur. Où allait-elle ? Elle ne le savait pas. Rien n'était plus réel. Elle tituba jusqu'à la porte d'entrée et la franchit. Micky apparaissait au coin de la maison. En automate, comme si c'était là que ses pas n'avaient cessé de la guider, elle alla droit à lui :

— Micky. Oh ! Micky...

Il lui ouvrit les bras. Elle s'y jeta.

— Tout va bien, sourit-il. Je te tiens.

Tina s'effondra doucement. Elle tomba au sol, comme lovée sur elle-même, au moment où Hester arrivait de la maison en courant.

— Elle s'est évanouie, souffla Micky, impuissant. Je n'avais encore jamais vu Tina s'évanouir.

— C'est le choc, expliqua Hester.

— Qu'est-ce que tu veux dire ? Quel choc ?

— On a tué Philip. Tu ne le savais pas ?

— Je l'aurais su comment ? Quand ? Comment ?

— A l'instant.

Il la fixa, yeux écarquillés, puis il releva Tina qu'il porta dans ses bras. Accompagné de Hester, il l'amena dans le boudoir de Mrs Argyle où il l'étendit sur le sofa.

— Téléphone au Dr Craig, lança-t-il.

— Voilà déjà sa voiture, répondit-elle. Père l'avait appelé, pour Philip.

Elle regarda autour d'elle :

— Je... je ne veux pas le rencontrer.

Elle quitta la pièce pour courir dans l'escalier.

Donald Craig descendit de sa voiture et entra dans le hall. Kirsten Lindstrom sortit de la cuisine pour venir à sa rencontre.

— Bonjour, miss Lindstrom, dit le médecin. Qu'est-ce que j'apprends ? Mr Argyle m'a dit qu'on avait *tué* Philip Durrant. *Tué* ?

— C'est tout à fait exact, répliqua la Suédoise.

— Mr Argyle a prévenu la police ?

— Je ne sais pas.

— Y a-t-il une chance qu'il ne soit que blessé ? s'enquit Craig.

Il se retourna pour prendre sa trousse.

— Non, répondit-elle d'une voix neutre et lasse. Il est mort. J'en ai la certitude. Il a été poignardé — ici.

Elle posait la main sur sa nuque.

Micky arrivait dans le hall :

— Salut, Don, vous feriez mieux de venir voir Tina. Elle s'est évanouie.

— Tina ? Ah oui, c'est celle qui... qui vit à Redmyn, n'est-ce pas ? Où est-elle ?

— Elle est là.

— Je vais juste l'examiner avant de monter. Gardez-la au chaud, et donnez-lui du café ou du thé bouillant dès qu'elle reviendra à elle, ordonna-t-il à Kirsten. Mais vous connaissez la musique...

Kirsten se contenta d'un acquiescement muet.

— Kirsty !

Mary Durrant, sortant de la cuisine, s'avançait lentement dans le hall. Kirsten alla à elle. Micky la fixait, figé.

— Ce n'est pas vrai, reprit Mary d'une voix rauque et forte. Ce n'est pas *vrai* ! C'est un mensonge que vous avez inventé. Il allait très bien quand je l'ai quitté. Il allait très bien. Il écrivait. Je lui ai dit de ne pas écrire. Je le lui ai *dit*. Mais qu'est-ce qui le poussait ? Pourquoi restait-il aussi entêté ? Pourquoi refusait-il de partir d'ici alors que, *moi*, je voulais qu'on s'en aille ?

Avec une douce autorité, Kirsten fit de son mieux pour l'apaiser.

Donald Craig sortit en trombe du boudoir :

— Qui a dit que cette fille s'était évanouie ? exigea-t-il.

Micky le fixa.

— Mais elle s'est bel et bien évanouie, riposta-t-il.

— Où était-elle lorsqu'elle s'est évanouie ?

— Elle était avec moi... Elle sortait de la maison, et elle est venue à moi. Et puis... elle s'est effondrée.

— Effondrée, dites-vous ? Oui, elle s'est certainement effondrée, martela Donald Craig, funèbre.

Il se dirigea à grands pas vers le téléphone :

— Il faut que j'obtienne une ambulance. Et vite.

— Une ambulance ? s'étonnèrent en chœur Kirsten et Micky.

Mary semblait ne rien avoir entendu.

— Oui, riposta le médecin en composant le numéro d'un doigt nerveux. Cette fille ne s'est pas évanouie. Elle a été poignardée. Vous comprenez ? Poignardée dans le dos. Nous devons l'emmener immédiatement à l'hôpital.

23

Dans sa chambre d'hôtel, Arthur Calgary lisait et relisait les notes qu'il avait prises.

De temps en temps, il hochait la tête.

Oui... Maintenant, il s'était enfin engagé sur la bonne route. Depuis le début, il avait commis l'erreur de se concentrer sur la personnalité de Mrs Argyle. Dans neuf cas sur dix, ç'aurait été la marche à suivre. Mais ce cas-là, c'était le dixième.

Il n'avait jamais cessé d'avoir l'intuition d'un facteur inconnu. De croire que, s'il pouvait isoler et identifier ce facteur, l'énigme serait résolue. Mais, en le recherchant, il avait été obsédé par la défunte. Cependant, il le voyait maintenant, cette morte n'avait pas de réelle importance. En un sens, la tragédie aurait pu atteindre *n'importe quelle* victime.

Il avait changé son angle d'attaque — pour revenir au moment où tout avait commencé. Il en était revenu à Jacko.

Pas seulement à Jacko, le jeune homme condamné injustement pour un crime qu'il n'avait pas commis — mais à Jacko, l'être humain, dans sa singularité. Jacko avait-il été, pour reprendre les termes de l'antique doctrine calviniste, « un vaisseau voué au naufrage » ? Dans sa vie, il avait bénéficié de toutes les chances, non ? En tout état de cause, de l'avis du Dr MacMaster, Jacko appartenait à ceux qui sont destinés à mal tourner. Nul milieu n'aurait pu lui venir en aide, ni le sauver. Etait-ce vrai ? Leo Argyle avait évoqué son fils adoptif avec indulgence, avec pitié. Comment l'avait-il qualifié ? « Une erreur de la nature. » Il avait souscrit à la vision de la psychologie moderne : un malade, non un criminel. Et qu'avait dit Hester ? Tout bonnement que Jacko avait toujours été épouvantable !

Un jugement sans appel, enfantin. Mais qu'avait donc déclaré Kirsten Lindstrom ? Que Jacko était malfaisant ! Oui, elle l'avait jugé aussi sévèrement que cela. Malfaisant ! Et Tina avait lâché : « Je ne l'ai jamais aimé, je n'ai jamais eu confiance en lui. » Donc, ils étaient tous d'accord sur les généralités, n'est-ce pas ? Il n'y avait eu que sa veuve pour aller du général au particulier. Maureen Clegg n'avait su envisager Jacko que de son propre point de vue. Elle s'était gaspillée auprès de Jacko. Elle avait cédé à son charme, et elle lui en gardait rancune. Aujourd'hui remariée en toute sécurité, elle faisait chorus aux vues de son second mari. Elle avait fourni à Calgary une description sans fard de quelques-unes des entourloupettes montées par Jacko, et des méthodes grâce auxquelles il se procurait de l'argent. *De l'argent...*

Le cerveau fatigué, Arthur Calgary croyait voir ce mot danser sur le mur en caractères gigantesques. L'argent ! L'argent ! L'argent ! Comme le *leitmotiv* d'un opéra, songeait-il. L'argent de Mrs Argyle ! L'argent placé en fidéicommis ! L'argent sous forme de rente ! Le capital résiduel légué à son mari ! L'argent retiré à la banque ! L'argent dans le tiroir du bureau ! Hester se précipitant vers sa voiture sans argent dans son sac, et Kirsten Lindstrom lui donnant deux livres. L'argent trouvé sur Jacko, l'argent que sa mère, jurait-il, lui avait donné.

Tout cela constituait un ensemble — un ensemble composé de détails à propos d'argent, sans rapport entre eux.

Mais, à coup sûr, au milieu de cet ensemble, le facteur inconnu apparaissait clairement.

Calgary jeta un coup d'œil à sa montre. Il avait promis à Hester de l'appeler à une heure convenue. Il saisit le combiné et demanda le numéro de Sunny Point.

La voix de la jeune fille s'éleva dans l'écouteur, nette, assez enfantine.

— Hester, vous allez bien ?

— Oh ! oui. *Moi*, je vais bien.

Il lui fallut une seconde ou deux pour comprendre ce qu'impliquait l'accent mis sur le pronom. Il demanda vivement :

— Que s'est-il passé ?
— On a tué Philip.
— Philip ? Philip Durrant ?
Calgary paraissait incrédule.
— Oui. Et Tina aussi — enfin, elle, elle n'est pas encore morte. Elle est à l'hôpital.
— Racontez-moi, ordonna-t-il.
Elle lui fit le récit des événements. Exigeant, il la questionna, et la questionna encore, jusqu'à ce qu'il soit en possession de tous les faits.
— Tenez bon, Hester, dit-il enfin sans joie.
Il regarda sa montre :
— Je serai chez vous dans une heure. Je dois voir d'abord le superintendant Huish.

*

— Que voulez-vous savoir au juste, Dr Calgary ? interrogea Huish.
Mais avant que Calgary ait pu ouvrir la bouche, le téléphone sonna et le superintendant prit l'écouteur :
— Oui. Oui, lui-même. Une seconde...
Il attira à lui une feuille de papier et un crayon, et se prépara à noter :
— Oui. Allez-y. Oui, fit-il en écrivant. Quoi ? Comment épelez-vous ça ? Oh ! je vois. Pour l'instant, ça n'a pas l'air d'avoir grand sens, hein ? Très bien. Rien d'autre ? Très bien. Merci.
Il raccrocha :
— C'était l'hôpital.
— Tina ? lança Calgary.
Le policier hocha la tête :
— Elle a repris conscience pendant quelques minutes.
— Et elle a dit quelque chose ?
— Je ne vois vraiment pas pourquoi je vous révélerais ça, Dr Calgary.
— Je vous demande de me le dire parce que je crois que je peux vous apporter mon aide dans cette affaire.
Huish le fixa d'un œil méditatif :

— Vous avez pris tout ça très à cœur, Dr Calgary, non ?

— Oui, en effet. Voyez-vous, je me sens responsable de la réouverture de l'enquête. Je me sens même responsable de ces deux derniers drames. La petite vivra ?

— Ils le pensent, répondit Huish. La lame du poignard est passée à côté du cœur, mais ça sera quand même très juste.

Il branla du chef :

— C'est toujours le problème. Les gens ne croient pas qu'un meurtrier est dangereux. Ça peut paraître bizarre à dire, mais c'est comme ça. Ils savaient tous qu'il y avait un assassin parmi eux. Ils auraient dû nous raconter ce qu'ils savaient. La seule chose sûre à faire quand il y a un meurtrier dans les parages, c'est d'informer la police de tout ce que vous savez, et *tout de suite*. Eh bien, ils ne l'ont pas fait. Ils m'ont joué les cachottiers. Philip Durrant était un type sympathique — et un type intelligent. Mais il considérait ça comme une sorte de jeu. Il s'amusait à tendre des pièges aux gens. Et il est arrivé à un résultat, ou il a cru qu'il était arrivé à un résultat. Et quelqu'un d'autre, aussi, a cru qu'il était arrivé à un résultat. Conclusion, je reçois un appel téléphonique pour m'informer qu'il est mort, poignardé à la nuque. C'est ce qui arrive quand on veut se mêler d'une affaire de meurtre sans en saisir les dangers.

Il se tut, et se racla la gorge.

— Et la jeune fille ? demanda Calgary.

— La jeune fille savait quelque chose, trancha Huish. Quelque chose qu'elle ne voulait pas dire. A mon avis, elle était amoureuse du bonhomme.

— Vous parlez de... de Micky ?

Huish hocha la tête :

— Oui. Je dirais que Micky, lui aussi, l'aimait, dans un sens. Mais aimer quelqu'un ne suffit plus lorsque vous êtes fou de peur. Ce qu'elle savait, quoi que ça puisse être, c'était sans doute plus mortel qu'elle ne l'avait compris. C'est pourquoi, après qu'elle eut trouvé Durrant mort et qu'elle se fut jetée dans les bras de Micky, il a tenté sa chance, et il l'a poignardée.

— Ça, ce n'est qu'une conjecture de votre part, n'est-ce pas, superintendant ?

— Pas entièrement une conjecture, non. Le poignard était dans sa poche.

— Le bon poignard ?

— Oui. Il y avait du sang dessus. Nous allons le soumettre à examen, mais ce sera bien son sang à elle. Son sang, et celui de Philip Durrant.

— Mais... ça n'est pas possible.

— Qui dit que ce n'est pas possible ?

— Hester. Je lui ai téléphoné, et elle m'a tout raconté.

— Ah bon, tout raconté ? Eh bien, les faits sont très simples. Mary est descendue à la cuisine, laissant son mari bien en vie, à 4 heures moins 10. A cette heure-là étaient présents dans la maison Leo Argyle et Gwenda Vaughan dans la bibliothèque, Hester Argyle dans sa chambre au premier étage, et Kirsten Lindstrom dans la cuisine. Juste après 4 heures, Micky et Tina sont arrivés en voiture. Micky est allé faire un tour dans le jardin, tandis que Tina montait au premier, suivant de près Kirsten qui venait juste de partir pour apporter du café et des biscuits à Philip. Tina s'est arrêtée pour parler avec Hester, puis elle a rejoint miss Lindstrom et, ensemble, elles ont découvert Philip mort.

— Mais Micky était dans le jardin pendant tout ce temps-là. Cela constitue certainement un alibi parfait ?

— Ce que vous ignorez, Dr Calgary, c'est qu'il y a un grand magnolia qui pousse à côté de la maison. Les enfants avaient l'habitude d'y grimper. En particulier Micky. C'était l'un de ses chemins pour sortir de la baraque ou pour y rentrer. Il pourrait avoir grimpé à cet arbre et s'être introduit dans le bureau de Durrant. Il le poignarde, repasse par l'arbre, et il est de nouveau dehors. Oh ! il lui fallait agir à la seconde près, mais c'est étonnant de voir ce que l'audace peut accomplir, quelquefois. Et il était aux abois. Il devait, à tout prix, empêcher Tina et Durrant de se concerter. Pour sa seule sécurité, il avait l'obligation de les tuer tous les deux.

Calgary s'accorda le temps de la réflexion :

— Vous venez de dire à l'instant, superintendant, que Tina avait repris conscience. A-t-elle été en mesure de dire précisément qui l'avait poignardée ?

— Elle n'était pas très cohérente, concéda Huish avec lenteur. En fait, je doute qu'elle ait été consciente au vrai sens du mot.

Il esquissa un sourire las :

— Très bien, Dr Calgary, je vais vous répéter exactement ce qu'elle a dit. D'abord, elle a prononcé un nom, *Micky*...

— Donc, elle l'a accusé, releva Calgary.

— C'est de quoi ça a bien l'air, répondit Huish en hochant la tête. Le restant de ce qu'elle a dit est incompréhensible. C'est franchement bizarre.

— Qu'a-t-elle dit ?

Huish jeta un coup d'œil au papier posé devant lui :

— « *Micky.* » Une pause. Puis « *La tasse était vide* »... Nouvelle pause, et enfin « *La colombe sur le mât* ».

Il fixa Calgary :

— Vous y comprenez quelque chose, vous ?

— Non, avoua Calgary, songeur. « *La colombe sur le mât* »... Voilà une chose bien extravagante à dire.

— Pas plus de mâts que de colombes, pour autant que nous le sachions, reprit Huish. Ça a sans doute une signification pour elle, quelque chose qu'elle a en tête. Mais, vous savez, ça peut n'avoir aucun rapport avec le meurtre. Dieu seul sait dans quel royaume de fantasmagorie elle est en train d'errer.

Calgary demeura longuement silencieux. Il réfléchissait à tout.

— Vous avez arrêté Micky ? s'enquit-il enfin.

— Il est en garde à vue, répondit Huish. Il sera inculpé dans les vingt-quatre heures.

Il jeta à Calgary un regard chargé de curiosité :

— J'ai commme l'impression que Micky n'était pas *votre* réponse au problème ?

— Non. Non, Micky n'était pas ma réponse. Même maintenant... je ne sais pas...

Il se leva :

— Je continue à penser que j'ai raison, mais je vois parfaitement que je n'en sais pas assez pour vous amener à me croire. Il faut que je retourne là-bas. Je dois les revoir tous.

— Eh bien, lui conseilla Huish, faites attention à vous, Dr Calgary. A propos, c'est quoi, votre idée à vous ?

— Cela aurait-il un sens pour vous si je vous disais que j'ai la conviction qu'il s'agissait d'un crime passionnel ?

Les sourcils du superintendant se haussèrent :

— Il existe des masses de passions, Dr Calgary. La haine, l'avarice, la cupidité, la peur : ce sont toutes des passions.

— Quand je parlais de crime passionnel, riposta Calgary, je faisais explicitement référence à ce que l'on entend, en général, par cette expression.

— Si vous glissiez là une allusion à Leo Argyle et à Gwenda Vaughan, sachez que nous n'avons pas cessé d'y penser, mais ça ne semble pas coller.

— C'est plus compliqué que cela, dit Arthur Calgary.

24

Le crépuscule régnait à nouveau lorsque Calgary arriva à Sunny Point, par un soir très semblable au soir où il y était venu pour la première fois. Viper's Point, se souvenait-il en pressant le bouton de la sonnette.

Une fois encore, les événements parurent se répéter. Ce fut Hester qui lui ouvrit la porte. Son visage revêtait la même expression de défi, le même air de désespoir tragique. Derrière, dans le hall, Calgary vit, comme il l'avait vue naguère, la silhouette soupçonneuse, en alarme, de Kirsten Lindstrom. Oui, l'histoire se répétait.

Mais le scénario, comme flou, changea. Le soupçon et le désespoir s'effacèrent des traits de Hester. Ils firent place à un délicieux sourire de bienvenue.

— *Vous*, dit-elle. Oh ! comme je suis heureuse que vous soyez venu !

Il lui emprisonna les mains dans les siennes :

— Je voudrais voir votre père, Hester. Est-il là-haut, dans la bibliothèque ?

— Oui. Oui, il y est avec Gwenda.

Kirsten Lindstrom s'avança.

— Pourquoi êtes-vous revenu ? lança-t-elle, accusatrice. Regardez un peu les problèmes que vous avez apportés la dernière fois ! Voyez un peu ce qui nous est arrivé à tous. La vie de Hester a été ruinée, la vie de Mr Argyle a été ruinée — et deux morts, en plus. Deux ! Philip Durrant et la petite Tina. Et c'est de *votre* faute — tout est de votre faute.

— Tina n'est pas encore morte, riposta Calgary, et j'ai ici quelque chose que je ne peux laisser inachevé.

— Qu'est-ce que vous avez donc à faire ? lança Kirsten en continuant de lui barrer l'accès à l'escalier.

— Je dois finir ce que j'ai commencé.

Avec beaucoup de douceur, il lui posa la main sur l'épaule et l'écarta un peu. Il monta les marches, suivi par Hester. Il se retourna pour ajouter :

— Venez, vous aussi, miss Lindstrom. Je voudrais que vous soyez tous là.

Dans la bibliothèque, Leo Argyle était assis dans un fauteuil derrière son bureau. Agenouillée devant la cheminée, Gwenda Vaughan contemplait le rougeoiement des braises. Ils levèrent des yeux surpris.

— Je suis confus de faire ainsi irruption, s'excusa Calgary. Mais, ainsi que je viens de l'expliquer à ces deux dames, je suis venu pour finir ce que j'avais commencé.

Il regarda autour de lui :

— Mrs Durrant est-elle toujours dans cette demeure ? J'aimerais qu'elle soit présente, elle aussi.

— Elle est allée s'étendre, je crois, répondit Leo. Elle... elle a subi un choc très dur.

— J'aimerais qu'elle soit là tout de même, insista Calgary.

Il se tourna vers Kirsten

— Vous voudrez peut-être aller la chercher.

— Elle pourrait refuser de venir, bougonna la Suédoise.

— Dites-lui donc qu'il est des choses qu'elle pourrait avoir envie d'entendre au sujet de la mort de son mari.

— Oh ! allez-y, Kirsty, s'impatienta Hester. Ne soyez pas aussi soupçonneuse, ni aussi protectrice envers nous tous. Je ne sais pas ce que le Dr Calgary va dire, mais nous devons tous être ici.

— Comme vous voudrez.

Kirsten sortit.

— Asseyez-vous donc, dit Leo.

Il montrait, de l'autre côté de l'âtre, un fauteuil où Calgary prit place.

— Vous devez me pardonner, reprit Leo Argyle, si, en cet instant précis, je vous dis que je voudrais que vous ne soyez jamais venu ici.

— Ça, c'est injuste, jeta Hester, farouche. C'est un propos terriblement injuste.

— Je sais ce que vous devez ressentir, affirma Calgary. Je crois qu'à votre place, j'éprouverais les mêmes sentiments. Peut-être, durant une courte période, ai-je même partagé votre point de vue, mais, à la réflexion, je persiste à ne pas voir ce que j'aurais pu faire d'autre.

Kirsten revint.

— Mary va venir, annonça-t-elle.

Ils attendirent en silence l'arrivée de Mary Durrant. Lorsqu'elle entra, Calgary, qui la voyait pour la première fois, l'observa avec intérêt. Impeccablement vêtue, coiffée à merveille, elle paraissait calme et tranquille. Mais son visage dénué d'expression évoquait un masque, et son allure était celle d'une somnambule.

Leo fit les présentations. Mary inclina à peine la tête.

— C'est très aimable à vous de vous joindre à nous, Mrs Durrant, la remercia Calgary. J'ai pensé que vous deviez entendre ce que j'ai à dire.

— Je vous en prie, rétorqua-t-elle. Mais rien de ce que vous direz, ou de ce que quiconque dira, ne ressuscitera Philip.

Elle s'éloigna un peu du groupe pour gagner un fauteuil à l'écart, près de la fenêtre. Calgary promena sur ses auditeurs un regard circulaire :

— Permettez-moi, avant tout, de vous déclarer ceci : lorsque je suis venu ici pour la première fois, lorsque je vous ai annoncé que j'étais en mesure de laver le nom de Jacko, la manière dont vous avez reçu cette nouvelle m'a stupéfié. Je la comprends aujourd'hui. Mais ce qui a provoqué en moi l'impression la plus marquante, c'est ce que cette petite (il se tournait vers Hester) m'a dit quand je suis reparti. Elle m'a lancé à la tête que ce n'était pas la justice qui importait, mais ce qu'il advenait des innocents. Il y a, pour décrire cela, une phrase dans la plus récente traduction du livre de Job. *Les calamités qui s'abattent sur les innocents.* C'est ce dont vous avez tous pâti à la suite de l'information que je vous avais apportée. Mais les innocents ne devraient pas avoir à souffrir, et il ne faut pas qu'ils souffrent. C'est pour mettre fin aux souffrances des innocents que je suis ici, en ce moment même, pour vous dire ce que j'ai à dire.

Calgary s'interrompit quelques secondes, mais nul ne prit la parole. Il poursuivit, de sa voix quelque peu pontifiante :

— Quand je suis venu ici la première fois, ma visite n'a pas eu pour résultat, comme je l'avais escompté, de soulever en vous ce que je qualifierais d'un raz-de-marée de joie. Vous aviez tous accepté la culpabilité de Jacko. Vous en étiez tous, si j'ose m'exprimer ainsi, *satisfaits*. Il n'existait pas de meilleure solution à l'assassinat de Mrs Argyle.

— N'est-ce pas là un jugement un peu excessif ? intervint Leo.

— Non, répliqua Calgary. C'est la vérité. Pour vous, Jacko campait un meurtrier des plus satisfaisants, parce qu'il n'aurait su être question d'un crime commis par quelqu'un de l'extérieur, tandis que, dans le cas de Jacko, vous pouviez lui trouver toutes les excuses nécessaires. C'était un malheureux, un malade mental qui n'était pas responsable de ses actes, un garçon délinquant ou à problèmes ! Toutes les formules dont nous pouvons si volontiers user de nos jours pour justifier une culpabilité. Vous m'avez dit, Mr Argyle, que vous ne le blâmiez pas. Vous m'avez dit également que sa mère, la victime, ne lui aurait pas adressé de reproches. Une seule et unique personne l'a blâmé.

Il fixa Kirsten Lindstrom :

— *Vous*, vous l'avez blâmé. Vous m'avez déclaré purement et simplement qu'il était malfaisant. C'est le mot que vous avez employé. « Jacko était malfaisant », m'avez-vous dit.

— Peut-être, concéda Kirsten. Peut-être — oui, j'ai peut-être dit cela. C'était vrai.

— C'était vrai, certes. Il était bel et bien malfaisant. S'il ne l'avait pas été, rien de tout cela ne serait arrivé. Et, pourtant, vous savez bien que mon témoignage l'a innocenté du crime lui-même.

— On ne peut pas toujours croire aux témoignages, répliqua Kirsten. Vous avez eu une commotion. Je connais parfaitement les effets d'une commotion. Les gens ne se souviennent plus des faits clairement, mais dans une espèce de brouillard.

— C'est donc encore votre solution ? interrogea Calgary. Vous croyez que Jacko a bel et bien commis le crime, et que, par un quelconque tour de passe-passe, il s'est forgé un alibi ? C'est bien cela ?

— J'ignore les détails. Oui, quelque chose de ce genre. Je continue à affirmer qu'il était coupable.

Toutes les souffrances endurées ici, et les morts — oui, ces morts affreuses —, c'est *son* œuvre. Tout est l'œuvre de Jacko !

— Mais enfin, Kirsten, vous avez toujours adoré Jacko ! s'écria Hester.

— Peut-être. Oui, peut-être. Mais je maintiens qu'il était malfaisant.

— Sur ce point, je pense que vous avez raison, enchaîna Calgary, mais vous vous trompez sur un autre. Commotion ou pas commotion, mes souvenirs sont parfaitement clairs. Le soir de la mort de Mrs Argyle, j'ai bien pris Jacko en stop à l'heure qu'il avait dite. Il n'existe aucune possibilité... j'insiste sur ces mots... aucune possibilité, je le répète, pour que Jacko Argyle ait tué sa mère adoptive durant cette soirée-là. Son alibi tient.

Leo Argyle, un peu nerveux, s'agita. Calgary poursuivit :

— Vous pensez que je rabâche encore et toujours la même antienne ? Pas du tout. Il y a d'autres éléments à prendre en considération. L'un d'eux réside dans les déclarations, à moi adressées, du superintendant Huish, selon lequel Jacko s'était montré plein d'aisance et très sûr de lui lorsqu'il lui avait donné son alibi. Il le tenait tout prêt et tout chaud, avec les heures et les lieux, *presque comme s'il avait su d'avance qu'il en aurait besoin*. Cela est à mettre en rapport avec la conversation que j'ai eue à son sujet avec le Dr MacMaster, qui bénéficie d'une très grande expérience des cas limites de criminalité. Il m'a déclaré qu'il n'avait pas été très surpris que Jacko ait eu dans le cœur les ferments du meurtre, mais qu'il était demeuré abasourdi qu'il ait pu commettre cet assassinat lui-même. Il m'a dit qu'il se serait plutôt attendu à un type de crime dans lequel Jacko aurait poussé *quelqu'un d'autre* à assassiner. J'en suis donc parvenu au moment où je devais me poser la question suivante : Jacko savait-il qu'un crime serait commis ce soir-là ? Savait-il qu'il lui faudrait un alibi, et s'est-il mis délibérément en mesure de pouvoir s'en donner un ? S'il en était ainsi, *quelqu'un d'autre*, effectivement, avait tué Mrs Argyle, mais... mais Jacko savait qu'elle allait être assassinée, et on peut, en toute justice, affirmer qu'il était l'instigateur du crime.

Il se tourna vers Kirsten Lindstrom :

— C'est ce que vous *croyez*, n'est-ce pas ? Vous y *croyez* encore, ou vous continuez à faire l'impossible pour vous en *persuader* ? Vous estimez que c'est Jacko qui l'a tuée, et non pas *vous*... Vous estimez que c'est en obéissant à ses ordres et sous son influence que vous avez tué. C'est pourquoi vous voulez que tout le blâme retombe sur *lui* !

— Moi ? répliqua Kirsten Lindstrom. Moi ? Qu'est-ce que vous racontez ?

— Je suis en train de dire, martela Calgary, qu'il n'y avait dans cette maison qu'une seule et unique personne à qui il était possible d'attribuer le rôle de complice de Jacko. Et c'est de *vous* qu'il s'agit, miss Lindstrom. Jacko traînait une réputation derrière lui, la réputation de savoir inspirer de la passion aux femmes mûres. Ce pouvoir-là, il l'a utilisé dans un but précis. Il avait un vrai don de persuasion.

Il se pencha vers la Suédoise :

— Il vous a fait la cour, n'est-ce pas ? Il vous a fait croire qu'il vous aimait, qu'il voulait vous épouser, que, quand ce serait accompli et qu'il disposerait plus librement de l'argent de sa mère, vous vous marieriez et que vous partiriez ensemble pour je ne sais où. C'est bien cela, non ?

Kirsten fixait Calgary. Elle ne prononça pas une parole. Elle était comme frappée de paralysie.

— Tout cela, il l'a fait froidement, cruellement et de propos délibéré, poursuivit Arthur Calgary. Il est venu ici ce soir-là, à la recherche désespérée d'un peu d'argent, sentant déjà planer sur lui la menace d'une arrestation et d'une condamnation à la prison. Mrs Argyle a refusé de lui en donner. Après son refus, il a fait appel à vous.

— Vous ne pensez pas, riposta Kirsten Lindstrom, vous ne pensez quand même pas que j'aurais pris l'argent de Mrs Argyle pour le lui donner au lieu de lui donner mon argent à moi, non ?

— Non, concéda Calgary, vous lui auriez donné le vôtre si vous en aviez eu. Mais je ne crois pas que vous en ayez eu... Vous disposiez d'un bon revenu grâce à la rente que Mrs Argyle vous avait constituée, mais je pense qu'il vous en avait déjà lessivée. Donc, ce soir-là, il était aux abois, et, lorsque Mrs Argyle est montée dans la bibliothèque pour informer son mari, vous l'avez rejoint dehors, où il vous attendait, et il vous a indiqué ce que vous aviez à faire. D'abord, vous deviez lui donner l'argent, puis avant que le vol ne soit découvert, il vous fallait tuer Mrs Argyle. Parce qu'elle n'aurait pas passé l'éponge sur ce larcin. Il vous a affirmé que ce serait facile. Vous n'auriez qu'à renverser les tiroirs, pour donner l'impression qu'un cambrioleur était passé par-là, et la frapper à l'arrière de la tête. Ce ne serait pas douloureux, prétendait-il. Elle ne sentirait rien. Luimême s'arrangerait pour s'assurer d'un alibi, et vous deviez donc prendre soin d'agir dans les limites de temps fixées, entre 7 heures et 7 heures et demie.

— Ça n'est pas vrai, protesta Kirsten qui commençait à trembler. Il faut que vous soyez fou, pour débiter des insanités pareilles.

Pourtant sa voix, étrangement lasse et machinale, ne véhiculait aucune indignation.

— Même si ce que vous dites est vrai, ajouta-t-elle, croyez-vous que j'aurais permis qu'on l'accuse de meurtre ?

— Oh ! oui, trancha Calgary. Après tout, il vous avait annoncé qu'il aurait un alibi. Vous vous attendiez, peut-être, à le voir arrêté et prouver son innocence. Cela devait faire partie du plan.

— Mais quand il n'a pas pu démontrer qu'il était innocent, je n'aurais pas essayé de le sauver ?

— Peut-être, oui, peut-être — si un fait inattendu n'était pas intervenu. Le fait que, le lendemain même du meurtre, *la femme de Jacko s'était présentée ici*. Vous ne saviez pas qu'il était marié. La fille a dû vous le répéter trois fois avant que vous ne la croyiez. En cet instant, votre univers s'est écroulé. Vous avez vu Jacko tel qu'il était vraiment : sans cœur, manipulateur, sans une once d'affection à votre égard. Vous avez compris ce qu'il vous avait fait faire.

Soudain, Kirsten Lindstrom se débonda. Les mots jaillirent, incohérents :

— Je l'aimais... Je l'aimais de toute mon âme. J'étais folle, folle comme une pauvre vieille femme mûrissante et crédule, folle de lui. Il m'a fait succomber à ça — il m'y a fait croire. Il me répétait qu'il n'avait jamais aimé les filles jeunes. Il me promettait... Je ne peux pas vous confier tout ce qu'il me disait. Je l'aimais. Je vous dis que je l'aimais. Et puis cette petite idiote minaudière, cette créature vulgaire, est venue ici. J'ai vu que ça n'avait été que des mensonges, que de la malfaisance et du vice... Son vice *à lui*, pas le mien.

— Le soir où je suis venu ici, reprit Calgary, vous aviez peur, n'est-ce pas ? Vous aviez peur de ce qui allait arriver. Vous aviez peur pour les autres. Pour Hester, que vous adoriez, pour Leo, que vous aimiez beaucoup. Vous avez peut-être prévu un peu des conséquences que cela aurait *pour eux*. Mais, d'abord, vous aviez peur *pour vous-même*. Et vous voyez où la peur vous a conduite... Vous avez aujourd'hui deux morts de plus sur la conscience.

— Vous prétendez que j'ai tué Tina et Philip ?

— Vous avez bien évidemment tué Philip, et tenté de tuer Tina. Mais elle en a réchappé. Elle a repris connaissance.

Les épaules de Kirsten s'effondrèrent sous le poids de la désespérance :

— Donc elle vous a dit que je l'avais poignardée. Je ne pensais pas qu'elle s'en serait rendu compte. J'étais folle, naturellement. J'étais folle, à ce moment-là, folle de terreur. Ça se rapprochait... de plus en plus près...

— Voulez-vous que je vous révèle ce que Tina a dit lorsqu'elle est revenue à elle ? s'enquit Calgary. Elle a dit : « La tasse était vide. » J'ai fini par saisir ce que cela signifiait. Vous aviez fait semblant d'apporter une tasse de café à Philip Durrant, mais, en fait, vous l'aviez déjà poignardé et vous *sortiez* de cette pièce lorsque Tina est arrivée. Alors, vous vous êtes retournée et vous avez feint *d'entrer* avec le plateau. Ensuite, bien qu'elle ait été choquée presque jusqu'à l'inconscience par cette mort, Tina a remarqué machinalement que la tasse qui s'était cassée sur le sol était une tasse vide, et qu'elle n'avait laissé aucune tache de café.

— Mais Kirsten n'a pas pu la poignarder, elle ! s'écria Hester. Tina est descendue et elle est allée retrouver Micky. Elle allait très bien.

— Ma chère enfant, pontifia Calgary, des gens qui avaient été poignardés ont parcouru toute la longueur d'une rue sans même savoir ce qui leur était arrivé ! Dans l'état de choc où se trouvait Tina, elle n'a sans doute rien senti. Une piqûre d'épingle, une légère douleur, peut-être...

Il se tourna de nouveau vers Kirsten :

— Et, ensuite, vous avez glissé cette lame dans la poche de Micky. C'était le pire de tout.

Kirsten Lindstrom leva deux mains impuissantes :

— Je n'y pouvais rien... je n'y pouvais rien... Ça se rapprochait... Ils étaient tous en train de découvrir la vérité. Philip devinait et Tina... Je pense que Tina devait nous avoir surpris quand Jacko me parlait devant la cuisine. Ils commençaient tous à savoir... Je voulais être en sécurité. Je voulais... *On n'est jamais en sécurité !* Je ne voulais pas tuer Tina, ajouta-t-elle en baissant les mains. Quant à Philip...

Mary Durrant se leva. Elle traversa lentement la bibliothèque, mais avec sans cesse plus de détermination :

— Vous avez tué Philip ? *Vous* avez tué Philip.

Soudain, telle une tigresse, elle bondit sur la Suédoise. Gwenda, en une réaction instantanée, sauta sur ses pieds et la ceintura. Calgary se joignit à elle pour la retenir.

— Vous... Vous ! hurlait Mary Durrant.

Kirsten Lindstrom la fixa :

— En quoi cela le regardait-il, *lui* ? Pourquoi fallait-il qu'il rôde dans les coins et pose des questions ? *Lui*, il n'avait jamais été menacé. Pour *lui*, ça n'avait jamais été un problème de vie ou de mort. C'était seulement... seulement un divertissement.

Elle se détourna et se dirigea vers la porte avec lenteur. Sans un regard, elle sortit.

— Arrêtons-la ! cria Hester. Oh ! nous devons l'arrêter.

— Laissons-la partir, Hester, trancha Leo Argyle.

— Mais... mais elle va se tuer.

— J'en doute fort, dit Calgary.

— Elle a été pour nous une amie fidèle pendant si longtemps, déplora Leo Argyle. Fidèle, dévouée — et, maintenant, ça !

— Pensez-vous qu'elle... qu'elle va se rendre ? interrogea Gwenda.

— Il est bien plus probable, répondit Calgary, qu'elle va aller à la gare la plus proche pour prendre un train à destination de Londres. Mais elle ne pourra pas s'échapper, naturellement. On retrouvera sa trace, et elle sera appréhendée.

— Notre chère Kirsten, reprit Leo, d'une voix brisée. Si fidèle, si bonne pour nous tous.

Gwenda lui saisit le bras pour le secouer :

— Comment pouvez-vous, Leo ? Comment osez-vous ? Pensez à ce qu'elle nous a fait à tous, à ce qu'elle nous a fait subir !

— Je sais, répondit Leo, mais elle souffrait elle aussi, vous savez. Je pense que c'est *sa* souffrance que nous avons ressentie dans cette maison.

— S'il n'avait tenu qu'à elle, nous aurions souffert pour l'éternité ! releva Gwenda. Sans le Dr Calgary...

— J'ai donc fini par apporter un peu d'aide, dit Calgary, même si ç'a été tardif.

— Trop tard, jeta Mary avec amertume, trop tard ! Oh ! pourquoi n'avons-nous pas su — pourquoi n'avons-nous pas *deviné* ? Je pensais que c'était *toi*, lança-t-elle à Hester d'un ton accusateur. J'ai toujours pensé que c'était *toi*.

— Pas *lui*, répliqua Hester, tournée vers Calgary.

— Je voudrais être morte, annonça Mary avec calme.

— Ma chère enfant, comme je voudrais pouvoir t'aider, soupira Leo.

— Personne ne peut m'aider. Tout cela, c'est la faute de Philip, sa faute à lui tout seul. Quel besoin avait-il de vouloir rester ici, de vouloir se mêler de cette histoire ? Et de se faire tuer...

Elle les regarda tous :

— Aucun de vous ne peut comprendre.

Elle quitta la bibliothèque.

Hester et Calgary lui emboîtèrent le pas. Au moment où ils franchissaient le seuil, Calgary vit Leo enlacer de son bras les épaules de Gwenda.

— Elle m'avait avertie, vous savez, conta Hester, les pupilles dilatées par la frayeur rétrospective. Elle m'avait dit, dès le début, de ne pas lui faire confiance, de me méfier d'elle comme de tout le monde...

— Oubliez cela, mon petit, lui conseilla Calgary. C'est cela que vous avez à faire, maintenant. *Oublier.* Aujourd'hui, vous êtes tous libérés. Les innocents ne sont plus plongés dans l'ombre du coupable.

— Et Tina ? Elle s'en sortira ? Elle ne va pas mourir ?

— Je ne crois pas qu'elle mourra. Elle est amoureuse de Micky, n'est-ce pas ?

— C'est bien possible, répondit Hester non sans un immense étonnement. Je n'y avais jamais pensé. Ils ont toujours été mon frère et ma sœur, naturellement. Mais ils ne sont pas vraiment frère et sœur.

— A propos, Hester, avez-vous la moindre idée de ce que voulait dire Tina quand elle a murmuré « *La colombe sur le mât* » ?

La jeune fille fronça les sourcils :

— Une colombe sur le mât ? Attendez une minute... Cela me semble terriblement familier. *La colombe sur le mât, qu'on a prise comme appât, pleure et pleure, et pleure encore...* C'est cela ?

— Peut-être.

— C'est une chanson, expliqua Hester. Une sorte

de berceuse. Kirsten nous la chantait autrefois. Je m'en rappelle seulement des bribes. *Mon amour est à ma droite* et quelque chose, quelque chose, quelque chose... *Ô mon amour chéri, je ne suis pas d'ici et ne possède rien en ce monde. Ma seule demeure est dans ton cœur, et non dans la mer que voilà.*

— Je vois, dit Calgary. Oui, je vois.

— Peut-être vont-ils se marier, quand Tina sera rétablie et qu'elle pourra partir pour le Koweit avec lui. Tina a toujours voulu vivre dans un endroit où il ferait chaud. Il fait très chaud dans le golfe Persique, n'est-ce pas ?

— Presque trop chaud, dirais-je.

— Rien n'est trop chaud pour Tina, le rassura-t-elle.

— Et vous, désormais, vous serez heureuse, enchaîna-t-il en prenant les mains de Hester dans les siennes tout en s'efforçant de sourire. Vous épouserez votre jeune médecin, vous vous installerez, et vous n'aurez plus jamais de ces fantasmes extravagants ni de ces désespoirs terribles.

— Epouser *Don* ? lâcha Hester d'une voix étonnée. Il n'est pas question que j'épouse *Don*.

— Mais vous l'aimez.

— Non, je ne pense pas, je ne pense vraiment pas... J'ai seulement imaginé que je l'aimais. Mais lui, il n'a pas cru en moi. Il ne *savait* pas que j'étais innocente. Il aurait dû le savoir.

Elle fixa Calgary :

— *Vous*, vous le saviez ! Je crois que j'aimerais bien vous épouser.

— Enfin, Hester, j'ai des années de plus que vous ! Vous ne pouvez pas réellement...

— C'est-à-dire... si toutefois vous vouliez bien de moi, ajouta la jeune fille saisie d'un doute soudain.

— Oh ! oui, je veux de vous ! dit Arthur Calgary.

Composition réalisée par JOUVE

Achevé d'imprimer en octobre 2009, en France sur Presse Offset par
Maury-Imprimeur - 45330 Malesherbes
N° d'imprimeur : 150318
Dépôt légal 1re publication : avril 2003
Édition 93 - octobre 2009
LIBRAIRIE GÉNÉRALE FRANÇAISE - 31, rue de Fleurus - 75278 Paris Cedex 06

30/6850/9